U0726650

中国散曲史

卢前◎著

应急管理出版社
·北京·

图书在版编目（CIP）数据

中国散曲史／卢前著．--北京：应急管理出版社，2024

ISBN 978-7-5237-0360-1

Ⅰ.①中… Ⅱ.①卢… Ⅲ.①散曲—文学史—中国 Ⅳ.①I207.24

中国国家版本馆 CIP 数据核字（2024）第 019637 号

中国散曲史

著　　者　卢　前
责任编辑　高红勤
封面设计　刘红刚

出版发行　应急管理出版社（北京市朝阳区芍药居 35 号　100029）
电　　话　010-84657898（总编室）　010-84657880（读者服务部）
网　　址　www.cciph.com.cn
印　　刷　三河市九洲财鑫印刷有限公司
经　　销　全国新华书店

开　　本　710mm×1000mm 1/16　**印张**　17　**字数**　236 千字
版　　次　2024 年 8 月第 1 版　2024 年 8 月第 1 次印刷
社内编号　20231321　**定价**　78.00 元

出版说明

卢前（1905—1951），原名卢正绅，字冀野，自号饮虹、小疏，江苏南京人，著名戏曲史研究专家、散曲作家、剧作家、诗人。曾以“特别生”的身份被破格录取入国立东南大学国文系，师从吴梅、王伯沆、柳诒徵、李审言、陈中凡等曲学名家。曾在金陵大学、河南大学、暨南大学、光华大学、四川大学等大学讲授文学、戏剧。毕生致力中国古代文学及中国词曲学的教学与研究，著有《明清戏曲史》《读曲小识》《八股文小史》《词曲研究》《民族诗歌论集》等多部戏曲史论著作。其中，《明清戏曲史》接续了王国维的《宋元戏曲史》，填补了中国明清时期戏曲研究的空白。此外，他本人也创作了大量的散曲和戏曲作品，如《饮虹五种》《中兴鼓吹》《春雨》《绿帘》等，为中国传统文化艺术的发展作出了重要贡献。

卢前的曲史研究著作众多，覆盖了多个方面，包括作家、作品乃至后世影响等，为后人提供了宝贵的历史资料和研究视角。为帮助读者系统清晰地了解散曲这一文学体裁，我们对卢前的作品加以整理，编写了这本《中国散曲史》。本书以《散曲史》和《词曲研究》为底本，分为两个部分：前一部分有五章，由古及今地系统论述了中国散曲的发展历史；后一部分有八章，着重论述“词”与“散曲”的异同与关系，并涉及词、散曲的起源与发展，以及其结构、形式、音调等方面的分析，以及各时期重要的词家、散曲家评价等。本书在保留内容本意的前提下，将部分字词、标点改为当今通行的用法（如将题目和曲调、曲牌名在一起的，以中圆点隔开，括以方括号），以帮助读者更好地理解卢前先生的深邃思想。

以上内容，特此说明，如有错漏，万望教正。

目　录

散曲史

词曲研究

散曲史

第一

散曲、散曲史发端

“曲之名古矣，近世所谓曲者，乃金、元之北曲，及后复溢为南曲者也”（刘熙载语）。王世贞以为：“词之变，自金、元入中国，所用胡乐，嘈杂凄紧，缓急之间，词不能按，乃更为新声以媚之。”（说见《艺苑卮言》）是曲之始，其所以名，初与词相对待，自文章而言谓之词，自声乐而言谓之曲。曲既成体，并有文章，且以曲达情事见胜，则曲之所以为曲，可念也。或称之为词余者，曲故非词体之所能尽，不得不别立于词之外，岂拾词之坠绪之意？不可不辨焉。顾近今言曲，寻常止知沿曲之流，尽曲之变，厥有戏曲，不知溯曲之源，探曲之本，端在散曲，偶有知者，目为余事，妄矣。大概别之，此诗歌之曲，彼戏剧之曲，迥不相侔。尝以散曲例之于诗，一首小令犹一首绝句、律诗也；例之于词，一首小令亦犹一首短调、中调之词也。作者缘调填词，既写一首，倘意有未尽，则同调不妨连拈二三首、四五首，乃至七八首，随意增附，明人谓之重头。或不愿取同调为重头者，则竟选宫调成套数，其格局、长短，仍可听人取舍，绝无一定。要不过与诗中之联章、词中三四叠之长调相当而已（任二北语）。用见散曲承诗词而后，为韵文之正宗。

散曲二字，旧无定称。或谓成文章者曰乐府，有尾声名套数，时行小令唤叶儿（说详元《燕南芝庵论曲》中）。而市井所唱小曲，亦可名为小令（王骥德《曲律》说），或又谓“散曲”为“清曲”（张旭初《吴

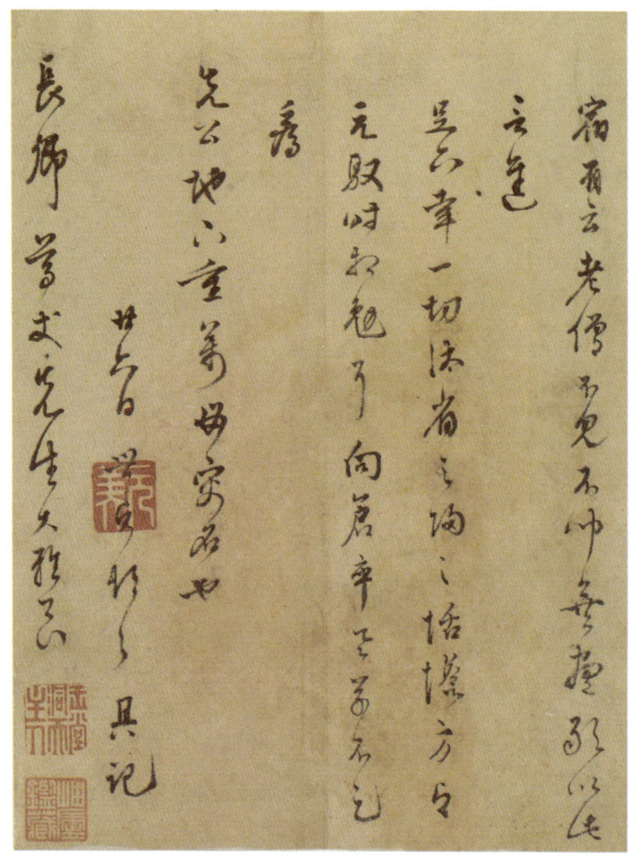

王世贞手迹

骚合编·凡例》曰："《南词韵选》及《遴奇振雅》诸俗刻所载清曲，大略雷同"）。曰乐府者，原歌诗之通名，以论曲子，意其为雅乐之辞，曾经藻饰，与流诸市井所有俚歌绝不相近；云清曲者，以其清唱坐冷板凳（魏良辅《曲律》："清唱，俗语谓之冷板凳，不比戏场，借锣鼓之势，全要闲雅、整肃、清俊、温润"），无打身段、下金锣之苦也（李斗《扬州画舫录》："清唱以笙笛、鼓板、三弦为场面。"又："清唱鼓板与戏曲异：戏曲紧，清曲缓；戏曲以打身段、下金锣为难，清唱无是苦，而有生熟口之别"）。最其要义，不以锣鼓排场，合用清唱之法；不以科白联贯，遂得散曲之名，固大有别于戏曲者也。

小令、套数，实为散曲之二体。小令与套数于短长、单复、尾声有无之间，并不足以识别。而令曲首各一韵，套曲套守一韵，分划最显，无烦申说。

大抵小令有二类：直写胸臆，不演故事者；纪述本末，而演故事者。

不演故事者，又可划为五种：

一、寻常之小令。体制最简，与诗词埒。惟此一首之中，一韵到底，无换韵之便耳（曲之换头，可以自立，不在此例）。

二、摘调。摘套曲之调而为小令也，亦犹词中摘大曲之遍而为慢词。《作词十法》第四于“用”字条中尝及之。

三、过带曲。于北曲甚盛。所谓过带一调，未尽所欲言，续拈他调以承之。然二调之音节，必能衔接始可。使二调不足，得用三调；三调以上者，元人无此也。其后南曲、南北合套内，偶尔仿效之。明康汧东复有过带四调之例，未可取法。

四、集曲。于南曲甚盛。如词之有犯与摊破、过带曲，以整调联续。此则取各调零句，联续复为之，易一新名。有以所集调数名者，如〔九回肠〕〔巫山十二峰〕等是；有据所集原调名者，如〔醉罗歌〕〔罗江怨〕等是，多者若三十腔，集三十调中句。

五、重头。“重头歌韵响琤琮”，晏殊词句也。《中山诗话》亦云：“重头、入破，皆弦管家语。”用见此名，夙有于曲。则徐渭编杨升庵夫人词曲，始标此目。重者以相同之调，重复至再，乔吉西湖〔梧叶儿〕百首之多，南曲次韵，李开先、王九思〔傍妆台〕亦各百阕。在南曲中，两调、四调之重头，同叶一韵，便可成套。是重头者，介乎令、套之间焉。

晏殊

演故事者，亦可划为二种：

一、同调重头。重头自必同调，其所以称，示异于间列也。小令之演故事，犹诗之有长庆，非如戏剧之用代言，复以动作显见也。《雍熙乐府》有《摘翠百咏小春秋》，足以为例。“小春秋”者，谓西厢也。用〔小桃红〕一百首，每首各一韵，叙一事，曰：

生离洛阳，生至蒲东，生游普救，生遇红娘，生见莺莺，生私扣红，红娘答生，莺自嗟叹，生步月吟，莺和生诗，生看修斋，军围普救，生自悲叹，夫人许亲，张生答允，张生致书，惠明发怒，惠明送书，杜确得书，确追飞虎，生谢杜确，白马回营，夫人背盟，莺莺递酒，生怨夫人，生回书舍，红献生策，张生弹琴，莺莺听琴，莺莺染病，红教生柬，生央递柬，红递与莺，莺得生书，莺遗生书，生赴莺约，莺莺抢生，张生羞退，张生自叹，张生自缢，僧劝张生，生答法聪，夫人问生，生答夫人，莺探生病，生答莺莺，莺柬期生，红娘不允，红递生柬，生得莺书，生盼莺莺，红送铺陈，莺至书斋，雨云欢会，云雨初歇，红促莺归，生送莺归，红贴莺归，事闻夫人，红行莺嘱，夫人诘红，红娘受责，红答夫人，莺莺自念，红劝夫人，夫人允诺，红娘邀生，生答红娘，红娘邀莺，莺羞不行，夫人责莺，夫人嘱生，红怨莺生，莺生谢红，夫人送生，生答夫人，法本送生，生答法本，莺莺送生，生答莺莺，生投旅馆，生梦莺莺，生至长安，张生入试，张生及第，生授学士，莺想张生，莺莺自念，生寄莺书，莺得生书，莺寄生衣，生得莺衣，郑恒求配，夫人答恒，生出长安，张生至家，生拜夫人，确拜夫人，郑恒触树，生莺赴任。

以词纪言，以题纪事，井然有条，自成一格。

二、异调间列。亦小令之别体，钟嗣成所谓王日华“有与朱士凯题《双渐小青问答》[1]，人多称赏”者（见《录鬼簿》）。其例也，明钞本《乐府群玉》中《风月所举问汝阳记》，自《黄肇退状》至《议拟》，共十六首。一问一答，情节毕陈，其调名、题目与所叶之韵为：

[1] 此处“青”应为“卿”。——编者注

西厢记图页　明　仇英

庆东原　黄肇退状　天田

天香引　问苏卿　庚亭

　　　　答　真文

凤引雏　再问　庚亭

　　　　答　天田

凌波仙　驳　天田

　　　　招　天田

天香引　问冯魁　江阳

凌波仙　答　萧豪

天香引　问双渐　江阳

凌波仙　答　庚亭

天香引　问黄肇　姑模

凌波仙　答　家麻

天香引　问苏妈妈　天田

凌波仙　答　萧豪

　　　　议拟　庚亭

观其体制，排列错综，既非套数，亦与寻常小令迥别也。

套数就性质言有二类：或南或北，自成套数者，南北合而成套数者；就法式言，亦有二类：有尾声者，无尾声者。

套数之成也，厥有三端：

一、至少二首同宫调之曲相联，宫调或异，亦必管色相同，互借入套（惟北曲有专用于小令之调，如李玄玉《北词广正谱》各卷目录后所列举者，不可成套。南曲如仙吕中〔美中美〕等，越调中〔包子令〕等，特殊者亦例外）。

二、有尾声，以示此套之乐已阕。

三、全套首尾同叶一韵。至于南北合套，创自沈和，由来已久。以北曲每套只可一人独唱，殊不便于歌者，况南北声音有所偏，合二者以调和，遂得中和之美。按《九宫大成谱》，仙吕以下十一宫调，各举合套二式，仙吕入双调中，有十二套之多。许书（许之衡《曲律易知》）列七式（通行者有四，详本书第五），考其常情，率一北一南，或一南一北，相间不乱；亦有一北后继二南，又继三北；亦有一南后继二北，又继二南，又继四北。凡此成例，知各调所以相连，其音律必谐美而应适也。

套数之无尾声者，虽不多见，间亦有之。推论其故，有三：

所用之调为特制者（如《货郎担》杂剧，南吕一套〔一枝花〕后，用〔九转货郎儿〕，〔九转〕既完，乐遂阕，不用尾。因〔九转货郎儿〕之曲，即特制者也），此其一。

用过带曲作结者（如乔吉南吕杂情一套〔一枝花〕〔梁州〕之后，用〔骂玉郎〕〔感皇恩〕〔采茶歌〕，则不用尾），此其二。

所用末一调可以代尾者（如商调套曲以〔浪来里〕结，双调套曲以〔清江引〕结者，均不用尾），此其三。

类指北曲而言也，南曲以重头成套者，其重头之数为二、为四、为六，皆成双，曲中之可以叠用为套，有四十六调（仙吕五、羽调一、正宫三、大石一、中吕七、南吕五、黄钟二、越调四、商调四、双调九、仙吕入双调五），俱不必以加尾声为则。重头成套无尾声之说，沈璟《南曲谱》已言之（其言曰：一个牌名做二曲或四曲、六曲、八曲及两个牌名各止一二曲者，俱不用尾声），盖用一调或诸调重头以组成一套，无论引子、尾声，皆可取便，此又南曲之异也。

朱权

朱权列乐府十五体（见《太和正音谱》），并见曲境之广阔。曰黄冠体，神游广漠，寄情太虚，有餐霞服日之思，名曰道情；曰承安体，华观伟丽，过于佚乐。承安，金章宗正朔；曰玉堂体，公平正大；曰草堂体，志在泉石；曰楚江体，屈抑不伸，摅衷许志[1]；曰香奁体，裙裾脂粉；曰骚人体，嘲讥戏谑；曰俳优体，诡喻淫虐，即淫词。余则可以探曲之流派，曰丹丘体，豪放不羁；曰宗匠体，词林老作之词；曰盛元体，快然有

[1] 此处“许”应为“诉”。——编者注

雍熙之治，字句皆无忌惮；曰江东体，端谨严密；曰西江体，文采焕然，风流儒雅；曰东吴体，清丽华巧，浮而且艳；曰淮南体，气劲趣高。陈所闻据其说编订《南北宫词纪》，于《北纪》立门类八：谳赏、祝贺、栖逸（兼归田）、送别、旅怀（附悼亡）、咏物、宫室、闺情；于《南纪》立门类十三：美丽、闺怨、谳赏、祝贺、题赠、寄慰、送别、旅怀、伤逝、隐逸、游览、咏物、嘲笑。十五体固可以概之而有余矣。

孙麟趾曰："牛鬼蛇神，诗中不忌，词则大忌。"其实于曲始能不忌，亦大不忌。胡侍谓关、马、乔、张辈，皆终其身沉抑下僚，郁郁不得志者，激而愤也，放而玩世，于是喜笑怒骂，嘲讥戏谑，悉以曲出之，故王骥德列巧体于俳谐之外（见《曲律》）。

其体凡二十有五，关乎韵者二：每句两韵，或每两字一韵。元之所称六字三韵语者，为短柱体；通篇叶同一字韵者，为独木桥体。

关乎字者五：每句除韵脚都用叠韵字者，为叠韵体；每句首一字与末一字同韵者，为犯韵体；次句首一字即用前句末一字，俗所称联珠格者，为顶真体；通篇用叠字者，为叠字体；嵌五行或数目，每句分嵌一字者，为嵌字体。

关乎句者三：每句字面颠倒、重复，反复言之者，为反复体；如诗或词中之回文者，为回文体；一篇以内多同样口气之句者，为重句体。

关乎联章者一：次章首句，即用前章之末句（往往四首），重头如诗中之辘轳体者，为连环体。

关乎材料者八：通篇以取成句为主，而加衬以足之，使其合调者，为足古体；纯集前人语者，为集古体；集谚语者，为集谚体；集杂剧或传奇名者，为集剧名体；集词曲调名者，为集调名体；集药材名者，为集药名体；概括前人之诗文者，为概括体；取古乐府或词翻之，以就曲谱，或以北曲翻为南曲者，为翻谱体。

关乎用意者六：托咏物以暗中讽刺者，为讽刺体；托咏物或托咏事，明作嘲笑者，为嘲笑体；专嘲笑风流，警戒漂荡子弟者，为风流体（此体名见《诚斋乐府》）；谑浪淫亵，无所不至者，为淫虐体；暗以一语次第嵌一字于每句第五字者，为简梅体；暗以一语次第嵌一字于每句第六字者，为雪花体（以上乐府十五体、俳体二十五种，任论内容篇，例证甚详，惟简梅、雪花二体见琐非复初《中原音韵》序，任谓简梅疑与五数有关，雪花疑与六数有关，均未得其详，置诸待考之列。予今作此解释，惜乎相去万里，不能就正于吾中敏也）。融斋尝以《胡叟传》(《魏书》)"既善为兴雅之词[1]，又工为鄙俗之句"语而论曲，曰："其妙在借俗写雅，面子疑于放倒，骨子弥复认真。"（见《艺概》）游戏调笑之作，原不可以面子相绳也。

任讷曰："词静而曲动，词敛而曲放，词纵而曲横，词深而曲广，词内旋而曲外旋，词阴柔而曲阳刚。词以婉约为主，别体则为豪放；曲以豪放为主，别体则为婉约。词尚意内言外，曲竟为言外而意亦外。"虽一家之品量，要足见散曲之精神焉。

任中敏，名讷

[1] 此处"兴"应为"典"。——编者注

于词，刘毓盘有《词史》矣；于剧曲，许之衡有《剧曲史》矣。散曲史之设学程，肇端于兹，不有述造，何以阐发。然今日散曲史之作也，有三难：曲集多佚，无以考究也；曲论不多，无以比证也；僻处西陲，无师友之商兑也。惟千里启于蹊步[1]，层台赖诸累土。草创之编，所望于他日论定尔。

[1] 此处“蹊”应为“跬”。——编者注

第二

元一代散曲盛况

焦循曰："词之体尽于南宋，而金、元乃变为曲。关汉卿、乔梦符、马东篱、张小山等为一代巨手，乃谈者不取其曲，仍论其诗，失之矣（中略）。夫一代有一代之所胜，舍其所胜，而就其所不胜，皆寄人篱下者耳。余尝欲自楚骚以下至明八股，撰为一集，汉则专取其赋，魏晋六朝至隋则专录其五言诗，唐则专录其律诗，宋专录其词，元专录其曲，明专录其八股，一代还其一代之所胜。"（《易余龠录》）里堂所论允且明矣。元一代之所胜既在曲，杂剧之多，前人类能道之，而于令、套，颇少记载。幸杨朝英二选（《乐府新编阳春白雪》与《朝野新声太平乐府》）尚得保存其万一。钟嗣成《录鬼簿》所收亦剧家多于散曲作者。世之论元曲者，辄举关、马、郑、白四家，盖据高安周德清挺斋之说。挺斋曰：关、马、郑、白，一新著作，第论次时代，则郑宜居殿。其实四家皆以剧名，就中惟东篱为散曲巨擘。江都任氏尝辑四家之令、套，谓散曲既无杂剧骨董之嫌，又无传奇滞重之弊，昔谓伤雅，曾见疏于词林；今以率真，转重于文苑，可见元曲固以本色当行。

关汉卿，号已斋叟，大都人，金末官太医院尹。金亡不仕，好谈妖鬼，著有《鬼董》。杨维桢《元宫词》云：

> 开国遗音乐府传，白翎飞上十三弦。大金优谏关卿在，伊尹扶汤进剧编。

此“关卿在”，即指汉卿，岂汉卿犹逮元耶。所谓“白翎”，教坊大曲之白翎雀也（此雀生于乌桓朔漠之地，雌雄和鸣，自得其所，世皇因命伶人硕德闾制曲以名之）。至“伊尹扶汤”，是郑作，铁崖误记之耳。

关汉卿

《太和正音谱》评其词曰：“如琼筵醉客。”生平轶事，颇有可笑者。尝见一从嫁媵婢甚美，百计欲得之，为夫人所阻。关无奈，作小令一支贻夫人，云：

> 鬓鸦，脸霞，屈杀了将陪嫁。规模全似大人家，不在红娘下。巧笑迎人，文谈回话，真如解语花，若咱，得她，倒了蒲桃架。

盖〔朝天子〕也。夫人见之，答以诗云：

> 闻君偷看美人图，不似关王大丈夫。金屋若将阿娇贮，为君唱彻醋葫芦。

关见之，太息而已（见明蒋一葵《尧山堂外纪》卷六十八）。又〔题情•一半儿〕二支，亦脍炙人口。词云：

云鬟雾鬓胜堆雅[1]，浅露金莲簌绛纱，不比等闲墙外花。骂你个俏冤家，一半儿难当一半儿耍。

其二云：

碧纱窗外悄无人，跪在床前忙要亲，骂了个负心回转身。虽是我话儿嗔，一半儿推辞一半儿肯。

若论奇丽之作，其〔不伏老〕一套为最著，而〔煞尾〕尤佳，曰：

我却是蒸不烂、煮不熟、捶不匾、炒不爆、响当当一粒铜豌豆。您子弟谁教钻入他锄不断、斫不下、解不开、顿不脱、慢腾腾千层锦套头。我玩的是梁园月，饮的是东京酒，赏的是洛阳花，扳的是章台柳。我也会吟诗、会篆籀、会弹丝、会品竹，我也会唱鹧鸪舞，垂手会打围、会蹴鞠、会围棋、会双陆。你便是落了我牙、歪了我口、瘸了我腿、折了我手，天与我这几般儿歹症候，尚兀自不肯休。只除是阎王亲令，唤神鬼自来钩，三魂归地府，七魄丧冥幽，那其间才不向这烟花路儿上走。

魄力之雄，他体所不多见者。

白朴，字仁甫，又字太素，号兰谷，澳州人[2]。有《天籁阁集》，

[1] 此处“雅”应为“鸦”。——编者注

[2] 此处“澳”应为“隩”。——编者注

集后有《摭遗》一卷，录所作曲也。卷前有元王博文、明孙大雅各一序。博文所述甚详，可以觇其生年。序云：

白朴

> 元、白为中州世契，两家子弟，每举长庆故事，以诗文相往来。仁甫为寓斋先生华之仲子，于元遗山为通家姓[1]。甫七岁，遭壬辰之难，寓斋以事远适。明年春，京城变起，遗山遂契以北行。自是不茹荤血，人问其故，曰：俟见吾亲则如初。尝罹疫，遗山昼夜持抱，凡六日，竟于臂上得汗而愈，盖视亲子侄不啻过之。读书颖悟异常儿，日亲炙遗山，謦欬谈笑，悉能默记。后数年，寓斋北归，以诗谢遗山云："顾我真成丧家狗，赖君曾护落巢儿。"居无何，父子卜筑于滹阳。时律赋为专家之学，而仁甫有能声，号后进之翘楚。遗山过之，必问为学次第，尝赠之曰："元白通家旧，诸郎独汝贤。"未几，生长见闻，学问博洽。然自幼经丧乱，仓皇失母，便有满目山川之叹。逮亡国后，恒郁郁不乐，以故放浪形骸，期于适意。中统初年，开府史公将以所业荐之于朝，再三逊谢。栖迟衡门，视荣利蔑如也。

[1] 此处"姓"应为"侄"。——编者注

《正音谱》评其词“如鹏抟九霄”，又云“风骨磊块，词源滂沛，若大鹏之起北溟，奋翼凌乎九霄，有一举万里之志，宜冠于首”。〔仙吕·寄生草·饮酒〕云：

长醉后方何碍，不醒时有甚思。糟腌两个功名字，醅渰千古兴亡事，曲埋万丈虹霓志。不达时皆笑屈原非，但知音尽说陶潜是。

〔双调·沉醉东风·渔父〕词云：

黄芦岸白苹渡口，绿杨堤红蓼滩头。虽无刎颈交，却有忘机友，点秋江白鹭沙鸥。傲杀人间万户侯，不识字烟波钓叟。

〔仙吕·醉中天·佳人黑痣〕云：

疑是杨妃在，怎脱马嵬灾。曾与明皇棒砚来[1]，美脸风流杀。叵奈挥毫李白，觑着娇态，洒松烟点破桃腮。

挺斋并称许之。

马致远，字东篱，大都人。江浙行省务官。元有两马致远，一秦淮人，不作曲者。《尧山堂外纪》取〔夜行船·秋思〕一套，称为元人第一，兹录全文：

〔双调·夜行船〕百岁光阴一梦蝶，重回首往事堪嗟。今日春来，明朝花谢，急罚盏夜阑灯灭。

〔乔木查〕想秦宫汉阙，都作了衰草牛羊野，不恁么渔樵没话

[1] 此处“棒”应为“捧”。——编者注

说。纵荒坟横断碑，不辨龙蛇。

〔庆宣和〕投至狐踪与兔穴，多少豪杰。鼎足三分半腰里折，魏耶？晋耶？

〔落梅风〕天教你富，莫太奢，不多时好天良夜。富家儿更做道你心似铁，争辜负了锦堂风月。

〔风入松〕眼前红日又西斜，疾似下坡车。不争镜里添白雪，上床与鞋履相别。休笑鸠巢计拙，葫芦提一向妆呆。

〔拨不断〕利名竭，是非绝。红尘不向门前惹，绿树偏宜屋角遮。青山正补墙头缺，更那堪竹篱茅舍。

〔离亭宴煞〕蛩吟罢一觉才宁贴，鸡鸣时万事无休歇。何年是彻，看密匝匝蚁排兵，乱纷纷蜂酿蜜，闹穰穰蝇争血。裴公绿野堂，陶令白莲社。爱秋来时那些：和露摘黄花，带霜分紫蟹，煮酒烧红叶。想人生有限杯，浑能个重阳节？人问我顽童记者：便北海探吾来，道东篱醉了也。

挺斋谓此方是乐府，不重韵，无衬字，无险语，押韵兼平、上、去，无一字不妥，万中无一，后辈宜法。而《正音谱》评其词“如朝阳鸣凤”。又云：“其词典雅清丽，可与灵光、景福相颉颃。”所作〔越调·天净纱〕云[1]：

枯藤老树昏鸦，小桥流水人家，古道西风瘦马。夕阳西下，断肠人在天涯。

“数语为秋思之祖”（见李调元《雨村曲话》卷上。案：雨村论东篱，颇多舛谬，张小山〔满庭芳·春晚〕、乔梦符之〔卖花声·香茶〕、白仁甫〔寄生草·饮酒〕〔沉醉东风·渔父〕、徐甜斋之〔水仙子·夜

[1] 此处“纱”应为“沙”。——编者注

雨〕，诸名作悉归马有，可谓妄言也已）。他如集中〔落梅风〕三十一首、〔四块玉〕二十三首，几无一不妙，惜乎散佚尚多。如小山有次东篱萧豪韵〔庆东原〕九首，今不见其原唱，而残阙不完之套，具见谱书。任讷谓其散曲以豪放为主，如天马脱羁，极尽驰骋之乐。于不期然中，又适成此体之典型、模楷。后之散曲，凡不如此者，皆可谓非其正也（见《东篱乐府提要》）。余意以为，东篱，曲中之圣，非豪放一品所能尽，时有清丽之章，时有端谨之作。予尝以曲拟之西江诗派。东篱，一祖也，三宗则小山、梦符、希孟，于体则江东、西江、丹丘。至于宗匠，殆非马氏莫属矣（见《饮虹曲话》）。

郑光祖，字德辉，平阳襄陵人。以儒补杭州路吏。为人方直，不妄与人交，故诸公多鄙之，久则见其情厚，而他人莫之及也。病卒，火葬于西湖之灵芝寺，诸吊送客有诗文。公之所作，不待备述，名闻天下，声振闺阁，伶伦辈称郑老先生，皆知其为德辉也（见《录鬼簿》）。丑斋挽以〔凌波曲〕云：

郑光祖

乾坤膏馥润肌肤，锦绣文章满肺腑，笔端写出惊人句。解番腾，今共古，占词场老将伏输。翰林风月，梨园乐府，端的是曾下工夫。

德辉于剧所作不少，令、套则寥寥无几。搜辑诸选，三令、三套而已。〔蟾宫曲·梦中作〕一阕为最，词云：

半窗幽梦微茫。歌罢钱塘，赋罢高唐。风入罗帏，爽入疎棂，月照纱窗。缥渺见梨花淡妆，依稀闻兰麝余香。唤起思量，待不思量，怎不思量？

所谓四大家者，在散曲上，德辉固无足称焉。

元初贵宦亦有工为曲者，其功业久已彪炳史册，偶传其一二小令，亦词林之佳话也。余尝曰：曲中有姚（燧）、虞（集）、卢（挚）、刘（秉忠），犹词中有欧、范诸公。同一名贵，同一以少许胜人多许（见《饮虹曲话》）。

姚燧，字牧庵，钟《录》于前辈已死名公中所称姚参政是也。《元史》有传，固以古文词名世者，曲则不经见，顾其所作，亦婉丽可诵。其〔寄征衣·凭栏人〕云：

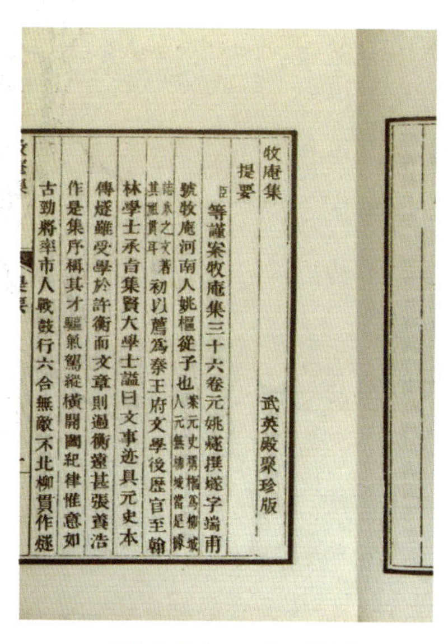
牧庵集　武英殿聚珍版
提要
臣等謹案牧庵集三十六卷元姚燧撰燧字端甫
號牧庵河南人姚樞從子也案元史稱樞爲柳城人元集作柳城當是
據系之文著其郡貫耳初以薦爲秦王府文學後歷官至翰
林學士承旨集賢大學士謚曰文事迹具元史本
傳燧雖受學於許衡而文章則過衡遠甚張養浩
作是集序稱其才驅氣駕縱橫開闔紀律惟意如
古勁將率市人戰鼓行六合無敵不北柳貫作燧

《牧庵集》　元　姚燧

欲寄君衣君不还，不寄君衣君又寒。寄与不寄间，妾身千万难。

霜厓居士谓其深得词人三昧。相传牧庵与阎静轩每于名伎张怡云家宴饮，一日，座有贵人，牧庵偶言“暮秋时”三字，贵人命怡云续歌之，牧庵戏作〔傍妆台〕云："暮秋时，菊残犹有傲霜枝，西风了却黄花事。"贵人曰止，遂不成章，其意度可思也。其在翰林承旨日，玉堂设宴，歌伎罗列，中有一人秀丽闲雅，牧庵命歌。遂引吭而歌曰："奴本是明珠擎掌，怎生的流落平康，对人前乔做作娇模样，背地里泪千行。三春南国怜飘荡，一事东风没主张，添悲怆，那里有珍珠十斛来赎云娘。"盖〔解三酲〕曲也。牧庵感其词之悲抑，使之近前，见其举动羞涩，而口操闽音。问其履历，初不实对。叩之再三，泣而言之："妾乃建宁人氏，真西山之后人也。父官朔方时，禄薄不足以自给，侵贷公帑，无所偿，遂卖入娼家，流落至此。"牧庵命之坐，乃遣使诣丞相三宝奴，请为落籍。丞相素敬公，意公欲以侍巾栉，即令教坊检籍除之。公得报，语一小吏黄棣曰："我以此女为汝妻，女即以我为父也。"吏忻然从命，后吏亦至显官，夫妇偕老京师。人相传以为盛事，其慷慨侠义如此。又〔醉高歌·感怀〕"十年燕市歌声，几点吴霜鬓影。西风吹老鲈鱼兴，晚节桑榆暮景"亦传诵至今。

虞集，字伯生，号道园。雍人也。其在翰苑时，宴散散学士家，有歌儿顺时秀者，唱〔折桂令〕云："博山铜细袅香风，两道纱笼，烛影摇红。翠袖殷勤来捧玉钟，半露春葱。唱好是会受用，文章巨公。绮罗丛，醉眼朦胧。漏转铜龙，夜宴将终，十二帘栊，月上梧桐。"一句而两韵，名曰短柱，极不易作。伯生爱其新奇可喜，时席上适谈及三国蜀汉事，伯生即赋〔折桂令〕云：

虞集

鸾舆三顾茅庐，汉祚难扶，
日暮桑榆。深渡南泸，长驱西蜀，

> 力拒东吴。美乎周瑜妙术，悲夫关羽云殂。天数盈灵，造物乘除。问汝何如？笑赋归欤。

两字一韵，平仄通押，较一句两韵者，其难倍屣矣。先生文字道义，照耀千古，出其余绪，尤能工妙若此，洵乎天才，不可多得也。

卢挚，字道一，字莘老。钟《录》称之为疏斋学士。涿郡人，胡元瑞云永嘉人。至元五年进士。博洽，有文思，累迁少中大夫、河南路总管。大德初，授集贤学士，持宪湖南，迁江东道廉访使，复入翰林学士，迁承旨，卒。著有《疏斋集》，又《文章要诀》，见陶南村《辍耕录》卷九。元初，中州文献，东人往往称李、阎、徐，而能文章者曰姚、卢。盖谓李谦（受益）、阎复（子靖）、徐琰（子方）、姚燧（牧庵）及疏斋也。推诗专家，必以刘因与疏斋论，曲则以疏斋为首，徐子方、鲜于伯机次之。亦与刘秉忠齐名，尝往见金陵妓杜传隆不遇，题〔踏莎行〕词，诵在人口。又尝送别当时官妓珠帘秀〔落梅风〕一阕云：

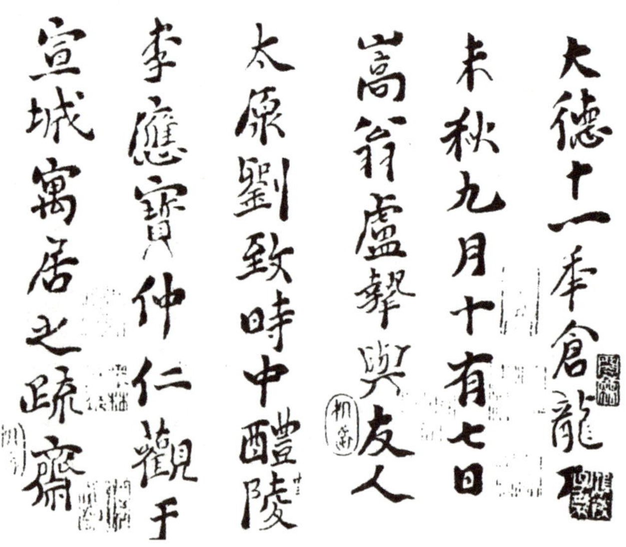

卢挚手迹

才欢悦，早间别，痛杀俺好难割舍。画船儿载将春去也，空留下半江明月。

珠帘秀答之云：

山无数，烟万缕，憔悴煞玉堂人物。倚篷窗一身儿活受苦，恨不得随大江东去。

案珠帘秀，姓朱，姿容姝丽。杂剧为当时第一，胡紫山亦爱之，尝赠以〔沉醉东风〕云：

锦织江边翠竹，绒穿海上明珠。月淡时，风清处，都隔断江垩土。一片闲情任卷舒，挂书朝云暮雨[1]。

疏斋与孔退之，为先圣五十四代孙，亦有才名。疏斋一游一宴，未尝不与之同处。一日，廉使徐容斋集疏斋处，退之与焉。容斋曰："我有一对，君能属之乎？书中有女颜如玉。"退之即应曰："路上行人口似碑。"容斋大喜，疏斋不禁蹈舞矣。疏斋之为人，疏爽豁达，故其曲有疏朗之致，诚哉疏之为疏也。有〔殿前欢〕云：

酒杯浓，一葫芦春色醉疏翁，一葫芦酒压花梢重。随我奚童，葫芦干兴不穷。谁人共，一带青山送。乘风列子，列子乘风。

可想见其风度矣。

刘秉忠，字子晦，邢台人。曾皈依释氏，又名子聪。后遇世祖，洊升台阁。晚年自号藏春散人，著有《藏春乐府》，〔干荷叶〕云：

---

[1] 此处"书"应为"尽"。——编者注

刘秉忠

干荷叶，色苍苍，老柄风摇荡。减了清香，越添黄。都因昨夜一场霜，寂寞秋江上。

此其自度曲《咏干荷叶》，即以“干荷叶”为牌名，犹唐辞之意也。又：

干荷叶，色无多，不耐风霜剉。贴秋波，倒枝柯。宫娃齐唱采莲歌，梦里繁华过。

又：

南高峰，北高峰，惨淡烟霞洞。宋高宗，一场空。吴山依旧酒旗风，两度江南梦。

《词品》云："此借题别咏，后世词例也。然其曲凄恻感慨，千古寡和也。或云非秉忠作。秉忠助元凶宋，惟恐不早，而复为吊惜之辞，其俗所谓斧子砍了手摩挲之类也。"苟了然当时南北之大势，于子晦可以谅矣。《元史》本传所识，殆亦不得已耳。言为心声，于此可知其初心，又何必废而不取其言也。其〔三奠子〕曲云：

念行藏有命，烟水无涯。嗟去雁，羡归鸿[1]。半生身累影，一事鬓成华。东山客，西蜀道，且回家。〔幺篇〕壶中日月，洞里烟霞，春不老，景长佳。功名眉上锁，富贵眼前花。三杯酒，一觉睡，一瓯茶。

亦如置身羲皇以上者，殆已倦此世之纷纷欤。

四公外，赵孟頫亦有词名，尝欲置妾，以小词调管夫人云："我为学士，你为夫人，岂不闻陶学士有桃叶、桃根，苏学士有朝云、暮云。我便多娶几个吴姬越女，有何过分？你年纪已过四旬，只管占住玉堂春。"夫人答云："你侬我侬，忒煞情多。情多处，热似火。把一块泥，捻一个你，捻一个我。将咱两个一齐打破，用水调和。再捻一个你，再捻一个我。我泥中有你，你泥中有我。与你生同一个衾，死同一个椁。"此又仿佛汉卿之于从嫁婢徒，自太息而已。子昂，宋之宗室也，与管夫人并以书画，著曲亦余事耳。

张可久，字小山，庆元人。以路吏转首领官。有乐府盛行于世，又有《吴盐》《苏堤渔唱》等曲，编于隐语中（见《录鬼簿》）。有元一代，不为剧曲而专为散曲者，惟小山，亦惟小山之散曲专集独传。今可知者约七种：一、在当时分别刊行之前集《新乐府》、后集《苏堤渔唱》、续集《吴盐别集·新乐府》；二、毛扆汲古阁珍藏秘本书目中之《小山北曲联乐府》三卷、外集一卷；三、贯云石序、刘时中等跋、不分卷之《小山乐府》；四、宋景濂、方孝孺明初编刻之二卷；五、嘉靖李开先编刻大字本及乾隆时

[1] 此处"鸿"应为"鸦"。——编者注

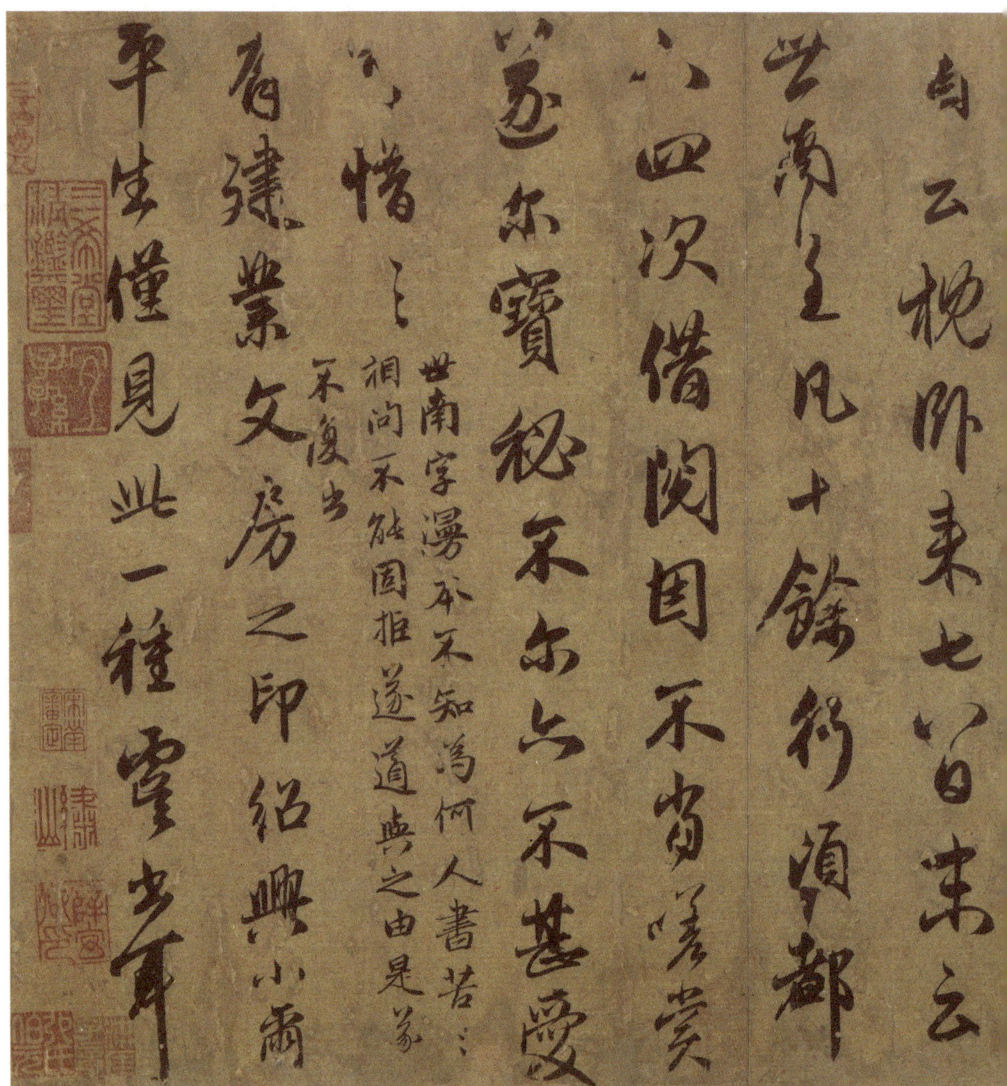

赵孟頫手迹

厉鹗刻巾箱本之《小山小令》二卷；六、康熙间吴兴夏煜宁枚选本六卷；七、道光间钱塘丁丙所刊《苏堤渔唱》一卷。

中麓《小山小令序》云："《录鬼簿》谓人生斯世，但以已死为鬼，而不知未死者亦鬼也。身后无闻，则又不若块然之鬼为犹愈。《太和正音谱》

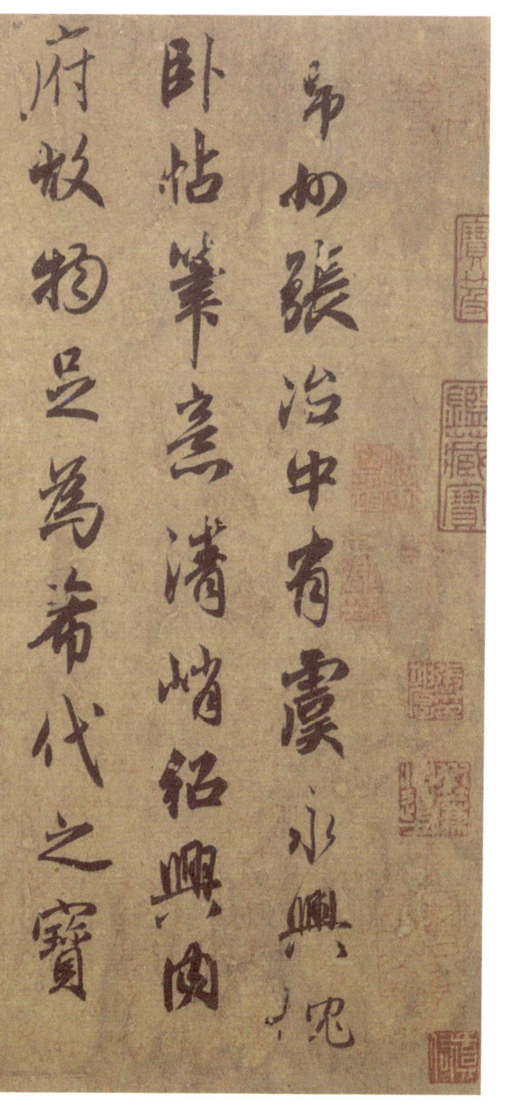

评小山词如瑶天笙鹤，既清且新，华而不艳，有不食烟火气味，谓其如披太华之天风，招蓬莱之海月，若是可称词中仙才矣。李太白为诗仙，非其同类耶？小山词既为仙，迄今殆死而不鬼矣。世虽慕之，未有见其全词者。予为之编选成帙，亦有一二删去者，存者皆如《录鬼》及《太和》二书所称许，以其生平鲜套词，因名之曰《小山小令》云。"

或谓小山名伯远（《尧山堂外纪》），或谓仲远是小山字（《钦定四库全书总目录》词曲类存目），甚至有误其名为久可者（如刘燕庭藏明钞本《叶儿乐府》及《千顷堂书目》均有此误）。可见曲家掌故，自来隐晦、湮沉。名家如小山而有名字之讹，亦未足怪。

小山约生于大德、延祐间，而殁于泰定、天历之际。生平游屐，遍于浙中，他如金陵、维吴、门杨[1]、吴淞及长沙、洞庭、牛渚、采石，亦尝有其足迹。所交接者先辈为东篱，与疏斋、云石亦多倡和之作。任讷曰："清华丽则，乃小山曲之特长。"此评最确（见《曲谐》）。如〔殿前欢·离思〕云：

[1] 此处"维吴、门杨"应为"维扬、吴门"。——编者注

月笼沙，十年心事赋琵琶。相思懒看帏屏画，人在天涯。春残豆蔻花，情寄鸳鸯帕，香冷荼蘼架。旧游台榭，晓梦窗纱。

〔水仙子·湖上〕云：

金鞭袅醉动花梢，翠袖揎香赠柳条。玉波流暖迎兰棹，西湖春事好。相逢酒圣诗豪，醉墨洒龙香剂，新弦调凤尾槽，草色裙腰。

可谓工练之至。

〔红绣鞋·宁元帅席上〕云：

鸣玉佩凌烟图画，乐云村投老生涯，少年谁识故侯家。青蛇昏宝剑，团锦碎袍花，飞龙闲厩马。

铸字琢句，何异乎词。无怪有谓其“遣辞命意，实能脱其尘蹊”者（见《四库全书总目》词曲类存目）。

套中〔湖上晚归·南吕·一枝花〕云：

长天落彩霞，远水涵秋镜。花如人面红，山似佛头青。生色围屏，翠冷松云径，嫣然眉黛横。但携将旖旎浓香，何必赋横斜瘦影。

〔梁州〕挽玉手留连锦茵，据胡床指点银屏。素娥不嫁伤孤另。想当年小小，问何处卿卿。东坡才调，西子娉婷，总相宜千古留名。吾二人此地私行。六一泉亭上诗成，三五夜花前月明，十四弦指下风生。可憎，有情。捧红牙合和伊州令。万籁寂，四山静，幽咽泉流石上声。鹤怨猿惊。

〔尾〕岩阿禅窟金磬，波底龙宫漾水精。夜气清，酒力醒。宝篆销，玉漏鸣。笑归来仿佛有鼓二更，煞强似踏雪寻梅灞桥冷。

沈德符曰："惟马东篱'百岁光阴'、张小山'长天落彩霞'为一时绝唱。"（见《顾曲杂言》）李开先曰小山此曲"千古绝唱，世独重马东篱'夜行船'，人生有幸不幸耳"。实则东篱苍古，小山清劲，瘦至骨立而血肉销化俱尽，乃孙悟空练成万转躯矣。

又〔春怨·南吕·一枝花〕云：

莺穿残杨柳枝，虫橐损蔷薇刺，蝶搧干芍药粉，蜂蹙断海棠丝。怕近花时，白日伤心事，清宵有梦思。间阻了洛浦神仙，没乱杀苏州刺史。

〔梁州第七〕俏姻缘别来久矣，巧魂灵梦寝求之。一春多少伤心事，着情疼热，痛口嗟咨。往来迢递，终始参差。一简书写就了情词，三般儿寄与娇姿。麝脐熏五花瓣翠羽香钿，猫眼嵌双转轴乌金戒指，獭髓调百和香紫蜡胭脂。念兹，在兹，愁和泪频传示，更嘱咐两三次。诉不尽心间无恨思，倒羞了燕子莺儿。

〔尾声〕无心学写钟王字，遣与闲观李杜诗[1]，风月关情随人志。酒不到半卮，饭不到半匙，瘦损了青春少年子。

李开先曰："韵窄而字不重，句高而情更款，通首全对尤难。"（并不见陈所闻《北宫词纪》）。曲体之特长，本在流动活泼，且要于俗中见雅，小山之端整如此，实介乎词、曲之间，非曲之本色矣。虽然在当日，词、曲之分未划显，亦不得以此少小山也。

小山之曲，播及宫闱。武宗尝于中秋夜，与诸嫔妃泛月禁苑太液池中，开宴张乐，令宫女披罗曳縠，前为八展舞，歌小山〔一半儿〕词云："花边娇月静妆楼，叶底沧波冷翠沟，池上好风闲御舟。可怜秋，一半儿芙蓉一半儿柳。"极欢而罢（朱彝尊《日下旧闻》）。

其曲亦有渐入化境，疏而意广者。如〔迎仙客·括山道中〕曰：

---

[1] 此处"与"应为"兴"。——编者注

云冉冉，草纤纤，谁家隐居山半崦。水烟寒，溪路险。半幅青帘，五里桃花店。

又〔凭栏人·暮春即事〕曰：

小玉阑干月半掐，嫩绿池塘春几家。乌啼芳树丫，燕衔黄柳花。

皆绝妙好曲也。至如别开一境，水木清华，足为嵛者，若〔落梅风·春晚〕：

东风景，西子湖，湿冥冥柳烟花雾。黄莺乱啼蝴蝶舞，几千秋打将春去。

〔清江引·春思〕云：

黄莺乱啼门外柳，细雨清明后。能消几日春，又是相思瘦。梨花小窗人病酒。

〔红绣鞋·湖上〕云：

无是无非心事，不寒不暖花时。妆点西湖似西施。控青丝玉面马，歌金缕粉团儿，信人生行乐耳。

又：

绿树当门酒肆，红妆映水鬟儿。眼底殷勤座间诗。尘埃三五字，杨柳万千丝，记年时曾到此。

〔水仙子·归兴〕云：

> 淡文章不到紫薇郎，小根脚难登白玉堂。远功名却怕黄茅瘴，老来也思故乡，想途中梦感魂伤。云莽莽冯公岭，浪淘淘扬子江，水远山长。

此等方是小山极诣，赏小山之端谨，而不知小山此类之曲，非所以知小山者也。至于逸情远概，以见其胸襟境地者，如〔殿前欢·次酸斋韵〕云：

> 钓鱼台，十年不上野鸥猜。白云来往青山在，对酒开怀。欠伊周济世才，犯刘阮贪杯戒，还李杜吟诗债。酸斋笑我，我笑酸斋。

又：

> 唤归来，西湖山上野猿哀。二十年多少风流怪，花落花开。望云霄拜将台，袖星斗安邦策，破烟月迷魂寨。酸斋笑我，我笑酸斋。

亦可谓得豪放之至。大概一大作手，固自有其独至处，其余亦未始不能为。小山固以端整开派，而豪放之词，并有足诵。又，元人多爱删落典语，以俚辞刻画者，小山之〔醉太平·感怀〕然也，词曰：

> 人皆嫌命窘，谁不见钱亲。水晶丸入面糊盆，才沾黏便滚。文章糊了盛钱囤，门庭改做迷魂阵，清廉贬入睡馄饨。葫芦提倒稳。

嬉笑怒骂，浑然元曲风趣也。然在全集中，直是别调矣。

小山之曲又往往为俗子更删，失其原来面目。杨升庵曰：“张小山〔小桃红〕词云：‘一汀烟柳索春饶，添得杨花闹。盼煞归舟木兰棹[1]，水迢迢，画楼明月空相照。今番瘦了，多情知道，宽尽翠裙腰。’‘蒌蒿春雪动，杨柳索春饶’，山谷诗也，此词用之，今刻本不知，改‘饶’为‘愁’，不惟无韵，且无味矣。”（《词品》）

杨慎

焦里堂曰：“《词综》选张可久〔风入松〕一首，咏九日，首四句云：‘哀筝一抹十三弦，飞雁隔秋烟。携壶莫道登临乐，双双燕为我留连。’按《小山乐府》载此，作‘双双为我留连’，无‘燕’字。‘双双’即指上飞雁，雁与燕不当杂出，且九日不复有燕矣。盖雁指筝上所有，‘双双’即此雁也。(中略)《小山乐府》世不多有，余适有之，乃得校出增多‘燕’字。又〔人月圆〕一首云：‘片时春梦，十年往事，一点诗愁。’彝尊改作‘闲愁’。又‘故人何在，前程那里，心事谁同’。彝尊改作‘前程莫问’。

[1] 此处“盼”应为“盼”。——编者注

又‘白家亭馆，吴宫花草，长似坡诗。可人怜处，鸟啼夜月[1]，犹怨西施’。彝尊改作‘可似当时，最怜人处’。以音调推之，可谓削圆方竹杖矣。”（《易余龠录》卷十七）

徐阳初曰北词“马东篱、张小山自应首冠”（《三家村老委谈》），评论至当。而中麓谓“乐府之有乔、张，犹诗家之有李、杜”。伯良辨之曰：“夫李则实甫，杜则东篱，始当。乔、张盖长吉、义山之流，然乔多凡语，似又不如小山更胜也。”（《曲律》）融斋则谓“小山极长小令，梦符虽颇作杂剧、散套，亦以小令为最长。两家固同一骚雅，不落俳语，惟张尤翛然独远耳”（《艺概》）。予意以乔、张方诸李、杜，固有未当，目之为昌谷、义山，亦非允论；取各人之长，使之各标一派，又何必较其优劣哉。“骚雅”二字，自常州以之论词，而词学大敝。谢枚如曰：“夫古人乐府，专重典雅，竹垞操选，以此为准。试观小山、梦符二家小令，抑何宛转多风。”（《赌棋山庄词话》）直以常州词论论曲矣。张宗橚乃有“孰谓张小山不如晏小山”之叹（《词林记事》），于小山之曲终何补也。

以清丽之曲自成一局面者，惟乔吉。《录鬼簿》云：“吉（又作吉甫），字梦符，太原人。号笙鹤翁，又号惺惺道人。美容仪，能词章，以威严自饬，人敬畏之。居杭州太乙宫前，有题西湖〔梧叶儿〕百篇，名公为之序。胥疏江湖间四十年，欲刊所作，竟无成事。至正五年二月，病卒于家。”丑斋以〔凌波曲〕吊之云：“平生湖海少知音，几曲宫商大用心。百年光景还争甚，空赢得雪鬓侵，跨仙禽路绕云深。欲挂坟前剑，重听膝上琴，漫携琴载酒相寻。”陶宗仪曰：“梦符博学多能，以乐府称。尝云：作乐府亦有法，曰：凤头、猪肚、豹尾六字是也。大概起要美丽，中要浩荡，结要响亮。尤贵在尾贯穿[2]，意思清新。苟能若是，斯可以言乐府矣。”（见《辍耕录》）《太和正音谱》评云：“乔梦符之词，如神鳌鼓浪，

[1] 此处“鸟”应为“乌”。——编者注

[2] 此处“尾”前少一“首”字。——编者注

若天吴跨神鳌，噀沫于大洋，波涛汹涌，截断中流之势。”沈德符谓梦符与德辉“俱以四折杂剧擅名，其余技则工小令为多”（《顾曲杂言》）。德辉诚然是非所语于梦符也，融斋已言之矣。

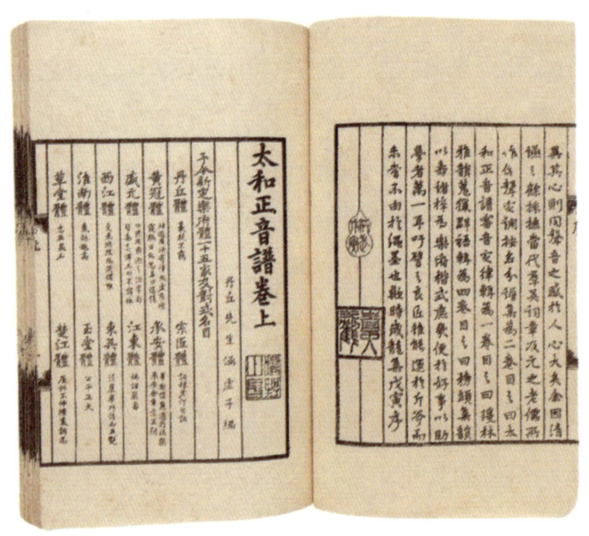
太和正音譜卷上

丹丘先生涵虚子编

予今新定樂府體一十五家及對式名目

丹丘體　宗匠體

黄冠體　承安體

盛元體　江東體

西江體　東吳體

淮南體　玉堂體

草堂體　楚江體

《太和正音谱》　明　朱权

梦符之曲，除李中麓所辑小令本外，有文湖州集词本，为钱塘丁氏旧藏，何梦华原藏者。卷端题“文林郎双门吟隐拜校”，后有厉樊榭记，谓此本较李辑少数十阕，作文湖州，不知何故。

任讷曰：余按李辑小令二十调、百八十八首，文湖州集词仅五十八首，较少百余，何止数十，厉氏盖未详核耳。惟五十八首中，为李辑所无者，有十六首之多。而调名别致者，尤足记述，〔卖花声〕作〔秋云冷〕，或〔秋云冷孩儿〕，〔山坡羊〕作〔芳草多情〕，〔小桃红〕作〔采莲曲〕，〔凭栏人〕作〔万里心〕，〔喜春来〕作〔惜芳春〕，〔庆东原〕作〔郓城春〕，〔拨不断〕作〔钱丝泫〕，皆自来谱录所不载，不知是否创自梦符之手耳。文湖州集词之误，自不待言，惟此五十八首又何人所辑？

据之何书？可惜失考矣。钱大昕《元史·艺文志》集部小说家类云：乔吉《青楼集》一卷；又词曲类云：《惺惺老人乐府》一卷。《历代诗余》等书，则“老人”作“道人”，此一卷当系梦符曲集最古之本矣。评梦符曲者，中麓语最详，以为涵虚子但赏其雄健，要未能尽，“蕴藉包含，风流调笑，种种出奇而不失之怪，多多益善而不失之繁，句句用俗而不失其为文”。所论亦是，惟句句用俗，则不确，不实。樊榭谓尤好其小令，洒落俊生，如遇翁之风韵于红牙锦瑟间，是诚有体会语也。

所谓“蕴藉包含，风流调笑”之作，中敏谓其集中莫过于〔小桃红·晓妆〕：

绀云分翠拢香丝，玉线界宫鸦翅，露冷蔷薇晓初试。淡匀脂，金篦腻点阑烟纸。含娇意思，殢人须是，亲手画眉儿。

自拢发至于插花种种，皆自为之，而画眉一事，必留以殢人亲手，信得美人娇韵无限，晓之咏曲中难以过此[1]。同调《赠朱阿娇》曰：

郁金香染海棠丝，云腻宫鸦翅，翠靥眉儿画心事。喜孜孜，司空休作寻常事。尊前但得，身边伏侍，谁敢想那些儿。

此固属风流调笑，亦何尝不洒落俊生耶。出奇而不怪者，如〔水仙子·展转秋思京门赋〕云：

琐窗风雨古今情，梦绕云山十二层。香消烛暗人初定，酒醒时愁未醒。三般儿挨不到天明。巉地罗帏静，森地鸳被冷，忽地心疼。

奇在末一句。〔水仙子·咏雪〕曰：

[1] 此处“晓”字后少一字，疑为“妆”字。——编者注

冷无香柳絮扑将来，冻成片梨花拂不开。大灰泥漫不了三千界，棱银了东大海，探梅的心噤难挨。面瓮儿里袁安舍，盐罐儿里党尉宅，粉缸儿里舞榭歌台。

“漫”字、“棱”字，与夫“瓮”“缸”“罐”之属，不可谓不奇。良以元人为曲，务必求新；取材未能新，说法务必新，如此方是曲也。

梦符又善于用俚辞，伯良谓其多凡语，便以为不如小山，非以曲言曲之评。如〔水仙子〕：

眼前花怎得接连枝，眉上锁新教配钥匙。描笔儿钩消了伤春事，闷葫芦铰断线儿，锦鸳鸯别对了个雄雌。野蜂儿难寻觅，蝎虎儿甘害死，蚕蛹儿别罢了相思。

取譬虫物，趣味盎然。又〔为友人作〕：

满腔子苦恨病相兼，一肚皮离情沉点点。豫章城开了座相思店，闷勾肆儿逐日添。愁行货顿塌在眉尖，税钱比茶船上欠。斤两去戥秤上掂，吃紧的历册般拘箝。

此等作皆奇寓于本色中者。丽采之中而出奇者，如〔春闺怨〕云：

黑海春愁浑无处躲，嫩香腻玉渐消磨，瘦啊也不似今春个。无奈何，自画双蛾，越添得愁多。

又〔折桂令·赠崔秀卿〕有云：“水洒不着的春妆整整，风吹得倒的玉立亭亭。”〔水仙子·嘲楚仪〕有云：“顺毛儿扑散翠鸾雏，暖水儿温存比目鱼，碎砖儿垒就的阳台路。”皆奇丽兼至之词。他如咏物题赠，一味鲜艳，是其骋才显处。咏物如〔水仙子·楚云所赠香囊〕：

玉丝寒皱雪纱囊，金翦裁成冰笋凉，梅魂不许香摇荡。和清愁一处装，芳心偷付檀郎。怀儿里放，枕袋藏，梦绕龙香。

题赠应无过于前调〔赠江云〕：

白蘋吹练洗闲愁，粉絮成衣怯素秋，高情不管青山瘦。伴浔阳一派流，寄相思日暮东州。有意能收放，无心尽去留，梨花梦湘水悠悠。

又《中原音韵》录〔卖花声·咏香茶〕："细研片脑梅花粉，新剥真珠豆蔻仁。依方修合凤团春。醉魂清爽，舌尖香嫩，这孩儿那些风韵。"评曰："俊词也。"

其他咏竹衫，咏睡鞋，皆极工巧。有时凝练过度，蹈小山端谨之弊，以至词曲混淆。如〔凭栏人·香枓〕有云："宝奁余烬温，小池明月昏。"在梦符虽亦未能免，然究不多见。

要之，读梦符曲，自以清丽为主，间作楚江、草堂各体，语辄可诵，如〔山坡羊〕两首，一曰：

鹏抟九万，腰缠十万，扬州鹤背骑来惯。事间关，景阑珊，黄金不富英雄汉。一片世情天地间。白，也是眼；青，也是眼。

一曰：

冬寒前后，雪晴时候，谁人相伴梅花瘦。钓鳌舟，缆汀洲，绿蓑不耐风霜透。投至有鱼来上钩。风，吹破头；霜，皴破手。

语浅意深，耐人寻味焉。梦符套曲仅十套，亦大都见其清丽，如〔咏柳忆别·商调·集贤宾〕云：

> 恨青青画桥东畔柳，曾祖送少年游。散晴雪杨花清昼，又一场心事悠悠。翠丝长不系雕鞍，碧云寒空掩朱楼。揎罗袖试将纤玉手，绾东风援损轻柔。同心方胜结，缨络绣文球。
>
> 〔逍遥乐〕绾不成鸳鸯双扣，空惊散梢头，一对锦鸠。何处忘忧，听枝上数声黄栗留，怕不弄春娇巧转歌喉。惊回好梦，题起离情，唤醒闲愁。
>
> 〔醋葫芦〕雨晴珠泪收，烟颦翠黛羞。殢风流还自怨风流。病多不耐秋，未秋来早先消瘦。晓风残月上帘钩。
>
> 〔浪里来煞〕不要你护雕栏花甃香，荫苔苍石径幽。只要你盼行人终日替我凝眸，只要你重温灞陵别后酒。如今时候，只要向绿阴深处缆归舟。

豪放原为元曲之特长，有元曲家，无不优为之，似不必别立一派，其所以举之者，端谨、清丽，鼎足而三。既谓东篱为宗匠，更推以为此派之主将，私意莫有可与张养浩京者。

张养浩

养浩，字希孟，号云庄，济南人。自幼有才名，游京师，献书于平章不忽木，大奇之。累辟御史台丞相椽，选授堂邑县尹，擢监察御史。疏时政万余言，为当国者所忌，除翰林待制，寻罢之。恐祸及，变姓名遁去。及尚书省罢，召为右司都事，迁翰林直学士。延祐设科，以礼部侍郎知贡举，累拜礼部尚书。天历二年，关中旱灾，特拜陕西行台中丞。到官四月，倾囊以赈饥民，每抚膺痛哭，遂得疾不起，谥文忠。有散曲集曰《云庄休居自适小乐府》。《正音谱》评其词“如玉树临风”。〔中吕·红绣鞋·警世〕最为人传诵，其一曰：

才上马齐声儿喝道，只这的便是那送了人的根苗，直引到深坑里恰心焦。祸来也何处躲，天怒也怎生饶。把旧来时威风不见了。

一曰：

正胶漆当思勇退，到参商才说归期，只恐范蠡、张良笑人痴。腆着胸登要路，睁着眼履危机，直到那其间谁救你。

骤视之，以为黄冠体中之道情语，其实考其人之生平，知此词自心中奔放而出，岂虚为旷达而以高士自拟哉。

三派以外，有以俳优体自成家数者，大都王鼎是也。鼎，字和卿，与汉卿最友善，数讥谑，汉卿虽极意还答，终不能胜。一日，和卿无疾而逝，而鼻垂涕尺余，人皆叹骇。汉卿来吊唁，询其由，或对云：此释家所谓坐化也。复问鼻悬何物乎？或又对云：此玉筯也。汉卿曰：我道你不识，不是玉筋，是嗓。咸发一大噱。或戏关云：你被王和卿轻侮半世，死后方才还得一筹。关亦不与辨也。和卿滑稽佻达，传播四方。中统初，燕市有一胡蝶，其大异常，或以为仙蝶，鄹王赋小曲一支，和卿遂拈〔醉中天〕云：

挣破庄周梦，两翅驾东风。三百处名园，一采一个空。难道风流种，唬杀寻芳蜜蜂。轻轻的飞动，卖花人搧过桥东。

又有〔天净沙〕云：

笠儿深掩过双肩，头巾牢抹到眉边，款款的把笠檐儿试掀。连荒道一句，君子人不见头面。

又，妓有于浴房中被打者，诉苦于王，为作〔拨不断〕云：

假胡伶，骋聪明。你本待洗腌臜，倒惹得不干净。精尻上匀排七道青，扇圈大膏药刚糊定，早难道假装无病。

其所作诸词，诙谐杂出，多半类此。自来硕儒士夫以曲在文章、技艺之间，品卑下，不足道者，殆俳优之淫虐，不足与于文艺之林。曲中之所以有此，和卿之功罪难言也。

贯云石、徐再思两家，并称酸甜乐府，品格介乎乔、张之间。云石，畏吾人，阿里海涯之孙。父名贯只哥，遂以贯为氏。自名小云石海涯，又号酸斋。袭父官，为两淮万户府达鲁花赤，镇永州。一日，解所佩黄金虎符，让弟忽都海涯。北从姚燧学，燧见其古文峭厉有法，及歌行、古乐府慷慨激昂，大奇之。俄选为英宗潜邸说书。秀才阿里西瑛者，亦善于曲词，新筑别业，名懒云窝。自作〔殿前欢〕云："懒云窝，醒时诗酒醉时歌。瑶琴不理抛书卧，无梦南柯。得清闲尽快活，日月似撺梭过，富贵比花开落。青春去也，不乐如何。"酸斋数和之，词皆超绝。酸斋生而神彩秀异，膂力绝人，长而折节读书。仁宗朝，拜翰林侍读学士，知制诰修国史。一日，忽喟然叹曰：辞尊居卑，昔贤所尚。乃称疾，隐江南，卖药钱塘市中，诡姓名，易冠服，人无识者。尝过染山滦[1]，以诗易芦花被，自号芦花道人。立春日所为〔清江引〕，每语嵌五行与一“春”字，传诵于人口。在湖上时游虎跑，应声叶泉字韵成诗，至今传为韵事，亦可见其玩世之情。

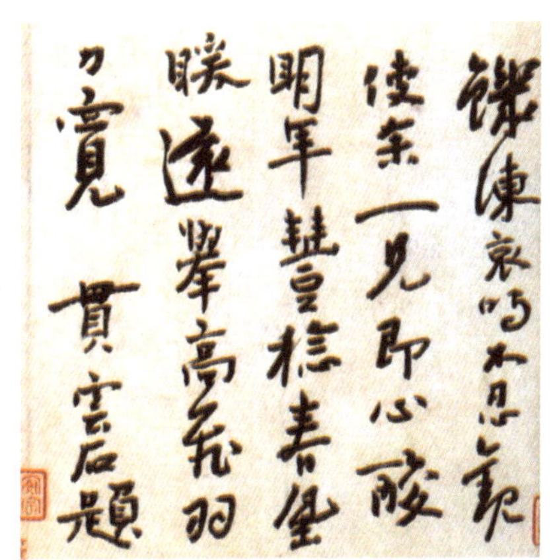

贯云石手迹

《正音谱》评其词“如天马脱羁”，指散曲而言也。酸斋生平不作杂剧，其套数以〔粉蝶儿·西湖游赏〕最著。词曰：

描不上小扇轻罗，便是真蓬莱赛他不过。虽然是比不得百二山河，一壁厢嵌平堤，连绿野，端的有亭台百座。暗想东坡，逋仙诗有谁酬和。

〔南泣颜回〕漫说凤凰坡，怎比繁华江左。无穷千古，真个是胜踪留多。烟笼雾锁，绕六桥翠嶂如螺错。青霭霭山抹如蓝，碧澄澄水泛金波。

〔北石榴花〕我则见采莲人唱采莲歌，端的是胜景胜其他。看远峰倒影，蘸清波，晴岚翠锁，怪石嵯峨。我则见沙鸥数点湖光破，咿咿哑哑橹声摇过。则见女娇羞倚定雕栏坐，恰便是宝鉴对嫦娥。

[1] 此处“滦”应为“泺”。——编者注

〔南泣颜回〕缘何，乐事赏心多。诗朋酒侣吟哦。花浓酒艳，破除万事无过。嬉游玩赏，对清风皓月安然坐。任春夏秋月冬天，但适兴四时皆可。

〔北斗鹌鹑〕闹攘攘急管纷繁弦，齐臻臻兰舟画舸。娇滴滴粉黛相连，颤巍巍翠云朵。端的是洗古磨今锦绣窝。你不信试觑呵，绿依依杨柳千枝，红馥馥芙蕖万颗。

〔南扑灯蛾〕清风送蕙香，岫月穿云破。清湛湛水光浮岚碧，响珰珰晓钟儿敲破，鸣咽咽猿啼占领，见对对鸳鸯戏着晴玻[1]。迢迢似渔舟钓艇，美甘甘一湖明镜照嫦娥。

〔北上小楼〕密匝匝那一窝，疏剌剌这几伙。我这里对着清岚，倚着清风，泛着清波。微雨初收，微烟初散，微风初过，再休题浓妆淡抹。

〔南扑灯蛾〕叠叠的层楼兼画阁，簇簇的奇葩与异果。远远的绿沙茵，茸茸的芳草坡，跐蹬的马蹄踏破。隐隐似长桥卧波，细袅袅绿柳金拖。我实丕丕放开眼界，这整齐齐楼台金碧天上也无多。

〔尾声〕阴晴昼夜皆行乐，不信道好风景被横俗人摧挫，再寻个风雅的湖山何处可。

其小令，予最爱〔塞鸿秋·代人作战〕曰[2]：

西风遥天几点宾鸿至，感起我南朝千古伤心事。展花笺欲写岁句知心事，空教我停霜毫半晌无才思。往常得兴时，一扫无瑕疵，今日个病恹恹刚写下两个相思字。

又〔红绣鞋〕曰：

[1] 此处“玻”应为“波”。——编者注

[2] 此处“战”字应在下文的“西风”之前。——编者注

挨着靠着云窗同坐，看着笑着月枕双歌，听着数着怕着愁着早四更过。四更过情未足，情未足夜如梭。天哪，更闰一更妨甚么。

何其婉妙也。

再思，字德可，嘉兴人。或谓名饴，扬州人（吴瞿安师《麈谈》中语）。好食饴，故号甜斋。子善长，颇能维家声。其曲《正音谱》评为“桂林秋月”，词之美可知。〔折桂令·春情〕云：

徐再思

平生不会相思，才会相思，便害相思。身似浮云，心如飞絮，气若游丝。空一缕余香在此，盼千金游子何之。证候来时，正是何时？灯半昏时，月半明时。

又〔水仙子·夜雨〕云：

一声梧叶一声秋，一点芭蕉一点愁，三更归梦三更后。落灯花棋未收，叹新丰孤馆人留。枕上十年事，江南二老忧，都到心头。

又二阕，咏佳人钉鞋云：

金莲脱瓣载云轻，红叶浮香带雨行，渍香泥印在苍苔迳。三寸中数点星，玉玲珑环佩交鸣。溅越女红裙湿，沁湘妃罗袜冷，点寒波小小蜻蜓。

咏红指甲云：

落花飞上笋牙尖，宫叶犹将冰筋黏，抵牙关越显得樱唇艳。怕阳春不卷帘，捧菱花红印妆奁。雪藕丝霞十缕，枣斑血半点，掐刘郎春在纤纤。

翟安先生谓其“语语俊，字字艳，直可倒群英”矣。

酸、甜外，挺斋词亦端丽。挺斋者，高安周德清也，著有《中原音韵》。韵之分阴阳，自德清始。当时止及平声，明范善榛乃分去声，王鵕、周少霞始及上声。论荜路山林之功，不得不推德清矣。《正音谱》评其词曰：“玉笛横秋。”其〔喜春来·别情〕云：

月儿初上鹅黄柳，燕子先归翡翠楼。梅魂休暖凤香篝。人去后，鸳被冷堆愁。

胡祗遹，字紫山，号少凯，钟《录》所谓胡宣慰者是。《正音谱》评其词曰：“秋潭孤月。”其〔喜春来·春思〕云：

闲花酝酿蜂儿蜜，细雨调和燕子泥。绿窗觉来迟。谁唤起，帘外晓莺啼。

刘致，字时中，号逋斋，宁乡人。初任永新州判，尝与文子方过畅纯父，值其濯足。畅闻二人至，辍洗，迎笑曰：“佳客至，正有佳味。”于卧内取四大桃置案上，以二桃洗濯足水中，持啖二人。时中与子方不食，以其置案上者，人持一颗去，曰：“公洗者其自享之，无以二桃污三士也。”乃大笑而去。其曲以〔水仙子〕四支负盛名。自序云：

若把西湖比西子，淡妆浓抹总相宜，玉局翁诗也，填词者窃其意，演作世所传唱〔水仙子〕四首，仍以西施二字为断章，盛行歌楼乐肆间。每悔其不能佳也，且意西湖西子，有秦无人之感。嵇农有樵者，闻而是之，即以春、夏、秋、冬赋四章，命之曰《西湖四时渔歌》，共约首句韵以“儿”字，“时”字为之次，“西施”二字为句绝，然后一洗而空之。邀同赋，谨如约。

一曰：

湖山堂下斗竿儿，烂缦韶华三月时。朝来风雨催春事，把莺花㩳断死。映苏堤红绿参差。浅绛雪缄桃萼，嫩黄金搓柳丝。风流呵斗草的西施。

其二曰：

虾须帘卷水亭儿，玉枕桃笙睡起时。荷香勾引薰风至，掬清涟雪藕丝。嫩凉生璧月琼月枝，鸾刀切银丝脍，蚁香浮碧玉卮。受用呵避暑的西施。

其三曰：

西风逗入北窗儿，一扇新凉暑退时。白蘋红蓼多情思，写秋光无限诗。占平湖树抹胭脂，云拥扇青摇柄，粟飘香金缀枝。快活呵玩月的西施。

其四曰：

梅花初试胆瓶儿，正是逋郎得句时。同云把断山中寺，软香尘不到此。怯清寒林下风姿，侵素体添肌栗，妒云鬟老鬓丝。清绝呵赏雪的西施。

任昱，字则明，四明人。少年狎游平康，以小乐章流布裙钗，多见于《乐府群玉》。〔红绣鞋·春情〕自是名制，词云：

暗朱箔雨寒风峭，试罗衣玉灭香销。落花时节怨良宵。银台灯影淡，绣枕泪痕交，团圆春梦少。

钱霖，字子云，松江人。弃俗为黄冠，更名抱素，号素庵。有《醉边余兴》，语极工巧，有〔清江引〕四支甚佳。曰：

梦回昼长帘半卷，门掩荼蘼院。蛛丝挂柳绵，燕嘴粘花片，啼莺一声春去远。

曰：

高歌一壶新酿酒，睡足蜂衙后。云深鹤梦寒，石老松花瘦，不如五株门外柳。

曰：

春归牡丹花下土，唱彻莺啼[1]。戴胜雨余桑，谢豹烟中树，人闲昼长深院宇。

曰：

恩情已随纨扇歇，攒到愁时节。梧桐一叶秋，砧杵千家月。多的是几声儿檐外铁。

顾德润，字均泽，道号九山，亦松江人也。有《九山乐府》。《正音谱》评其词曰："雪中乔木。"〔中吕·醉高歌〕云：

长江远映青山，回首难穷望眼。扁舟来往蒹葭岸，烟锁云林又晚。

曾瑞，字褐夫，大兴人，喜南国才士之多，遂移家钱塘。有《诗酒余音》行世。〔一枝花·春思〕云：

春风眼底思，夜月心间事。玉箫鸾凤曲，金缕鹧鸪词。燕子莺儿，殢杀寻芳使。合欢连理枝，我为你盼望着楚雨湘云，担阁了朝经暮史。

〔梁州第七〕你为我堆宝髻羞盘凤翅，淡朱唇懒注胭脂。东君有意偷窥视，翠鸾寻梦，彩扇题诗，花笺写怨，锦字传词。包藏着无限相思，思量杀可意人儿，几时得靠纱窗偷转秋波，几时得整云鬟轻舒玉指，几时得倚东风笑捻花枝。新婚，燕尔，到如今，抛闪的人独自。你那点志诚心有谁似，休把那海誓山盟作戏词。相会何时。

〔尾声〕断肠词写就龙蛇字，叠做同心方胜儿。百拜娇姿谨传示，间别了许时。这关心话儿，尽在这殢雨尤云半张纸。

[1] 此处"莺啼"后少一"序"字。——编者注

颇极低徊之致，想见洒然如神仙中人。之数子者，或偏于清丽，或偏于端谨。临川人陈克明美人八咏〔一半儿〕，香奁体之大作手也。其笔致亦未能出乎此，于戏小山、梦符，不谓之为元曲冠冕乌乎可。

与希孟最相近者，厥为汪元亨。元亨，字云林，官学士。有《云林清赏》《小隐余音》。〔醉太平·归隐〕多逾百阕。有曰：

> 辞龙楼凤阙，纳象简乌靴。栋梁材取次尽摧折，况竹头木屑。结知心朋友着疼热，遇忘杯诗酒追欢悦，见伤情光景放痴呆。老先生醉也。

俨然曲中之渊明，非徒作黄冠语也，明之史忠、刘效祖多有和者。

刘庭信，南台御史，刘廷翰族弟，俗呼为黑刘五。《正音谱》评其词“如摩云老鹘”。其〔水仙子〕云：

> 秋风飒飒撼苍梧，秋雨潇潇响翠竹，秋云黯黯迷烟树。三般儿一样苦，苦的人魂魄全无。云结就心间愁闷，雨好似眼中泪珠，风做了口内长吁。

果然气若摩云也。

钟嗣成，字继先，号丑斋，汴人。累试有司，命不克遇，从吏则有司不能辟，亦不屑就，因作《录鬼簿》二卷以寄意。上卷记前辈才士有杂剧者，略记姓字、爵里及剧目，下卷则记并世才士，各作一小传，记

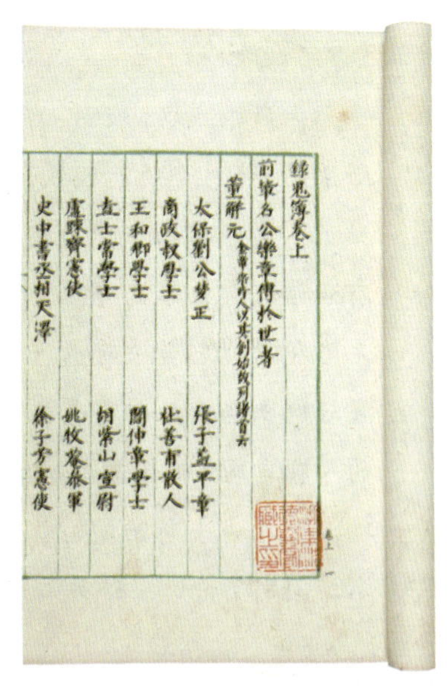
錄鬼簿卷上
前輩名公樂章傳於世者
董解元 金章宗時人以其創始故列諸首云
太保劉公夢正　張子益平章
商政叔學士　杜善甫散人
王和卿學士　閻仲章學士
盍士常學士　胡紫山宣尉
盧疏齋憲使　姚牧菴參軍
史中書丞相天澤　徐子芳憲使

《录鬼簿》 元 钟嗣成

其剧目。又作〔凌波曲〕吊之，盖亦风雅好事者也。《正音谱》评其词“如腾空宝气”。〔醉太平〕云：

俺是悲天院下司，俺是刘九儿宗枝。郑元和俺当日拜为师，传留下莲花落稿子。搠竹枝绕遍莺花市，提灰笔写就鸳鸯字，打爻槌唱会鹧鸪词，穷不了俺风流敬思。

间亦有委婉幽倩之作，如〔清江引·咏情〕云：

昨天话儿说甚的，今日都翻悔。直恁铁心肠，不管人憔悴，下场头送了我都是你。

至〔丑斋自序〕套，则又诙谐可宝矣：

〔一枝花〕生居天地间，禀受阴阳气。既为男子体，须入壮俗机。所事堪宜，件件可咱家意。为评跋惹是非。折莫煞旧友新知，才见了着人笑起。

〔梁州〕我为这外貌儿不中抬举，因此上内才儿不得便。半生未得文章力，空自古胸藏锦绣，口土珠玑[1]。只争奈灰容土貌，缸齿重颐，又兼着细眼单眉，人中短髭鬓稀稀。那里陈平般冠玉精神，何宴般风流面皮，那里取潘安般俊俏容仪。自知，就里，清晨倦把青鸾对，恨煞爹娘不争气。有一日黄榜招收丑陋的，准拟夺魁。

〔隔尾〕有时软乌纱抓扎起镢天髻，干皂靴出落着簌地衣。向晚乘闲后门立，猛可的笑起，似一个甚的？恰便似见世钟馗号不杀鬼。

〔牧羊关〕冠不正相知罪，貌不扬怨恨谁？那里尊瞻视貌招威。枕上寻思，心头怒起。空长三十岁，暗想九十回，恰便似水上

[1] 此处“土”应为“唾”。——编者注

节离镑锯，胎中疾没药医。

〔贺新郎〕世间能走的不能飞。饶你千件千宜，百伶百俐。闲中解尽其中意。黑暗地自恁解释。倦闲游出塞临池。临池鱼恐坠，出塞雁惊飞，入园林宿鸟应回避。生前离入尽，死后不留题。

〔隔尾〕写神的要得丹青意，不怕你巧笔难传造化机。不打草两般儿可罔类。法刀鞘依着格式，妆鬼的添上嘴角。眼巧何须做样比。

〔哭皇天〕饶你有拿云艺冲霄计，诛龙局段打凤机。近来论世态，世态有高低。有钱的高贵，无钱的低微。那里问风流子弟。折朱颜如灌口，貌赛神仙，洞宾出世，宋玉重生，没答了馒的，梦撒了寮丁。他采你不见得。枉自论黄数黑，谈说是非。

〔乌夜啼〕一个斩蛟龙秀士为高第，升堂室今古谁及。一个射金钱武士为夫婿，韬略无敌，武艺深知。丑和好自有是和非，文共武便是傍州例。有鉴识，无嗔讳。自花白寸心不昧，若说谎上帝应知。

〔收尾〕常记的半窗夜雨灯初昧，一枕秋梦未回。见一人，请相会。道咱家，必高贵。既通儒，又通吏，既通疏，又精细。一时间，失商议。既成形，悔不及。我教你，请俸给。子孙多，夫妇宜。货充盈，仓廪实。禄福增，寿笑齐。我特来，告你知。暂相别，恕情罪。叹息了几声，懊悔了一会。觉来时记得，记得是谁，元来是不做美当年的捏胎鬼。

冯子振，字海粟，攸州人。博洽经史，尝著《居庸赋》，首尾几五千言，闳衍巨丽。自号怪怪道人。金华宋濂曰："海粟冯公，以博学英词名于时。当其酒酣气豪，横厉奋发，一挥万余言，少亦不下数千言，真一世之雄也。"所为〔鹦鹉曲〕最著。自序曰：

白无咎有〔鹦鹉曲〕云："侬家鹦鹉洲边住，是个不识字渔父。浪花中一叶扁舟，睡煞江南烟雨。觉来时满眼青山，抖擞绿蓑归去。算从前错怨天公，甚也有安排我处。"余壬寅岁留上京，有伶妇御

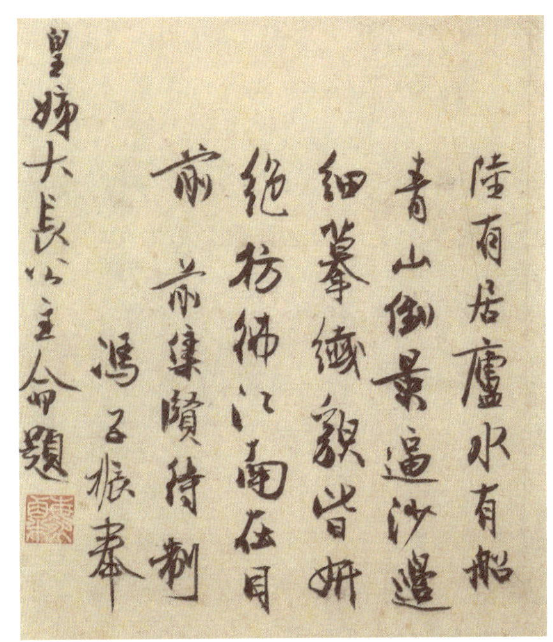

冯子振手迹

园秀之属，相从风雪中，恨此曲无续之者。且谓前后多亲炙士大夫，拘于韵度，如第一个“父”字，便难下语。又“甚也有安排我处”，“甚”字必须去声字，“我”字必须上声字，音律始谐，不然不可歌。此一节又难下语。诸公举酒，索余和之，以汴、吴、上都、天京风景试续之。

予最爱其〔故国归计〕云：

　　重来京国多时住，恰做了白发伧父。十年枕上家山，负我湘烟潇雨。断回肠一首阳关，早晚马头南去。对吴山结个茅庵，画不尽西湖巧处。

戛戛独造，词气劲遒。

周文质，字仲彬，其先建德人，后居杭州。《正音谱》评其词“如平原孤隼”。尝见〔自叹·叨叨令〕云：

筑墙的曾入高宗梦，钓鱼的也应飞熊梦，受贫的是个凄凉梦，做官的是个繁华梦。笑煞人也么哥，笑煞人也么哥，梦中又说人间梦。

邓玉宾，《正音谱》评其词“如幽谷芳兰”，实则气象恢宏，与希孟之徒为近，如〔道情·叨叨令〕云：

一个空皮囊包裹着千重气，一个干骷髅顶戴着十分罪。为儿女使尽拖刀计，为家私费尽担山力。你省的也么哥，你省的也么哥，这一个长生道理何人会。

高克礼，字敬德，号秋泉，小曲、乐府极工。或谓字敬臣，河间人。荫官至庆元礼官。有政声，简淡自处，名于时（见《元诗选》）。所作如〔黄蔷薇带庆元贞〕谱天宝遗事云：

又不曾看生见长，便这般割肚牵肠。唤奶奶酩子赐赏，撮醋醋孩儿也弄璋。断送他潇潇鞍马出咸阳，只因他重重恩爱在昭阳，引惹得纷纷戈戟闹渔阳。呀，三郎，睡海棠，都只为一曲舞霓裳。

阿鲁威，字叔重，号东泉，蒙古人。《正音谱》评其词“如鹤唳长空”，如〔落梅风〕云：

千年态，一旦空，惟有纸钱灰晚风吹送。尽蜀鹃啼血烟树中，唤不回一场春梦。

此等小令，出之以豪迈，是变调也。

严忠济，实之次子，《元史》有传。其〔天净沙〕云：

能可少活十年，休得一日无权。大夫时乖命蹇。有朝一日天从人愿，赛田文养客三千。

颇有杜陵大厦之意。之数子者，手意近辣，吐属滂沛，非特沁人心脾已也。

三派名手略如上方，尚未能竟其什一。他如以套曲名者，有朱庭玉、睢景臣及其子玄明、庾天锡、孛罗、宋方壶、李子中、徐琬、滕斌、李泂、班惟志、赵彦晖、沙正卿（卿一作学）、侯克中、王仲诚、孔文卿、康进之、吕天用、萧德润（萧一作黄）、马彦良、狄君厚、程景初、李邦基（余略）。而盍志[1]、张鸣善、奥敦周卿、赵善庆、曹明善、鲜于必仁、吴弘道、李爱山、孙周卿、吴西逸、赵显宏、李伯瞻、马九皋、李致远、王元鼎、卫立中、王敬甫、陈德和、景元启（景或作栗）、张子坚、吕止庵（庵或作轩）、薛昂夫、丘士元、商挺、马谦斋、查德卿、赵佑、李德载、高栻（余略）诸家令曲，并有足观，然大都不入于杨，则入于墨，未能离乎谨、丽、豪三者也。有元曲学之盛，于兹昭然，尝鼎一脔，惜未能详尽之耳。

王国维曰："曲家多限于一地。元初制杂剧者（前按：散曲亦然），不出燕、齐、晋、豫四省，而燕人又占十之八九。中叶以后，则江浙人代兴，而浙人又占十之七八。即北人如郑德辉、乔梦符、曾瑞卿、秦简夫、钟丑斋辈，皆吾浙寓公也。"（见《曲录余谈》）予尝据杨氏二选，其间湖上之词一百一十余首（胡生世玉所统计者），小山〔苏堤渔唱〕、梦符〔西湖梧叶儿〕百首，并以湖名，可知西湖为散曲之中心。侨居于此，游赏于此，歌咏于此，西湖与元曲同此不朽矣。予《饮虹曲话》尝表而

[1] 此处"志"字后少一"学"字。——编者注

出之。鉴泉《说诗韵语》有“北人南客合刚柔”之句，此大可例之于曲。北莫北于畏吾，而贯云石终老江南，故其曲兼有刚柔之胜。治元之散曲者，不可不知焉。

王国维

第三

明曲前后两时期

余于《饮虹曲话》尝言之，元以后有明曲，犹唐以后有宋诗，明承元曲之遗而变之，亦犹宋承唐诗之遗而变之，孰谓唐后便无诗，元后便无曲邪？虽然明之于曲，固有异乎宋之于诗也。曲至于明，就文辞言，不如以声音言，盖昆腔之制作，其影响于曲也匪鲜。昆腔以前，犹存北曲；昆腔以后，所谓南词者，取北曲之地位而代之，于是非复元曲之旧观矣。是论明曲，必以昆腔为界，分别前、后两期，亦足觇此道之升降，匪徒为论列之便而已。

涵虚子以王子一、刘东生、王文昌、谷子敬、芳楚茅、陈克明、李唐宾、穆仲义、汤舜民、贾仲名、杨景言、苏复之、杨秀华[1]、杨文奎、夏均政、唐以初为明初十六家。其称最于散曲，惟汤舜民。

舜民，名式，号菊庄，四明人。独有五十余套，其余皆数套耳，未足称作家也。舜民之小令，豪放、清丽兼有之，而套曲偏于端谨。令中如〔折桂令〕用重句体，云：

> 冷冷清清人在西厢，叫一声张郎，骂一声张郎。乱纷纷花落东墙，问一会红娘，絮一会红娘。枕儿余，衾儿剩，温一半绣床，闲一半绣床。月儿斜，风儿细，开一扇纱窗，掩一扇纱窗。荡悠悠梦绕高唐，

[1] 此处“秀”应为“彦”。——编者注

萦一寸柔肠，断一寸柔肠。

何其婉妙也。

又〔书怀示友人·商调·山坡羊〕二首，其一云：

田园荒废，箕裘陵替，桃源有路难寻觅。典鹑衣，举螺杯，酕醄醉了囫囵睡。啼鸟一声惊觉起，悲，也未知；喜，也未知。

其二云：

驱驰何甚，乖离忒恁，风波犹自连头浸。自沉吟，莫追寻，田文近日多门禁。炎凉本来一寸心，亲，也自您；疏，也自您。（并见《乐府群珠》）

何其抗爽也。

周宪王（朱有燉）以贵胄之尊，耽文艺之乐。郁蓝生《曲品》所谓“色天散圣，乐国飞仙，嗣出天潢，才分月露”者。且以遭世隆平，勤学好古，留心翰墨，制《诚斋乐府》杂剧、传奇不下三十种。音律谐美，流传内府，中原弦索，多有用其新词者。李梦阳《汴中元宵》绝句云：“中元孺子倚新妆，赵女燕姬总擅场。齐唱宪王新乐府，金梁桥外月如霜。”所为散曲，亦名《诚斋乐府》，有宣德九年刊本，小令二百六十九首。大抵工稳者多，翻腾者少，如〔夜避暑醉中戏作·商调·山坡羊〕云：

长天炎热，水心亭榭，乘凉避暑更深夜。漏未绝月半斜，筵前尊俎重罗列，放疏狂吃得金瓮竭。爷，沉醉也，歇，且慢者。

亦悠然自适之词也。

朱明之初，曲人咸集于金陵，犹元代之西湖。周晖《金陵琐事》有《曲

菊石野兔图　明　徐霖

品》一卷，缕列曲家，都三十人，可见当时词风之盛焉。《曲品》云：

马俊，小令不减元人（按：俊字惟秀，号讷轩）。

史痴，工小令。

陈全，秀才，有乐府行于世，无词家大学问，但工于嘲骂而已。

陈铎，字大声，有《秋碧乐府》《梨云寄傲》《公余漫兴》行于世。〔咏闺·三弄梅花〕一阕，颇称作家。所为散套，稳协流丽，被之丝竹，审宫节羽，不差毫末。

徐霖，字子仁。少年数游狭邪。所填南北词，大有才情，语语入律，妓家皆崇奉之。吴中文征仲题画寄徐，有句云："乐府新传桃叶渡，彩毫遍写薛涛笺。"乃实录也。武宗南狩时，伶人臧贤荐之于上，令填新曲，武宗极喜之。余所见戏文《绣襦》《三元》《梅花》《留鞋》《枕中》《种瓜》《两团圆》数种行于世。

陈鲁南，有《善知识》《苦海回头记》行于世，人最脍炙者〔梅花序〕。

忆昔四首次陈鲁南韵　明　文徵明

罗子修，雪词绝妙。

盛鸾，有《贻拙堂乐府》二卷。

邢太常一凤，字伯羽，所填南北词最新妥，堪入弦索。

郑仕，字子学，工小令。

胡懋礼，有《红线》杂剧，最妙。同时吴中梁辰鱼亦有《红线》杂剧，脍炙人口，较之懋礼者，当退三舍。

杜大成，工小令，有词评壹卷，名《纳凉偶笔》。

花蝶草虫图册　明　杜大成

金銮，字在衡，有《萧爽斋乐府》，最是作家。华亭何良俊号为知音，常云：“每听在衡诵小曲一篇，令人绝倒。”

吉山王逢元，最是词曲当家。

沈干峰越，工小令，铁面御史，能作风流软媚语。赋梅花者，岂独宋广平乎？

盛壶轩敏耕，工小令。

石楼高志学，秀才，工小令。

段炳，字虎臣，秀才。和元人马东篱〔百岁光阴〕一套，金在衡见之，极口赞赏，曰：“押如此险韵，乃得如此妥贴乎，足以压倒东篱。”

张四维，字治卿，号五山，秀才。有《溪上间情集》，藏于家，友人刊其《变烈记》《章台柳》两种戏文行之。

黄方胤，有《陌花轩小词》。

沈恩，江宁人，字复之，晚得一第，官止深州学正。司马西虹称其工乐府云。滏按：西虹亦自著有《龙广山人小令》。

黄文元，名开第，冯海浮门人，工小令。

汪肇郃，名宗姬，有传奇行于世。

武陵仙史，工小令。

皮元素，名光淯，最是作家。

徐惺宇，名维敬，工小令。

孙幼如起都，工小令。

黄畴凤，名成儒，小令最工。

赵献之，工小令，家有女戏一班。

陈荩卿所闻，工乐府，《濠上斋乐府》外，尚有八种传奇：《狮吼》《长生》《青梅》《威凤》《同升》《飞鱼》《彩舟》《种玉》。今书坊汪廷讷皆刻为已作。余怜陈之苦心，特为拈出云云。

就中以陈铎、金銮、陈所闻三家为一时冠冕，郁蓝生所谓“陈秋碧南音嘹喨”“金白屿响振江南”“陈散人高踪烟壑”者也。

铎本将家子，周晖尝记其逸事，至堪发噱，曰：“指挥陈铎以词曲驰名，偶因卫事谒魏国公于本府。徐公问：‘可是能词曲之陈铎乎？’陈应之曰：‘是。’又问：‘能唱乎？’陈遂袖中取出牙版，高歌一曲。徐公挥之去，乃曰：‘陈铎，金带指挥，不与朝廷作事，牙版随身，何其卑也。’”（见《金陵琐事》）所作惟《秋碧轩稿》《梨云寄傲》今尚存。《公余漫兴》一种，殆已失传矣。其〔双调·胡十八〕，一曰：

天生下俏脸儿，所事的又相称。道倾国是倾城，腰肢袅娜步轻盈。半晌家定睛，越教人动情。模样儿都记得，悔不曾问姓名。

一曰：

方说些好话儿，烘的半脸儿变。道不本分使闲钱，伏低做小索从权。跪在他面前，曲膝似软绵。所事儿不敢说，一千个可怜见。

情思蓊茏，语甚可诵，第其品格，未臻上乘耳。又〔正宫·小梁州〕：

碧纱窗外月儿孤，两两啼乌，枕寒衾剩夜何如。愁难度，风露下高梧。秋声苦把人欺负，但合眼好梦全无。整翠鬟，开朱户，瑶阶闲步，惟赖影儿扶。

余亦赏其清隽。王元美曰：“大声所为散套，既多蹈袭，亦浅才情，然字句流丽，可入弦索。”此评殊不当。其套数，如〔中吕·粉蝶儿·赏桂花〕云：

万斛秋香，想灵根产来天上。下瑶阶白露生凉，玉葳蕤，金烂漫，满枝争放。茜紫妖黄，花一名种分三样。

〔醉春风〕银汉月华明，清秋天气爽。只愁风雨近垂杨，及早里赏。赏，在曲角栏边，太湖石畔，绿阴亭上。

〔迎仙客〕且不索张代燕，列红妆，受西风半教帘幙敞。月在天，酒在觞，对着潇洒风光，一弄儿诗人况。

〔红绣鞋〕太白有冲天豪放，渊明有傲世清狂。花月娱人不能双。采石月无花芙，彭泽菊带霜寒，爱良宵令胜往。

〔普天乐〕玉栏遮，银屏障，游蜂谩采，浪蝶休忙。千花吐异芬，四出呈新样。举酒高歌花相向，把花神仔细端详。端的是香清似麝兰，色娇如金粉，品压尽群芳。

〔石榴花〕想牡丹声价重花王，可怜春去太匆忙。漫山桃李总寻常。江梅有暗香，冷落在溪傍。想芙蓉几树秋江上，凄凉杀远水斜阳。浮名在眼身无恙，我这里痛饮待何妨。

〔斗鹌鹑〕爱的是细蕊云稠，喜则喜繁枝翠穰。见如今露冷天寒，正值着风清月朗。拚着个酩酊花前醉几场，尽教人笑我狂。或是秉烛通宵，或是凭栏半晌。

〔上小楼〕不是我词华过奖，不是我心情偏向。想起那好竹王猷，爱莲周子，采桑刘郎。争如我对月忘忧，折桂无心。看花想象，恁清风不教多让。

〔幺篇〕我风味别，兴趣长。香惹乌纱，香袭书帷，香沁罗裳。花下闲眠，花外徐吟，花前凝望，受用足浅斟低唱。

〔满庭芳〕烟滋露养，根深蒂固，叶茂枝昌。广寒宫阙高千丈，觅浮槎怎泝银潢。全不许莺喧燕嚷，只疑是凤翥鸾翔。想凡卉多般样，有浓妆艳妆，争如他正色占中央。

〔十二月〕使不着吴刚伎俩，用不着韩寿心肠。待学赋淮南招隐，说甚么窦氏遗芳。正近着秋吟绿窗，写幽情费尽了思量。

〔尧民歌〕这答儿赛杜陵流水浣花堂，胜裴公绿野午桥庄。疏英琐碎月黄昏，冷香飘荡露清凉。更长，更长漏转长，坐到斗柄西楼上。

〔耍孩儿〕丹青巧笔难形状，不似那闲花朵三三两两。一团清气暗包藏，倩西风簇就金囊。分来月窟千季秀，夺尽东篱一片香，自一种超凡像。便休提樱唇点紫，宫额涂黄。

〔四煞〕嫩枝柯含细雨，旧根基培沃壤，岁寒不改长兴旺。幽丛未肯依穷谷，仙迹合教贮粉墙，志节真高尚。论交少等，定价难偿。

〔三煞〕花怜人似有情，人惜花劳稽颡。浅黄淡白闲摹彷，密攒玉椮连枝巧。斜妥金钗一股长，无语空惆怅。难留花事，易老韶光。

〔一煞〕未安排赏玩心，先习学栽种方，频收新蕊归佳酿。静陪明月清尘梦，远逐凉飔入醉乡。听画角声悲怆，正蛩吟啾唧，烟霭苍茫。

〔尾声〕清香自护持，知音谁过访。夜深时只恐嫦娥降，则听得环佩珊珊在半空里响。

洋洋绷绷，何尝有蹈袭之嫌耶。

白屿之《萧爽斋乐府》流传最远，其嘲弄小调，读之诚令人解颐。如《琐南枝集·常言》八首，无一不妙。其一云：

浮皮儿好，外面儿光，头发梢儿里使贯香。多大个倈儿，也来学冲象。那些个捏着疼，爬着痒，头上敲，脚下响。

其二云：

坚如石，冷似冰，识不透你心肠儿横竖生。只管里满口胡柴，倒把人拴缚定。谁撇虚，谁志诚，人的名，树的影。

其三云：

当不的取，算不的包，过的桥来还折桥。动不动熟脸子抢白，冷锅里豆儿炮。不是煎，便是炒，瓜儿多，子儿少。

其四云：

面不是面，油不是油，鸭弹里还来寻骨头[1]。瘦杀的羔儿，他是块真羊肉。见面的情，背地里口，不听升，只听斗。

其五云：

闲言来嗑，野话儿劖，偷嘴的猫儿分外馋。只管里吓鬼瞒神，吃的明吃不的暗。搭上了他，瞒定了俺，七个头，八个胆。

其六云：

长三丈，横八尺，说来的话儿葫芦提。每日家带醉佯醒，没气的还寻气。假若你瞒了心，昧了己，一尺天，一尺地。

其七云：

心肠儿窄，性气儿粗，听的风来就是雨。尚兀自拨火挑灯，一密里添盐加醋。前怕狼，后怕虎，筛破的锣，擂破的鼓。

其八云：

撒甚么咯，卖甚乖，三尺门儿难自开。把我那一担恩情，都漾做黄虀菜。说着不听，骂着不采，山不移，性不改。

知吾乡谚语者见之而不掩口者，余不信也。又〔满庭芳·淮上追吴厚丘至扬州戏作〕云：

[1] 此处“弹”应为“蛋”。——编者注

我你和西湖分手，实指望平和桥下，同上兰舟。谁知解缆争先后，早来到宝应湾头。又被你几篙子撑离了界首，一篷风使过了高邮。我这里望着露筋庙无昏昼，沿着邵伯湖边儿径走，只赶到扬州。

知淮上路径者见之，欲不捧腹，不可得也。〔闺情·河西六娘子〕八首亦集中名作。余尤爱其第一首，云：

海棠阴轻闪过凤头钗，没人处款款行来。好风儿不住的吹罗带。猜也么猜，待说口难开，待动手难抬。泪点儿和衣暗暗的揩。

其清丽处，元曲中所不多见。王元美曰："白屿诸作，颇是当家，为北里所赏。"万历间，汪廷讷辑四词宗，萧爽斋其一也。套曲亦多有可取。兹录〔送汪小村归广陵·仙吕·点绛唇〕云：

四海高情，五湖佳兴。诗中景，都收入半卷丹青。落魄煞拍手歌随心令。

〔混江龙〕他可也乐天知命，不通姓字不贪名。渔樵故侣，鸥鹭闲盟。欢乐较多愁较少，道情为重利为轻。常则是棋枰药里，清颂茶经厮傒幸。满面儿春风和气，秋水澄清。

〔天下乐〕落得个半世青袍白发生，想着他前程水上萍。畅好是哭穷阮步兵，才看破眼角儿怕待睁，惯转动脚跟儿怕待行，刚温热心肠儿怕待冷。

〔哪吒令〕想着他与风云状形，笔精右丞。托江山寄情，诗工少陵。今日个困林泉此生，气消弥衡。甘守着原宪贫，枉耽了相如病，几自惺惺。

〔鹊踏枝〕爱你个老先生最多情，不忘了十载交游。又无甚千里途程，驾着个苕溪小艇，来访我曲水闲亭。

〔寄生草〕只把你为平仲休猜咱是管宁，我和你五侯七贵曾相并，九衢六市闲相竞，千红万紫争相胜。还只待新篘一醉洞庭春，谁承望故人三叠阳关令。

〔幺篇〕渐渐的秋容改，看看的暮景生。我只见半天残照风帆，正数声短笛渔舟横，霎时间一江凉月芦花映。明朝骑鹤上扬州，何时载酒来陶径。

〔六幺序〕听落叶千林响，正潮回两岸平，最相关此际离情。你可门曾掩孤檠，漏下三更尚兀自拥寒情衾。梦绕金陵，我这里愁心况复逢病衰。怎禁他一片秋声，芙蓉未老霜花冷。凉飚渐起，残月犹明。

〔赚煞〕还将来岁盟，重与令宵订。须记得江南风景，切莫教霜雁影。等闲间花老莺声，锦层，水秀山明。依旧王孙芳草青，折莫你楼书摘星。题桥广陵，你可也遥想着莫愁湖畔石头城。

又〔送吴怀梅归歙·双调·新水令〕云：

暖风芳草遍天涯，带沧江远山一抹。六朝堤畔柳，三月寺边花。

〔驻马听〕少日豪华，狼藉千金频试马。中年身价，飘零数载远移家。岩头空自老桑麻，眼前那得辞婚嫁，镇流连无半霎，赤紧的归心渐远都门下。

〔雁儿落〕我则见西风双桨划，落日孤帆挂，莺声巧似簧，山色明如画。

〔得胜令〕坐对着野水漾晴沙，老树噪昏鸦。极浦招渔艇，前村问酒家。行咱，客舍逢初夏，看咱，长天映晚霞。

〔川拨棹〕我和你旧情洽，闹场儿闲戏耍。你可甚判柳评花，唤酒呼茶。嫩蕊奇葩，翠袖红牙，别一个襟怀潇洒，笑春风雨鬓华。

〔七弟兄〕折莫你敬咱，爱咱，总非他。只为我惯风情不在他人下，弄风骚羞向外人夸，逞风流一任旁人骂。

〔梅花酒〕你那里风景佳，有万顷霞。诵一烟卷南华[1]，就九转丹砂，栽两行陶令柳，种几亩邵平瓜，这搭儿快活杀。有一日临帝阙载仙槎，乘彩凤握黄麻，方显得秀才家高声价。

〔收江南〕溶溶月色上檐牙，趁着个离离花过窗影纱。几能够笑沽春酒到君家，煮玉川细茶，下陈蕃旧榻，我和你再将幽恨诉琵琶。

〔南南吕·梧桐树〕[2]生来洒落怀，还尽风流债。酒友诗朋，一任夸豪迈。莺期与燕约，总是春拖带，蝶梦与蜂魂，枉被花禁害，丽春园赢得名在。

〔北骂玉郎〕闲来一枕青山外，甚的是南柳市北街。见而今白云久隔红尘陌，糊涂了三百杯，打熬出三万场，超脱尽三千界。

〔南东欧令〕闲亭榭，小楼台，半亩芳塘一鉴开。好山似画溪带，妆点出烟霞寨。桃花流水遍天台，切莫引人来世[3]。

〔北感皇恩〕尽着他春去秋来，雾锁云埋。吟不就杜陵诗，写不出王维画，赋不尽子云才。自然铺叙，谁与安排。清风振丽泽堂，淡烟生水竹坞，明月满桂兰斋。

〔南浣溪沙〕鹤泪中，猿啼外，刚一个幽雅襟怀。不争你玲珑剔透疏狂态，雪月风花锦绣排，无处买，这的是洛阳堤上寿春庄，有人绿野重开。

〔北采茶歌〕青松岭手亲栽，绿荷裳手亲裁。陶潜元是旧彭泽，落得个日出三竿残睡醒，少甚么月明千里故人来。

〔南尾声〕酒二行歌一派，紫藤鸠杖白芒鞋，随处春风不用买。

荩卿《濠上斋乐府》已失传，余尝据其《南宫词纪》辑录成集。所作似未能与大声、白屿相抗，然所录《两宫词纪》，元明散曲，赖以流传，

[1] 此处“烟”字应在“万顷”之后。——编者注

[2] 此曲题目应为《过吴七泉山居》，是另一套曲子。——编者注

[3] 此处“引人来世”应为“引世人来”。——编者注

功亦不可没焉。尝论曲云："凡曲忌陈腐，尤忌深晦；忌率易，尤忌牵涩。下里之歌，殊不驯雅。文士争奇炫博，益非当行。大都词欲藻，意欲纤，用事欲典，丰腴绵密，流丽清圆，令歌者不噎于喉，听者大快于耳，斯为上乘。予所选有豪爽者，有隽逸者，有凄惋者，有诙谐者。总之，锦绣为质，声调合符，体贴人情，委曲必尽；描写物态，仿佛如生。"（见《南北宫词纪·凡例》）。而顾曲散人评其曲曰："荩卿思路不幻，故小令少趣，大套亦不长于闺情。惟赠人之作，铺叙乃其胜场。"（见《太霞新奏》中）此语殊嫌太过，如〔阊门夜泊·驻马听〕云：

> 风雨萧然，寒入姑苏夜泊船。市喧才寂，潮夕还生，钟韵俄传。乌啼不管旅愁牵，梦回偏怪家山远，摇落江天。喜的是篷窗曙色，透来一线。

可以当得"流丽清圆"四字矣。至〔玉芙蓉·咏针〕云：

> 我爱他形容细又圆，怎说得分两轻还贱。往常时刺鸳鸯费尽钻研，寸肠铁硬曾经练，小眼星昏望欲穿。灯儿下，凭谁可怜，只落得绣床月冷一丝牵。

是孰能谓其思路不幻而少趣也？

此外，金陵曲人尚有史忠，向少知者，用特表之，以存吾乡词林掌故焉。

史痴，名忠，字端本，一字廷直，复姓为徐。生十有七岁方能言，外呆中慧，人皆以痴呼之，又谓之痴仙。性卓荦不羁，好披白布袍，方斗戴笠，鬓边插花，坐牛背，鼓掌讴吟，往来市井，旁若无人，诗写自己胸次，不以锻炼为工。盛仲交合金元玉之诗，编为江南二隐稿。喜画山水人物、花木竹石，有云行水涌之趣，不可以笔墨畦求之。自题其画云："名画法书无识者，良金美玉恍精神。世间纵有空青卖，百斛难医眼内尘。"才情长于乐府新声，每搦笔乘兴书之，略不构思，或五六十曲，

或百曲，方搁笔。同时陈大声、徐子仁，皆以词曲名家，亦服其敏速。妙解音律，尝云："古今知音者不过数人，余少年游冶，得罪儒门，乃于此事目击心悟，颇窥见一斑。"

雪江汤宝，邳州卫指挥，雄武有文艺，爱与骚人墨客游。尝以事来金陵，闻痴翁之名，夜造其门。盛暑，痴翁散发披襟，捉蒲葵扇而出，握手欢甚，不告家人，即登舟游邳去。

痴翁无嗣，一女既笄，婿贫不能娶，与婿约：元夜略具只鸡斗酒，我当过饮。至元夜，诳其妻与女曰：家家走桥，人人看灯，曷亦随俗可乎？携妻与女，送至婿家，取笑而别。后补女妆奁，大半是平生诗画耳。

家世饶于资，不问生产，又复好施，晚年家用闲乏。有妻弟寡妇，自徐州携四男二女来依，痴翁欣然养之。凡书画器用，素所钟情不能舍者，尽鬻之，以供朝夕，略不介意，人多义之。

仿黄公望山水图　明　史端本

妻朱氏，号乐清道人，颇贤淑。爱姬姓何，号白云，聪敏解事，喜画小景，工篆书，知音律。痴翁寻两京绝手琵琶张禄授之，尽得其妙。每制一曲，即命白云被之于弦索。所居在冶城，去卞忠烈庙百余步，有卧痴楼，楼中几笔案砚[1]、图书、彝鼎、香茗、饮食，一一精良、雅洁。吴中杨吏部循吉与之作《卧痴楼记》。吴小仙画痴翁一小像，沈石田赞之云：眼角低垂，鼻孔仰露。傍若无人，高歌阔步。玩世滑稽，风颠月痴。洒墨淋漓，水走山飞，狂耶？怪耶？众问翁而不答，但瞪目视于高天也。

相知具酒食，邀之作画，痴翁且饮且画，略不经意，顷刻数纸。酒醉，则兴愈豪，画愈纵，至发狂大叫以自快。

痴翁买舟，特访沈启南于吴中。到门，值启南他往，见堂中有幛素绢，濡墨摇笔，成山水一幅，不题姓名而去。苍头请留姓名，痴翁笑曰："汝主人见画，即为神交，何必留姓名乎。"启南归，见其画，曰："吾阅人画多矣，吴中无此人，非金陵史痴不能也。"遣人四觅之，邀回，果是痴翁。相与一笑，留话堂中，三月而返。后启南来京，多馆于卧痴楼中。

痴翁年八十余尚康健，饮酒、步履，如少壮人，预出一生殡，杂于亲友中，送出聚宝门外。又知死期，无疾而终。

余收痴翁诗画一册，痴自书于册尾云："余年六十矣，发白，精神尚健快。闲处终日，高卧痴楼，爇香煮茗，四望皆远山拱翠，飞鸟时鸣，不留繁杂之冗，静观自得，而与车尘马足，了无所系，于心贫处如常，足以乐矣。日有诗人文士往来，以诗酒为谈笑，以风月为戏谑，弄笔作林木泉石，人以为债索，亦可笑也。吾妻乐清道人朱氏亦年五十七矣，更索吾作戏墨，乃为图此，若好奇博雅、求古者见之，则可发一胡卢耳。宏治丙辰十月十三日痴书。"[2]（见《金陵琐事》）。

又史痴翁诗不多传，予藏钞本一卷，王佩中撰序。尤以画名，不拘家数，

[1] 此处"笔案"应为"案笔"。——编者注

[2] 此处"宏治"应为"弘治"。——编者注

天机浑成，大率以韵胜。当沈石田重之[1]，而真者绝少。有爱姬何玉仙，号白云道人。聪慧，解篆书及小画，知音律，求两京绝手琵琶张禄授以曲。痴为作诗云："白云仙子本良家，痴老平生好琵琶。"家在小仓山，有楼曰"卧痴"。其地有史墩焉，又云在望仙桥侧，今居人表其闾门曰史痴翁故里，且谓桥名望仙，即翁之望玉仙云，未知孰是。先大夫得痴翁自绘《卧痴楼图》，墨沈淋漓，气韵生动。上有题词云：

卧痴楼静悄，箪瓢巷清高。挎风弄影那麄豪，声名不小。懒功名，不受征贤诏。挥金珠，曾买吴娃笑。怕贪婪，不入虎狼巢。老先生见了。

南川后裔，东海根基，少年不肯事轻肥，待埋踪隐迹。怕劳神不学拿云艺。为怡情，博得挎风计，怕功名，毕罢上天梯。老先生见机。

无炎寒，故知有道义，山妻卧痴栖上足幽栖，乐穷通静里。怕红尘，常把衡门闭。远青云，便把功名弃。喜光头，懒把是非提。老先生悟矣。

曲木草屋，粗布衣服，年年依样画葫芦。伴高阳酒徒，闭着口不开言，惟恐伤世务。塞着耳，不闻声，只怕添心怒。撞着橛，不解缆，那个似尧夫。老先生感古。

正德改元春日书

〔逸情·醉太平〕四首，此又稿中所未载者也（见《白下琐言》）。前按：此〔醉太平〕四首，实脱胎于汪云林。

明初能知偏于豪者，殊不可觏。大率为端谨之风所囿，稍后则迥乎别于此矣。乃有专为豪放之曲者，有专为清丽之曲者。豪放中又各有异，多用本色，摆脱当时习气，而影响于后来者，惟康海。

海，字德涵，号对山，武功人。弘治十五年状元，授翰林院修撰，正德中落职。初，刘瑾恨李献吉代韩尚书草疏，系诏狱，必欲杀之。献

[1] 此处"当"字后少一"时"字。——编者注

吉狱急出片纸曰："对山救我。"秦人皆言，瑾恨不能致德涵。德涵往，献吉可生也。德涵曰："吾何惜一官不救李死。"乃往谒瑾。瑾大喜，盛称德涵真状元，为关中增光。德涵曰："海何足言，今关中自有三才，古今稀少。"瑾惊问曰："何也？"德涵曰："老先生之功业、张尚书之政事、李郎中之文章。"瑾曰："李郎中非李梦阳乎？"德涵曰："应则应矣。杀之，关中少一才矣。"欢饮而罢。明日，瑾奏上，赦李。瑾遂欲超拜吏部侍郎，德涵力辞之，乃寝。及瑾败，海亦落职为民，其义侠可以风世矣。

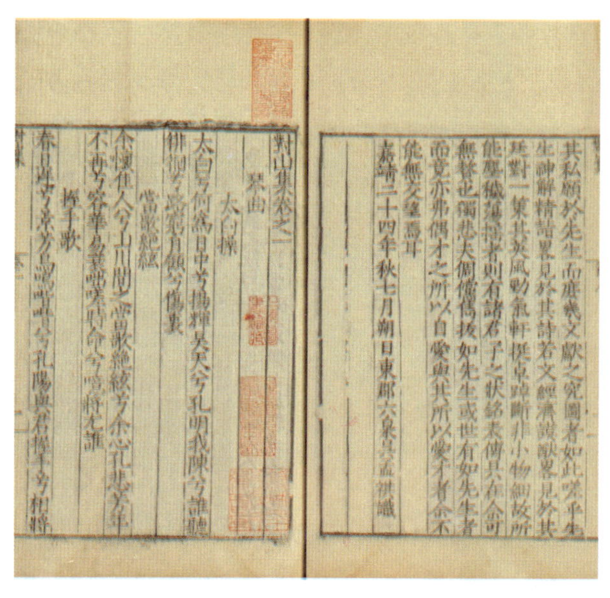
其私願於先生而庶幾文獻之究圖者如此嗟乎先
生神解精詣畧見於其詩若文經濟韜畧見於其
廷對一策其英風駒氣軒提卓踔斷非小物細故所
能壓擬者則有諸君子之狀銘表傳具在令可
無贅也獨悲夫倜儻傷拔如先生或世有如先生者
而竟亦弗偶才之所以自愛與其所以愛才者余不
能無交望焉耳
嘉靖二十四年秋七月朔日東郡六泉吳孟祺識

對山集卷之一
琴曲
太白操
太白兮何為日中兮揚輝昊天兮孔明我陳兮誰聽
徘徊兮逡巡月頹兮傷悲
當歌絕絃
余懷佳人兮山川間之當歌絕絃兮余心孔悲芳年
不再兮容華易衰嗟嘆時命兮吾將尤誰
携手歌
春日遲兮景芳鳥嚶嚶兮孔陽與君携手兮相將

《对山集》　明　康海

有《沜东乐府》，尝自序云："世恒言诗情不似曲情多，非也。古曲与诗同，自乐府作，诗与曲始歧而二矣。其实诗之变也，宋元以来，益变益异，遂有南词、北曲之分。然南词主激越，其变也为流丽；北曲主慷慨，其变也为朴实。惟朴实，故声有矩度而难借；惟流丽，故唱得宛转而易调。此二者，词、曲之定分也。予自谢事山居，客有过余者，辄以酒殽、声妓随之，往往因其声以稽其谱，求能稍合作始之意益鲜。盖沿袭之久，调以传讹，而其辞又多出于乐工、市人之手。音节既乖，假借斯谬，兹予有深惜焉。由是兴之所及，亦辄有作。”云云。余颇爱其〔答客·沉醉东风〕云：

国史院咱曾视草，奸和正不必是提着。文书上恁样来，条款里偌般造，画葫芦难减分毫。但把丹心自系牢，管甚么零煎细炒。

又同调云：

装几车儿羊毛笔管，载几车儿各样花笺。凤阳墨三两房，天来大三台砚，请孔门弟子三千，一夜离情写半年，添砚水尽都是离情泪点。

又〔仙吕·月云高〕云：

吞声宁耐，欲说谁偢采。惹得旁人笑，招着他们怪。欢喜冤家，分定恹缠害，去不去心头恨，了不了前生债。教我心上黄连苦自挨。

颇多北人本色。所作套曲如〔苦雨·仙吕·点绛唇〕云：

苦雨透幙侵箔，把人斯虐。何时了，彻夜滔滔，绿水人家绕。

〔混江龙〕不知昏晓，滴滴点点斗寒蕉。愁心易感，业眼难交。阻栏岐路，蹭蹬渔樵。迷渡口黯林梢，崩岸谷涨波涛。吃紧的黄花寂寞东篱道，望不见三峰华岳，万顷秋郊。

〔寄生草〕云初淡，势更骄。恍疑万里长空棹，忽如万井摇天例[1]，驀然万鹜平林落。旅魂香梦怎生堪，闺人嫠妇如何较。

呀[2]，没揣的封了山坳，忽剌的暗了市朝，便是庙堂中也战笃速鬼哭神号。怎生的借剑诛蛟，破甑焚鸮，执简乘鹤，向天公细叩根苗。现如今干支死闭了青阳兆，又不是润春郊好雨如膏。良田一望皆池沼，家无四壁，闷彻三焦。

〔幺篇〕一会家挥毫，划度，笑语儿曹，细和离骚，自酌香醪，强对佳肴。且把这难打荡的情肠按着。呀，驀然间又怎学。忽地云消，划地烟交，越越的奋撼咆哮。檐花万点檐前深瀑，便是个铁石人也魄散魂消。莫不是冯夷故把东洋倒，逐日家纷纷霭霭，溜溜漕漕。

〔后庭花煞〕阴晴数所遭，亏盈无定约。焰爨家家闭，萍芜处处漂。怎生教，封姨知道，霎时间层阴净扫见层霄。

《曲品》曰：“康翰林绝技矜庄。”良有以也。惟论者或以对山贪多务博，究嫌欠翦裁。而用俗之处，往往为俗所累。且其中极热、极怨而掩以解脱之语，时有捉衿露肘之感。全集不外愤世、乐闲两类之作，志趣固非真如是之恬淡。以较元贤，盖有间焉。虽然，此非康氏一人之咎也。王九思、李开先辈实启其端。明人每祖王而抑康，殊不可解。

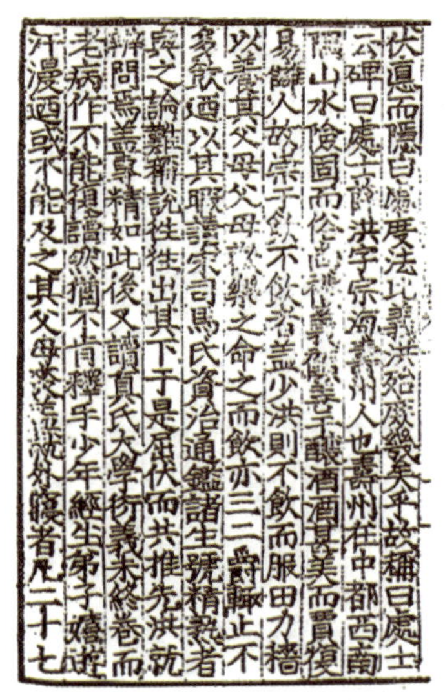
伏焉而隱曰[illegible]度法比義洪殆庶幾矣乎故稱曰處士
云碑曰處士諱洪字宗海壽州人也壽州在中都西南
隅山水險固而俗尚禮義[illegible]善于釀酒酒甚美而賈復
易醉人故崇于飲不飲者蓋少洪則不飲而服田力穡
以養其父母父母[illegible]之命之而飲亦三二爵輒止不
多飲迺以其暇讀宋司馬氏資治通鑑諸生號精熟者
與之論難辯說往往出其下于是屈伏而共推先洪就
辟問焉善身精如此後又讀真氏大學衍義未終卷而
老病作不能復讀然猶不肯釋手少年經生弟子嬉遊
汗漫迺或不能及之其父母[illegible]者凡二十七

《渼陂集》　明　王九思

九思，字敬夫，号渼陂，鄠县人。有《碧山新稿》《续稿》，《曲品》所谓“秦韵铿锵”者。弘治丙辰成进士，

[1] 此处“例”应为“倒”。——编者注

[2] 此处“呀”字前缺少曲牌名，应为“〔六幺序〕”。——编者注

授检讨。值刘瑾乱政，悉调部属，敬夫仍得吏部。不数月，长文选。瑾败，降寿州同知。其身世与对山相似，故曲境亦相近也。世传敬夫之将填词也，以厚赀募国工，杜门习学琵琶、三弦，熟案诸曲[1]，尽其技而后出之。故其词雄放、奔肆，〔双调·水仙子〕其最著者也，兹录二首。其一曰：

紫泥封不要淡文章，白糯酒偏宜小肚肠，碧山翁有甚高名望，也只是乐升平不妄想。听濯缨一曲沧浪，瞻北阙心还壮，对南山兴转狂，地久天长。

其二曰：

一拳打脱凤凰笼，两脚蹬开虎豹丛，单身撞出麒麟洞。望东华人乱拥，紫罗襕老尽英雄。参详破邯郸一梦，叹息杀商山四翁，思量起华岳三峰。

王弇州谓敬夫“秀丽雄爽”，而“望东华”两语许为名语。伯良以为过情之论，然出于明人之手，亦未可厚非。

李开先，字伯华，号中麓，章邱人。官至太常少卿。罢归后，以词曲娱老。文采风流，照耀北国。钱牧斋云：“伯华罢归，治田产，蓄声伎，征歌度曲，为新声小令，搊弹放歌，自谓马东篱、张小山无以过也。为文一篇辄万言，为诗一首辄百韵，不循格律，诙谐调笑，信手放笔，所著词多于文，文多于诗。所藏词曲至富，自谓词山曲海。每大言曰：古来才士，不得乘时枋用，非以乐事系其心，往往发狂病死。今借此以坐销岁月，暗老豪杰耳。”王元美云：“北人自王、康后，推山东李伯华，伯华以百阕〔傍妆台〕为对山所赏。”其实百阕之中，佳者不多，录三首如次，云：

---

[1] 此处“案”应为“谙”。——编者注

李开先

醉醺醺，瓮中干了玉壶春。劝君莫做千年调，苦了百年身。唾津咽却心头火，泪点休涸枕上痕。拳头硬，胳膊村，得饶人处且饶人。

又：

雨丝丝，冲风跃马欲何之。闲游正喜风吹袂，况有雨催诗。休图云里栽红杏，好向山中觅紫芝。磨而不磷，涅而不缁，得随时且随时[1]。

又：

曲参参，一轮残月照边关。恨来口汲尽黄河水，拳打碎贺兰山。铁衣披雪浑身湿，宝剑飞霜扑面寒。驱兵去，破虏还，得偷闲处且偷闲。

[1] 此处“得随时”后面少一“处”字。——编者注

观此可窥其一斑矣。

与此相近者，尚有常伦。伦，沁水人，有《写情集》，一名《楼居乐府》。放肆豪快，实介康、王与冯惟敏之间。《曲品》云："常楼居艺林掞藻。"而《曲藻》谓其"词气豪逸，亦未当家"，殊非的评。尝有〔山坡羊〕云：

> 闷葫芦一摔一个粉碎，臭皮囊一挫一个蝉蜕，鸦儿守定兔窠中睡。曲江边混一回，鹊桥边撞一回，来来往往无酒也三分醉。空攒下个铜斗儿家缘也，单买那明珠大似椎。恢恢，试问青天我是谁。飞飞，上的青霄咱让谁。

中敏评云："亦愤慨，亦解脱，若颠若狂，的是楼居一生行径也。"

冯惟敏者，号海浮，山东临朐人。有《海浮山房词稿》。所作如活虎生龙，中敏所谓犹词中之辛弃疾也。且谓有明一代，此为最有生气、最有魄力之作。王世贞、王骥德之品评，皆嫌冯氏本色过多，北音太繁，多侠寡驯，时为纰类。盖皆昆腔发生以后、南词盛行时之议论。海浮长处，正在本色与寡驯。惟其如此，乃能豪辣。虽有时伤于犷悍，然终异乎康、王一派。海浮之意志亦极怨极愤，而好在率性，将其全部怨愤痛快出之以示人，较少做作，而才气横溢，笔锋犀利，无往而不淹盖披靡。篇幅虽多，各能自举，不觉其滥，此岂康、王所能及耶。中敏谓海浮曲全是一团拴缚不住之豪气，排奡而能妥贴，诚哉斯言也。惟与其拟诸词中稼轩，不若拟之陈维崧。余与中敏有同嗜，深爱海浮曲，余亦与中敏有同见。惜海浮之未能进一步以浑涵于灏烂之境，果进一步浑涵于灏烂境中，则与稼轩之词相当矣。余于词，固深爱稼轩，亦深爱迦陵。海浮之曲，乌得不酷嗜哉。弇洲谓其板眼、务头、撺抢、紧缓，无不曲尽，而才气亦足以发之，最为知言。〔朝天子·自遣〕曰：

冯惟敏

海翁，命穷，百不会千无用。知书识字总成空。浮世干和哄。笑俺奔波，从他拨弄，您乖猾俺懞懂。就中，不同，谁认的鸡和凤。

读此词，可以想见其人也。有出以滑稽之趣者，如〔河西六娘子·笑园五咏〕，其一云：

问道先生笑甚么，笑的我一仰一合，时人不识余心乐。呀，两脚跳梭梭，拍手笑呵呵，风月无边好快活。

其二云：

人世难逢笑口开，笑的我东倒西歪，平生不欠亏心债。呀，每日笑胎嗨，坦荡放襟怀，笑傲乾坤好快哉。

其三云：

闲看山人笑脸儿红，笑时节双眼儿朦胧，平白地笑入玄真洞。呀，也不辨雌雄，也不见西东，笑不醒风魔胡突虫。

其四云：

笑倒了山翁老傻瓜，为甚的大笑哈哈，功名不入渔樵话。呀，打鼓弄琵琶，睡着唱杨家，用尽你机关笑掉了我牙。

其五云：

名利机关没正经，笑的我肚子里生疼，浮沉胜败何时定。呀，个个哄人精，处处陷人坑，只落得山翁笑了一生。

诵之亦当忍俊不禁。又，以硬语盘空、呼叱而出者，如《遂闲》《乞休》二曲，〔遂闲·醉太平〕云：

谁说俺不平，俺原无宦情。秋收田地到春耕，从来是本等。懒驴愁治不了传槽病，喂猫食救不的残命，放牛歌改不了旧声音，急归来笑听。

〔乞休·塞鸿秋〕云：

论形容合不着公卿相，看丰标也没个㧐搜样，量衙门又省了交盘账，告尊官便准俺归休状。广开方便门，大展包容量，换春衣直走到东山上。

后一首较前首为闲静，然同一旷达之作也。又，以曲家训者，如

〔醉太平〕云：

劝哥哥学好，休舍命贪饕。聪明伶俐莫心高，只随缘便了。抹了脸遮不尽傍人笑，肿了手拿不尽他人钞，放倒身吃不尽小人敲，急回头自保。

又：

劝哥哥休歹，把两眼睁开。一还一报一齐来，见如今天矮。人人心地藏毒害，家家事业多成败，时时局面有兴衰，到头来怎解？

不特体制新颖，词亦警切。至于情词而具本来面目者，如〔玉抱肚〕云：

冤家心变，这些时谁家鬼缠，打听的有个真实，我和他两命难全。神灵鉴察誓盟言，不叫冤家只叫天。

以南词而视元曲无愧色者，如〔月儿高・闺情〕云：

月缺重门静，更残五夜永。手托芙蓉面，背立梧桐影。瘦损伶仃，越端相越孤另，抽身转入，转入房栊冷。又一个画影图形，半明不灭灯。灯，花烛杳无凭，一似灵鹊儿虚嚣，喜蛛儿不志诚。

究论其才情纵横，气象万千，为一代所罕有其匹者，不可不读其〔鸿门奏凯歌〕二首，一《谢诸公枉驾》云：

邀的是试春游张曲江，访的是耽酒病陶元亮，行的是快吟诗唐翰林，生的是会射策江都相。呀，这的是白云明月谢家庄，抵多少秋风野草镇边当。你只待平开了西土标名字，俺只待高卧在东山入醉乡。周郎，耳听着六律情偏畅；冯唐，身历了三朝老更狂。

一《谢会友枉顾》云：

又不曾费推敲将诗债担，又不曾闲包揽把风情勘。止不过下山来将公事勾，进城去把高亲探。呀，单想着洞天福地紫云庵，清风明月碧龙潭。但离了圣境多愁病，恰遇着游人共笑谈。意象儿虚涵，默坐处机心淡。魂梦儿沉酣，猛醒来世味谙。

《曲品》云："冯侍御绮笔鲜妍。"呜呼，此岂知海浮之言耶。如上举二曲，英姿飒爽，不特本来踔厉蹈扬面目矣。更录一小套为殿，〔恬退·双调·朝元歌〕云：

长歌短歌，尽日逍遥乐；诗魔酒魔，到处盘桓坐。明月清风，同咱三个，常把世情参破。万虑消磨，清闲垒成安乐窝。奉劝傻哥哥，休争少共多。（合）随缘且过。权当做东方高卧。

又：

心不恋三台八座，生来福相薄，勉强待如何。休想豪华，且耽寂寞，防备临时失错。难免张罗，会飞腾也将双翅儿缚。宦海有风波，平生涉历多（合前）。

又：

到处里追欢行乐，山童歌舞着，拍手笑呵呵。帽插岩花，酒斟江糯，慢把风骚酬和。信口开合，新诗小词渐积多。乌兔走如梭，

都将今古磨。（合前）

又：

也不管花开花落，年年一短蓑，寒暑饱经过。顺水推船，随风倒舵，云影天光摊破。碾碎银河，烟村几家依碧波。喜听采莲歌，山花赛绮罗（合前）。

冯氏以后，更无来者。《曲律》谓陈沂、胡汝嘉“爽而放”。陈有雪词，爽而未能豪，胡更不必论也。

王磐亦能自成一派者。磐，字鸿渐，高邮州人。储柴墟、庄定山与善。生于富室，独厌绮丽之习，雅好古文词。家于城西，有楼三楹，日与名流谈咏其间，因号西楼。高邮间元宵向无张灯者，故古词云：依旧试灯何碍。正德初，邮守好事，令再张灯，西楼为曲以张之。盖是时高邮元宵最盛，好事者多携佳灯、美酒，即西楼为乐。公制新词，令从歌之，此类曲子是也。至公老年，虽灭曩心，而少年好事者犹然。公诗有云：“是谁东道遗灯火，为我西楼破寂寥。”又云：“年光已属诸年少，四座春风按六么。”后经荒岁、苛政，闾阎凋敝，良宵遂索然矣。及公谢世，愈不复睹盛世。西楼平生不见喜愠之色，其家尝走失鸡，公戏作〔满庭芳〕云：“平生淡薄，鸡儿不见，童子休焦。家家都有闲锅灶，任意烹炮。煮汤的贴他三枚火烧，穿炒的助他一把胡椒，倒省了我开东道。免终朝报晓，直睡到日头高。”（见《尧山堂外记》）

盖鸿渐夙有隽才，好读书，洒落不凡，恶诸生之拘挛，弃之。纵情山水诗画间，尤善音律，度曲清洒。每风月佳胜，则丝竹觞咏，彻夜忘倦。性好楼居，构楼于城西僻地，坐卧其中，幅巾藜杖，飘然若神仙。一时名重，海内多愿与纳交。所著有《西楼乐府》《野菜谱》等（见万历《扬州府志》中）。

所作《野菜谱》并缀以词，雅俗相杂，山家之公案也（徐㶿《笔

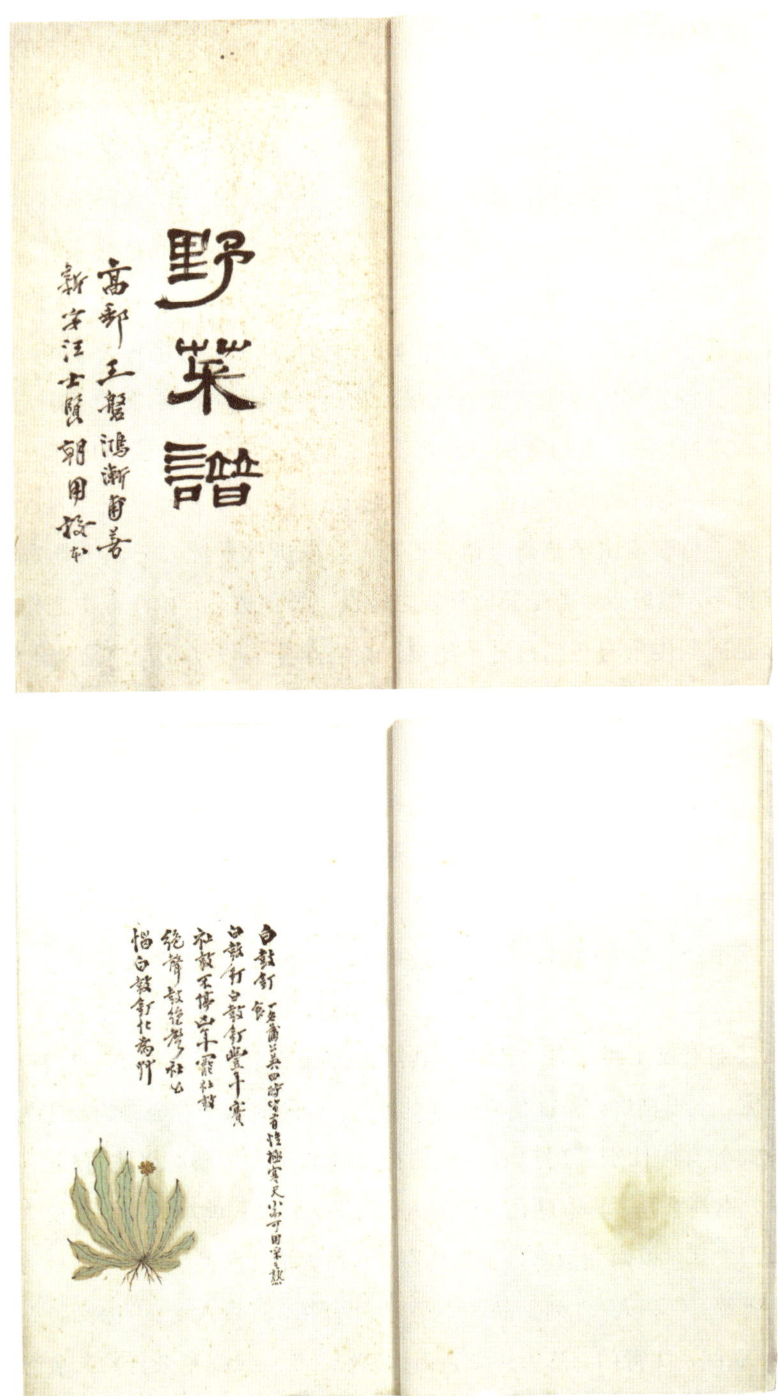
野菜譜
高郵王磐鴻漸甫著
新安汪士賢朝用校刊
白鼓釘
一名蒲公英四時皆有惟極寒天小者可用采之熟食
白鼓釘白鼓釘豐年賽
社鼓不停凶年罷社鼓
絕聲鼓絕聲社公
惱白鼓釘化為草

野菜谱　明　王磐

精》）。王骥德论咏物云："小令北调，王西楼最佳。"论俳谐亦云："此体亦是西楼最佳。"举当时之为北调者，曰："维扬则王山人西楼，济南则王邑佐舜耕。"又谓："西楼工短调，翩翩都雅；舜耕多近人情，兼善谐谑。"又，客问今日词人之冠，曰："于北词得一人，曰高邮王西楼。俊艳工炼，字字精琢，惜不见长篇。"又云："今世所传西楼乐府有二：一为王磐，字鸿渐，高邮人；一为王田，字舜耕，济南人。二人俱号西楼。舜耕之词较鸿渐为富，然大不如鸿渐精炼。如《浴裙》《睡鞋》《闺元宵》《转五方》等曲，皆鸿渐作。弇州所谓'颇警健，工题赠，而浅于风人之致'者，盖指舜耕，非鸿渐也。鸿渐乐府，曾见太学所存书籍，亦列其目，为时所重可知已。"（并见《曲律》）徐复祚《花当阁丛谈》云："一日取读田子艺衡《留青日札》，其咏双行缠云云，不觉喷饭。此獠村鄙，煞风景。若是急取杜牧之诗及王磐词读之，始涤喉中之秽。"于兹足觇西楼乐府在当日之声望矣。余意全集当以〔秋夜同陆秋水湖上泛舟·脱布衫过小梁州〕一首为最。词云：

画船儿满载诗豪，问先生何处游遨。水晶宫中闻品箫，广寒乡尽回头棹，分付鱼龙稳睡着，等闲间休放波涛。老夫今夜弄风骚，搜诗料，翻动水云巢。一天星斗都颠倒，爱银蟾水底光摇。我这里用手捞，不觉的翻身落，也是俺形神俱妙，飞上紫金鳌。

其丽不仅工雅，且自出奇。其清中萧疏放逸，自尽其态。以视康、冯两派，一以精细，一以粗豪，迥不类矣。金陵曲人中，金白屿与之为近。

此外有沈仕别其门户者。沈德符《顾曲杂言》曰："沈青门、陈大声辈，南词宗匠，皆本朝化、治间人。"又云："我朝填词高手如陈大声、沈青门之属，俱南北散套，不作传奇。"吕天成《曲品》云："沈仕青门，一字野筠，仁和人。"列上品。又云："沈野筠，丹青入道。"徐又陵亦云："成、弘间，沈青门、陈大声辈，南词宗匠。"（《蜗亭杂订》）岳岱曰："青门山人沈仕，身本贵介，志则清真。野服山巾，江游海览，新篇雅调，远迩齐称，信乎野鹤之在鸡群，祥麟之游郊外。”（《今雨瑶华》）徐阳初《三家村老委谈》谓青门辈“皆海岳英灵，文章巨擘，羽翌大雅，黼黻王猷。正业之外，游戏为此。或滔滔大篇，或寥寥小令，含金跨元，真所谓种种殊别，新新无已矣”。所作有《唾窗绒》，顾皆艳词，如〔懒画眉〕云：

倚栏无语掐残花，蓦然间春色微烘上脸霞。相思薄幸那冤家，临风不敢高声骂，只教我指定名儿暗咬牙。

又：

东风吹粉酿梨花，几日相思闷转加。偶闻人语隔窗纱，不觉猛地浑身乍，却原来是架上鹦哥不是他。

王骥德曰：“南则金陵陈大声、金在衡，武林沈青门，吴门唐伯虎、祝希哲、梁伯龙，而陈、梁最著。唐、金、沈小令并斐亹有致。”又云：“时有合作处，然较之元人，则彼以工胜，而此以趣合。”张旭初曰：“与伯龙相后先者，吾乡之沈青门。峻志未就，托迹醉乡。其辞冶艳出俗，韵致谐和。”（《吴骚合编》）可谓知人之言。以香奁体为明曲开一天地。后来步趋于此者，不免时有淫亵之作，为功为罪，难断言矣。

按，明代前期作手，除集于金陵诸家，不外康、冯、王、沈四派（金陵诸家中，惟陈所闻在昆腔大行以后，而其曲品与大声为近，列诸后期，殊为不妥。杨升庵夫妇，例可附及于此。以升庵为蜀人，且夫妇作家，古今罕见，因另列之。至于此四派之分，取中敏言也）。

昆腔以后，有南词而北曲亡，北曲之亡，即曲之亡矣。所谓南词者，观冯梦龙《双雄记》自序可知也。其言曰：“词家于今日，佥谓南音盛，北音衰，盖时尚则然。余独以为不，不。北音幸而衰，南音不幸而盛也。夫北词畅于金、元杂剧，本勾栏之戏，后稍推广为传奇，而南词代兴，

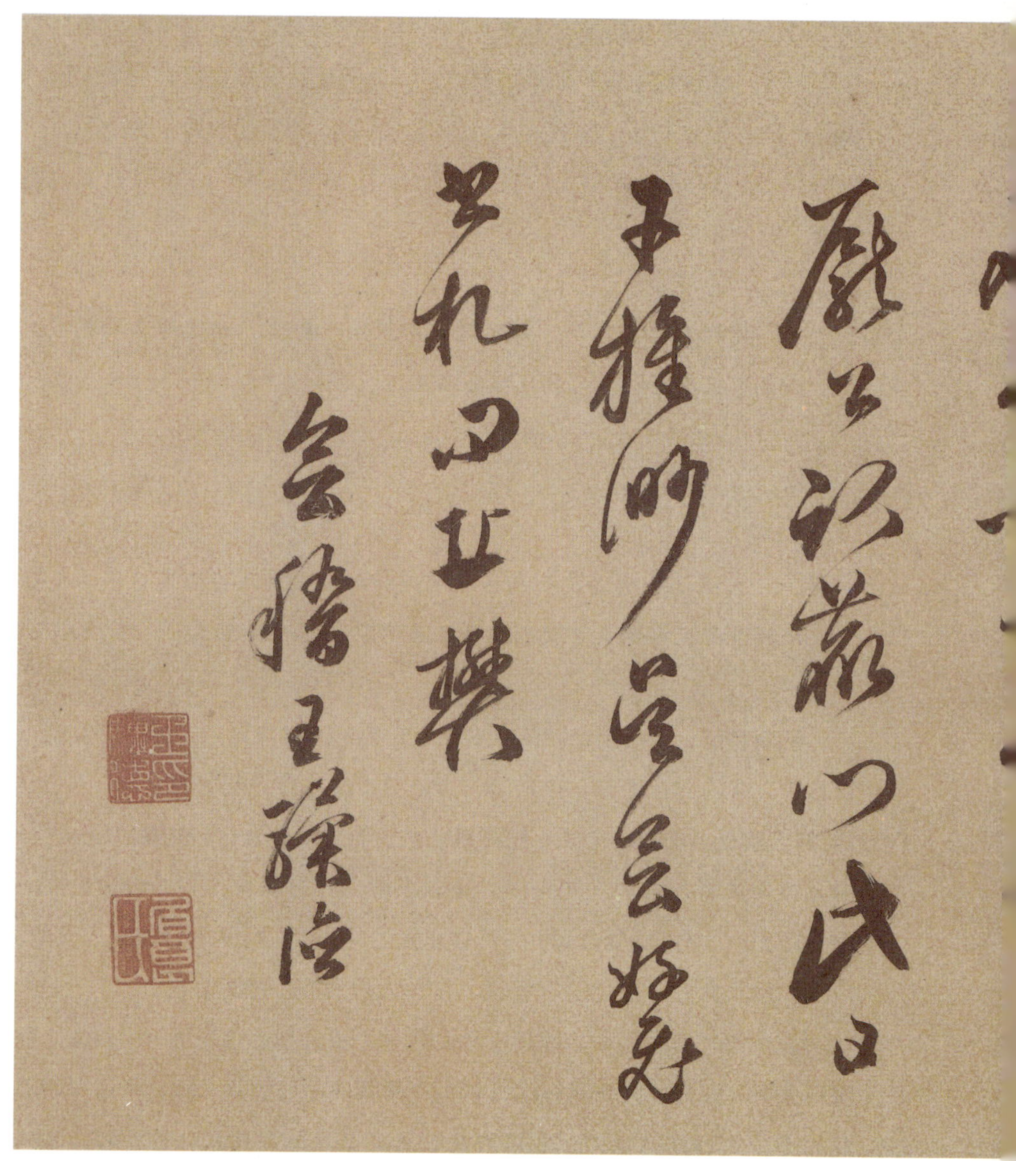

王骥德手迹

天下便之。《荆》《刘》《蔡》《杀》而后，坊本彗出，日益滥荒。高者浓染牡丹之色，遗却精神；卑者学画葫芦之样，不寻根本。甚至村学究手摭一二桩故事，思漫笔以消闲；老优施腹数十种传奇，亦效颦而奏

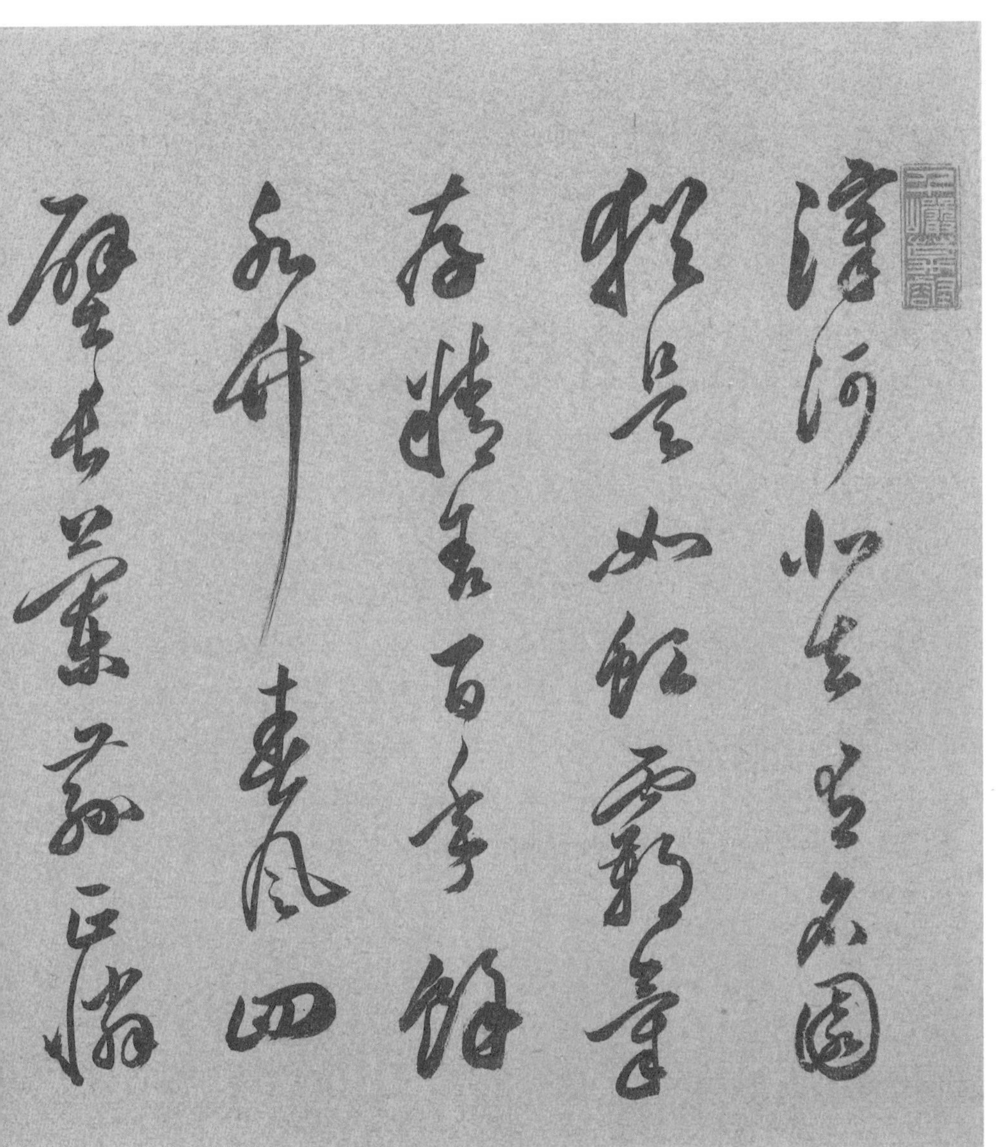

技。中州韵不问，但取口内连罗；九宫谱何知，只用本头活套。作者逾乱，歌者逾轻。调罔别乎宫商，惟凭口授；音不分乎清浊，只取耳盈。或因句长而板妄增，或认调差而腔并失。弄声随意，平、上、去、入之不清；识字未真，唇、舌、齿、喉之无辨。语云‘童而习之，白首不解’，南词之谓欤。而世多耳食，谬谓南词易，北词难。乌乎，南词岂独易哉。时尚在南，而为南者多；时尚不在北，而为北者少。为南者多而易之，为北者少则难之。易南而南之法已坏，难北而北之体犹存。由此言之，南非盛，北非衰也。孰幸孰不幸，亦可知也。”

观于梦龙之言所知，南词之弊，顾梦龙知之，而躬自蹈之。盖一时风气如此，欲自振拔不可得也。中敏尝论之云：“近见明末石阳张瘦郎《野青散曲》。子犹（即冯梦龙）序云：‘楚人素不辨冰青，得此开山，尤为可幸。白雪故郢调，今其再振于黄乎？因名之曰：步雪初声。’按其文字，则江东白苎之末流。意境迂拘，音响糅杂，硁硁于字句之渲染，又只有零脂剩粉，敷衍堆嵌。拆碎，固不成片段；拚合，亦难象楼台。臣妾宋词，宋词不屑；伯仲元曲，元曲奇耻。天下依违于两可之间，欲兼擅其胜，卒至进退失据，成共弃之物者。昆腔以后，江东白苎派之散曲，乃其一也。”又曰：“起嘉、隆间，以迄明末，将近百年，主持词余坛玷者，皆必推伯龙为极轨，然后知昆腔。初初囿人之深，其后乃终于无由振拔，而元人之豪情万丈，竟斩而不复也。吴中派成风会，大著其势，固足以左右一世。如瘦郎浪仙（姓席）之辈，虽远起郢楚，亦惟有入彀而已。”（见《曲谐》中）

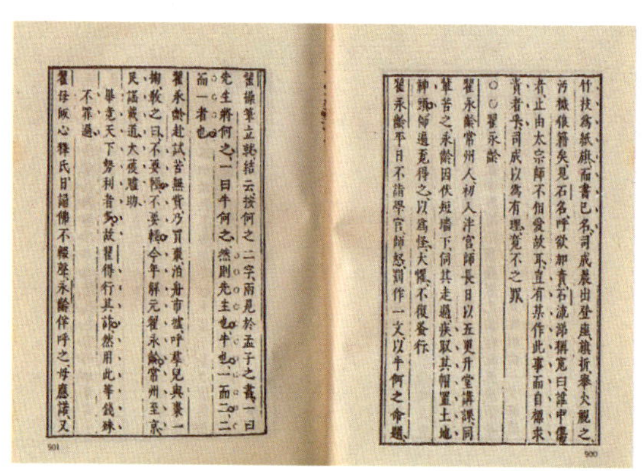

《古今谭概》 明 冯梦龙

吴中曲人之著者，曰唐寅、祝允明。寅字伯虎，字子畏，吴趋里人。有《六如居士曲》。夙负俊才，博学多识，善属文，骈俪尤绝。为人放浪不羁，志甚奇，沾沾自喜，少从御史考，下第，以曹凤之荐，得隶名末。后果中式第一，与允明齐名。允明，字希哲，右手枝指，因号枝指。生好酒色、六博，不修行检。屡为杂剧，少年习歌之（详《吴郡二科志》）。《曲品》云："唐解元巧擅解衣，祝山人神凝洒翰。"希哲能为大套，富丽而多驳杂；子畏小词纤雅绝伦，而大套时有捉襟露肘之态。希哲有〔题情·画眉序〕云：

一见杜韦娘，恼乱苏州刺史肠。似奇花解语，软玉生香，彩云轻舞袖翩跹，金缕细歌喉清亮。料应夙世曾为伴，今生里再得成双。

〔黄莺儿〕偏爱素罗裳。煞娉婷，忒恁狂，丹青怎画得娇模样。行思坐想，恩情怎当，俏冤家牵卦在心儿上。意彷徨，一时不见，如隔九秋霜。

〔集贤宾〕一味至诚非勉强，他有铁石心肠。月下星前言不爽，我何曾着意关防。凭君移放，自不许蜂喧蝶嚷。秋江上，芙蓉花到老含芳。

〔琥珀猫儿坠〕合欢未久，无奈往他方。渭北江东道路长，暮云春树两茫茫。凄惶，一种相思，分做两处悲伤。

〔尾声〕归来依旧同欢赏，月下花前再举觞，只怕岁月无情两鬓霜。

子畏令曲，如〔商调·集贤宾〕云：

春深小院飞细雨，杏花消息何如。报道东君连夜去，须索要圈留他住。金杯满举，怎不念红颜春树。君看取，青冢上牛羊无主。

〔山坡羊〕云：

数过清明春老，花到荼蘼事了。花阴估价，估价钱多少？望酒标，先拚典翠袍，三更尚道归家早，花压重门待月敲。滔滔，滔滔醉一宵，萧萧，萧萧已二毛。

语殊婉约。

同时昆山郑若庸亦与唐、祝同为时重。若庸，字中伯。早岁以诗名，入邺，客赵康王幕。著有《蛣蜣集》。今传其〔沉醉东风·春闺〕一套。实则中伯以剧曲著，散曲远不及唐、祝二家也。

其后吴有张伯起，名甚显。伯起名凤翼，字灵墟。《阳春六集》外，有《敲月轩词稿》。如〔桂枝香·风情〕，终嫌板滞，亦未及子畏，盖受梁派响影而然也[1]。

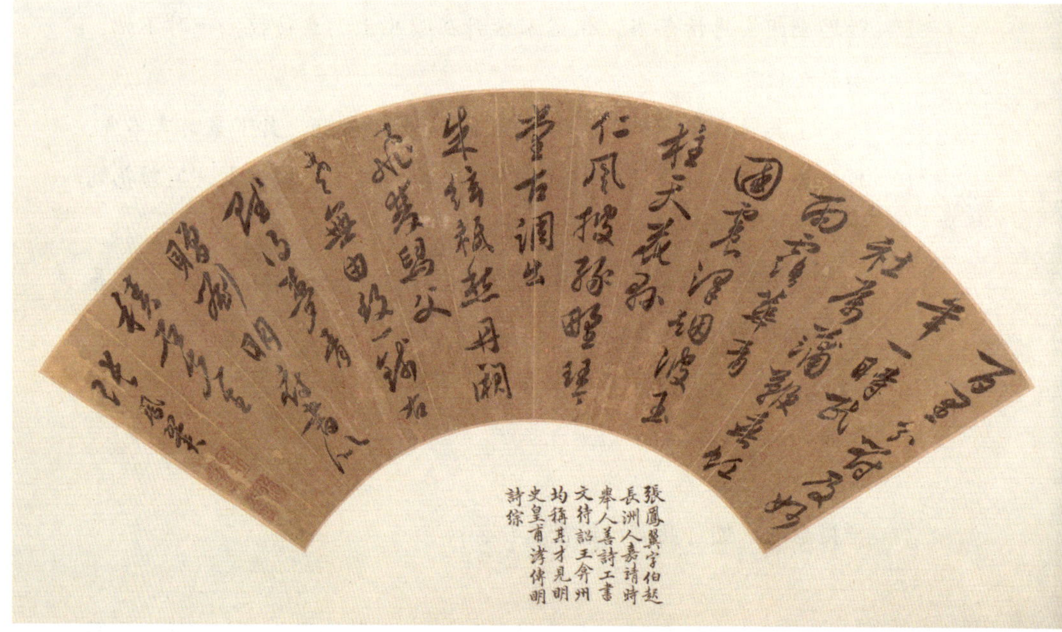

张凤翼手迹

[1] 此处“响影”应为“影响”。——编者注

昆腔创始于太仓魏良辅。良辅以老教师居吴中，梁辰鱼就之商订曲律。词成，即为之制谱。梅村诗所谓“里人度曲魏良辅，高士填词梁伯龙”者是也。

伯龙，辰鱼字，有《江东白苎》。王元美诗：“吴阊白面冶游儿，争唱梁郎绝妙词。”当时之倾倒可知。张凤翼序之，谓掷地可作金声。张旭初于《吴骚合编》内推之为曲中之圣，未免溢美。自有昆腔，南曲之宫调、音韵，俱有准绳，犯调、集曲日盛。沈璟为《南曲谱》及《南词韵选》，学者翕然宗之。于是，梁之文章，沈之韵律，乃为两大正宗。伯龙《江东白苎》中，集曲如〔九疑山〕〔巫山十二峰〕，体段颇长，非令非套，徒令人厌。然亦间有佳作，如〔懒画眉·情词〕云：

> 小名儿牵挂在心头，欲总欲丢时怎便丢，浑如吞却线和钩。不疼不痒常拖逗，只落得一缕相思万缕愁。

固戛戛独造之语，无一字不妥贴也。又〔山坡羊·代刘季招寄申椒居士〕云：

> 病淹淹难医疗的模样，软怯怯难存坐的形状，急煎煎难摆划的寸肠，虚飘飘难按纳的情和况。空自忙，全然没主张，盟山誓海，誓海都成谎。辗转思来，更无的当。凄凉，为甚更长似岁长？萧郎，莫认他乡是故乡。

语亦圆俊。伯龙一派之曲，文雅蕴藉，细腻妥贴，正可见南人之性格。惟曲主放纵，胡元算酪之风，亢爽激越之气，最为合色。南人阴柔之美，与此适反，无怪差以毫厘，谬之千里矣。袁于令曰：“词才不同，梁伯龙以豪爽，张伯起以纤媚，沈伯英以圆美，龙子犹以轻俊。至于秀丽，不得不推王伯良。”噫，如伯龙者，乃以豪爽推之，可谓颠倒黑白也已。

沈璟一派文字，一如伯龙，而又求律正韵严。集曲外，更好翻谱。

翻谱者，翻词为曲，翻北曲为南曲之谓。所为《曲海青冰》，皆此作也。为使南声繁衍，率取前人陈品，自己抒写者少，是为声，非为文也。自命曰青冰，非真青于蓝，而寒于冰，徒剥夺文章生气而已。李调元以为“生硬稚率”，“鄙俚可笑”（详《雨村曲话》），诚非太过。冯梦龙于《太霞新奏》竟于沈有“词家开山祖师”之称，无殊寱语。如〔八声甘州·集杂剧名〕翻元人吴昌龄北词云：

因缘簿冷，叹鸳鸯被卷，枉怨银筝。秦楼月影，蝴蝶梦中孤另。曾留汗衫余馥在，漫哭香囊两泪盈。柳眉，颦双峰为才子留情。

又：

春宵多月亭，记曲江池上，丽日初晴。蓝桥仙路，裴航恰遇云英。万花堂畔言誓盟，玉镜台前作证诚。他负心，几曾教鱼雁传情。

索然寡味，毫无机趣。有补于声音者甚少，而为害文章实多。曲之坠落，沈璟不能逃其罪也。

与梁、沈相近，而才情较长者，王骥德一人耳。骥德，字伯良，号方诸生，一署秦楼外史，万历间会稽文学。自幼性嗜歌乐，师同里徐渭，以知音互赏。维与吴江沈璟讨论音律，颇为沈氏推服。有《方诸馆乐府》二卷，而《曲律》四卷，为自来评曲、论曲之宝典。顾其所作套曲，亦伤庸腐，惟小令之尖新、妥溜，足以继响青门。〔一江风·见月〕云：

月华明，偏管人孤另。后会茫无定，信难凭。两处思量，今夜私相订。天边见月生，低低叫小名，我低低叫也你索频频应。

诚痴绝而复憨绝也。〔锁南枝·待归〕云：

灯花绽，蟢子飞，心心盼他郎马归。早起画蛾眉，红楼镇空倚。纱窗瞑，日又西。多管是今宵，尚欠几行泪。

哀而不伤，缠绵尽致。又〔玉抱肚〕云：

萧萧郎马，怎教人不提他念他。俏庞儿怕吹破春风，瘦身躯愁触损桃花。不知今夜宿谁家，灯火章台处处纱。

风神洒落，《江东白苎》中所罕见者也。黄宗羲曰："正法眼藏，似在吾越中。"（胡子藏院本序，见《南雷余集》）。徐、史、叶、王踵起其间，亦居然成派矣。至于不为梁、沈两宗暨越派所能限者，仅有施绍莘之《花影集》。

绍莘，字子野，华亭人。其曲融豪放、清丽，出之以绵整，是在词坛能独树一帜者。吾师推为明代一人。小令、套数，并臻精境，其令曲以精致胜，莫过于〔清江引 • 咏荷〕四首。然子野之所长者，在写情纯用白描功夫，如〔驻云飞 • 丢开〕云：

索性丢开，再不将他记上怀。怕有神明在，嗔我心肠歹。呆，那里有神来，丢开何害。只看他们，抛我如尘芥，毕竟神明欠明白。

又《闺恨》云：

短命冤家，道是思他又恨他。甜话将人挂，谎到天来大。嗏，倒是不归来，索须干罢。若是归来，休道寻常骂，须扯定冤家下实打。

学元人而能化之矣。又〔山坡羊 • 旅怀〕云：

意惺惺怕分离的相送，虚飘飘要相逢的痴梦，急煎煎算不定的归期，泪斑斑看不得的衣衫缝。怯晓钟更教人恼暮钟，灯花暗卜却被灯花哄。欢喜谁同，凄凉谁共。朦朦，拾相思在云树中；匆匆，记相思在诗句中。

他如夜泊怀人，亦跌荡之至。其写景也，如〔玉抱肚·小园〕，一味轻灵而情味良厚。集曲长调，亦尚能一气包举，如〔六犯青音·咏夏闺〕曰：

倦抛针线，懒拈箫管，一味软疼柔怨。雕梁燕子，偏生恁地多言。低声似说芳春去，絮语应嘲翠黛残。萦飞絮，哭老鹃，恼人心性脱绵天。怎消得黄梅雨在芭蕉上，只落得粉泪痕交枕簟间。茫茫远信，云边树边，恹恹病骨，香前酒前，常常绣带移新眼。暗愁煎，绮琴偷弄，翻曲记奇缘。

陈眉公曰："子野才太俊，情太痴，胆太大，手太辣，肠太柔，心太巧，舌太纤，抓搔痛痒，描写笑啼，太逼真，太曲折。"此其所以赞子野者，子野当之而无愧。沈德生曰："子野外服儒风，内宗梵行，其于世间色相，一切放下。……其性灵颖慧，机锋自然，不觉吐而为词，溢而为曲。以故不雕琢而工，不磨涤而净，不粉泽而艳，不穿凿而奇，不拂拭而新，不揉摛而韵。"以论其人者以论曲，有足多焉。子野散套颇富，选录如次：〔春游述怀·北正宫·端正好〕：

锦烘天，香铺地。东风里，绿柳桥西，乱芳遥衬前山翠，似董北苑先生笔。

〔滚绣球〕不多时才看得梅，霎时间又开到李。柳窥青渐苏娇睡，小夭桃打扮衣绯。菜花田猎猎低，红花田剪剪齐。一阵价香风肥腻，慢腾腾淡日西飞。猛踏破落花堆里，滑了鞋底。抓住了繁花刺儿，碎了绣衣，又过前溪。

〔叨叨令〕且寻一个硕的耍的会知音风风流流的队，拉了他们俊的俏的做一个清清雅雅的会，拣一片平的软的衬花茵香香馥馥的地，摆列着奇的美的趁时景新新鲜鲜的味。兀的便醉杀了人也么哥，兀的便醉杀了人也么哥。任地上干的湿的诨帐呵便昏昏沉沉的睡。

〔脱布衫〕忒撩人酒卖红旗，映秋千在红杏楼西。楼上那栏杆斜靠的血红衣，见人回避。

〔小梁州〕又见些只只弓鞋一捻的，时样罗衣。知他是烧香的还是上坟的。乔装髻，掩扇漏蛾眉。

〔幺〕聪明人不合多伶俐，被他们酒泥花迷。杏花天，杨花地。和二三知己，睁醉眼看名姬。

〔上小楼〕垂杨院里，朱门斜启。且待俺陪个殷勤，借看园林。才过花堤，怎知俺命儿里冤家作对。蓦撞着斗草的，十来个妓。

〔幺篇〕骑马的叶叶衣，坐轿的呵呵睡，还有个酒壶儿斜矗。食垒儿分携，妙人儿相偎，引得俺半日里眼到黑，凄凉惭愧。怎当他半回头，风递过口脂香气。

〔满庭芳〕乱香堆里，一湾流水，茆屋竹篱。恰正是寒食天，浊酒儿刚篘起，试新茶才放枪旗，偏凑的笋香鲜菜美，又撞的蚬肥肥芹腻。小饮藤花底，盘飧进枸杞，人醉了日头直。

〔快活三〕是谁家笙歌沸，偷空里笑微微。隔墙惟见柳巍巍，这便是洞天里神仙会。

〔朝天子〕只可怜冢垒垒土堆，白条条挂纸。费多少儿孙泪，眼前的酒饭儿不能够吃。哭拜罢人归矣，蝶蝴青钱，杜鹃红泪，才懊悔当初不醉死。生前事在这壁，死后事在那壁，短多少万古英雄气。

〔四边静〕是谁知唐宗晋室，但当年墓碑，而今废基。草树狐狸，松柏寒山背。今宵却在雨里，昏惨惨悲磷湿。

〔耍孩儿〕我如今决计疏狂矣，且随喜花边酒里。一年春去又春回，好堤防白发相欺。须搜寻直入烟花髓，更须要争为曲蘖魁。日日花间醉，惹得的桃花笑我，柳也开眉。

〔五煞〕看青山恰打围，曲湾湾水接篱，群花姊妹随行队。天偏生我为男子，况春放闲人撇酒资。须直是风流死，切莫把花盟酒谱，半点差池。

〔四煞〕渐东君逐旋归，好花枝怕一夜飞。晓来满地胭脂碎，分明万古英雄泪。应蹙尽人间闺秀眉，须快把杯儿吃。若放过了良辰美景，痴也真痴。

〔三煞〕好良朋近可携，小花篮便可提。家家酒气和花气，闲来酒店逋新债。更密选花枝寄所私，狂甚如天使。愿如此生涯老我，不省前非。

〔二煞〕不风流俗怎医，会风流债怎推。好花好酒天生配，我酒中要强为监史，花里从教做伐媒，佥上了风流籍。休赶向红尘队里，断送头皮。

〔一煞〕妖姬且自携，新词且自题。围棋赌酒贤乎已，探花妒杀峰磨腿。趁酒闲看蝶晒衣，顽童且莫催归急。却不道小臣卜夜，秉烛传杯。

〔煞尾〕置身峰泖间，避世诗酒里，买一个载花船来往烟霞际，向这些美酒名花道声生受你。

又〔泖上新居·南仙吕入双调·步步娇〕云：

水际幽居疑浮岛，结构多精巧。垂杨隐画桥，转过湾儿，竹屋风花扫。门僻是谁敲，卖鱼人带雨提鱼到。

〔醉扶归〕淡茫茫水镜推窗晓，点疏疏渔灯夜候潮，暗昏昏鸠雨过平皋，白微微鹭雪销残照。蓼汀秋水怎添篙，只觉的地浮天涨坤乾小。

〔皂罗袍〕闲则扳罾把钓，将鱼篮一个，背月而挑。巨鳌紫蟹带生糟，晚潮压酒宾堪召。围棋睹胜[1]，猜拳赛高。共联白社，约会青苗，更有闲中交际山阴棹。

〔好姐姐〕种花儿不低不高，恰教他水流花照。芙蓉五色，夹过水西桥。更荷花绕，每逢秋夏香难了，透着衣裙不可销。

〔香柳娘〕更春风岸桃，更春风岸桃。水肥花少，痴肥恰是村妆貌。种篱边野菜，种篱边野菜。夜雨带泥挑，滋味新鲜好。向池边联句，向池边联句。不用甚推敲，别是山林调。

〔尾文〕常常浊酒沉酣倒，高卧时闻拍枕潮，自起推窗正月上了。

又〔赋月・南商调・梧桐树〕云：

松间渐渐明，柳外征微映[2]。探出花梢，忽与东楼近。低低与几平，淡淡分窗进。云去云来，磨洗千年镜，照秋千院落人初静。

〔东瓯令〕山烟醒，柳烟晴，放出姮娥羞涩影，装成人世风流境。摇几树西厢杏，浩然风露夜冥冥，细语没人闻。

〔大圣乐〕透疏帘照破黄昏，进鸳帏窥凤枕，玉人何处琼箫冷。心上事，夜香亭。多应是半轮惨淡相思镜，还可是一段幽深吊古魂。梨花梦醒，早鹃啼恨血，草荒烟暝。

〔解三酲〕有多少栏干露冷，有多少高烛花明，有多少南楼好句裁三影，有多少彩袖笼灯，有多少晓风杨柳红牙板，有多少歌馆楼台义甲筝。欢无尽，多应是冰魂荡漾，逼出风情。

〔前腔〕更多少空窗制锦，更多少小阁挑灯，更多少枫江面掩琵琶冷，更多少茅店霜清，更多少悲笳曲罢关山静，更多少玉笛吹残参斗横。情何尽，多应是冰轮有意，照见销魂。

[1] 此处“睹”应为“赌”。——编者注

[2] 此处“征”应为“微”。——编者注

〔尾文〕一些儿清光莹，幻出人间万古情，我别把冷眼闲心，向百花楼上饮。

又〔歌风·南商调·梧桐树〕云：

青萍叶势平，春水波纹净。动地撩天，把日脚高吹醒。飞花打翠屏，飘叶敲金井。移海吹山，直恁颠狂性，卷涛痕啮破嫦娥影。

〔东瓯令〕更低低飐，款款生，撩帐搴衣不至诚。温柔偏解偷帮衬，刚出浴冰肌莹。就微微针窦也留情，一线引香魂。

〔大圣乐〕做春寒递入疏楞，漾钗幡头上冷。鬓花吹落香腮影，带几线泪痕冰。多应是飘零恰似郎心性，可更是荡漾还如妾梦魂。灯昏晕死，正和花送雨，恼人春病。

〔解三醒〕吹不了愁香怨粉，吹不了瘦铁穷砧，吹不了玉门关上秋鸿影，吹不了晓月津亭，吹不了夜深裙带双鸳冷，吹不了春暖弓鞋百草生。凄凉景，吹熏了柳绵如雾，古渡荒城。

〔前腔〕吹不了纸钱灰冷，吹不了野烧痕青，吹不了酒旗叶叶春江影，吹不了古戍烟横，吹不了人悲客路斜阳艇，吹不了鬼哭沙场夜雨磷。添凄哽，吹不了子规啼月，血递微腥。

〔尾文〕任撕掀，从凄紧，翻覆犹如人世情，怎地把世上痴人吹他春梦醒。

又〔惜花·南商调·二郎神〕：

怜花病，见废紫休红点绣茵。轻又薄香魂全瘦损。多情薄命，经二十四番风信。烟雨楼台一曲笙，更纱窗夜寒灯晕。添人闷，宝栏干外，欲谢难禁。

〔啄木儿〕含风笑，泡露颦，偏对凄凉掩泪人。乍飞粘锦字迴文，忽逗破绣床香印。春深小阁休文病，琴心近接萧娘信，正独自开窗捡绣裙。

〔三段子〕空中似尘，淡濛濛是谁人梦魂。苔钱似鳞，点疏疏是谁人泪痕。平明一阵寒差甚，绣帘不卷风犹紧。正酒晕扶头，倦妆时分。

〔前腔〕桃源杏村，酒香衫风流后生。花棚绣捆[1]，点青毡词坛俊英。尽教拾向奚囊锦，可怜一霎繁华影，知道明年，是谁相近。

〔滴溜子〕一片片，一片片，芳菲哄人；一点点，一点点，东君负心。作践韶华直恁，子规啼一声，撩乱古坟荒径。几回风雨，知多少藁葬芳魂。

〔尾文〕陌头剩有弓鞋印，又付与花骢踏作尘，总件件教人怜惜恁。

前期有一冯惟敏，后期有一施伯莘，为明曲生色。

抑余又有取于刘效祖者。效祖，字仲修，宛平人。嘉靖间官至按察使。所为北词，盛传一时，至闻禁掖。所著原有《短柱效颦》《莲步新声》《都邑繁华》《闲中一笑》《混俗陶情》《裁冰翦雪》《良晨乐事》《空中语》。虽经镂板，后渐散佚。后人搜其仅存之稿，题曰《词脔》，有明末刊及康熙庚戌、甲戌两刊。集中多描绘社会习尚，亦常作警世之语。如〔沉醉东风〕云：

破衲袄真能袖手，矮屋低檐尽可低头。且由他热里忙，落得我闲中受。那里得可口的馒头，这滋味从来看得熟，怎肯去将无作有。

想亦及身阅历之言也。又拜年词〔上小楼〕云：

刚送出张世英，又接进李彦实。只见他叉手躬身，假意虚情，

[1] 此处“捆”应为“茵”。——编者注

逊让谦推。一个说多生受，累起动，重赖光辉。一个说到府迟未蒙见罪。

〔尧民歌〕云：

呀，一个正慌忙扒起足如飞，一个忙扯衣牵袖定教回。一个说现成热酒饮三杯，一个说看经吃素刚初一。他两个强了一会，终得吃几杯，才能够唱诺抽身退。

乡情俗例，几百年来社会上正未有殊，读之令人嗢噱。如此始见曲境之润大，后来者觑此下笔，正未可限量。故论明一代之散曲，于效祖亦不可忽视焉。

天民《曲品》所举外此诸家有太仓王世贞凤洲、陆之裘南门，昆山顾梦圭雍里、虞竹西，嘉定段都无美，吴江沈瓒定庵。所谓“王司寇当代宗匠”“陆氏子闻奇誉美”“顾雍里名族标英”“虞竹西柔肠度曲”“殷部郎触目琳琅”“沈佥宪清望斗山”者。

梁、沈派有冯梦龙，后来称雄，为之中坚。梦龙，字耳犹，一字犹龙，别号姑苏词奴，或署龙子犹，有《宛转歌》，亦胆大而情柔。如〔留客·江儿水〕：

郎莫开船者，西风又大了些，不如依旧还侬舍。郎要东西和侬说，郎身若冷侬身热。且消受今朝这一夜，明日风和，便去了侬心安帖。

〔赠书·玉抱肚〕云：

频频书寄，止不过叙寒温别无甚奇。你便一日间千遍邮来，我心中也不嫌聒絮。书呵，你原非要紧的好东西，为甚你一日迟来我便泪垂。

与小曲为近。卓珂月曰："我明诗让唐，词让宋，曲让元，庶几吴歌〔挂枝儿〕〔罗江怨〕〔打枣竿〕〔银铰丝〕之类，为我明一绝耳。"虽然小曲究非南北词之正，言散曲者兼取而并蓄之则可，未能舍此而就彼也。

有明曲人姓氏，见诸选书，共有三百三十余人。而帝王中有一宣宗，虽不足媲美唐玄宗之于诗，宋徽宗之于词，要亦曲史之珍闻尔。

蜀中诗人、词客，代有杰士。有元一朝，惟虞道园，然道园曲至少。幸朱明曲史中有杨慎夫妇，于是蚕丛鱼凫之乡，得不寂寥也已。慎，字用修，号升庵，新都人。有《洞天玄记》《兰亭会》《太和记》诸剧。于散曲则《陶

留贈楊判官

受官來此佐澶州何事能先二十秋兵甲轉令縫掖重功名偶向死生求波連越嶠風相蕩雲暗吳淞晚更愁鋒鏑身當幾經戰煙塵力盡見多籌氣回激烈肝腸露話到傷殘涕泗流壯歲豈期常躍馬儒生未合早封侯軍儲自為清朝計田賦誰關赤子憂南北此心無少暇中原日暮獨登樓

哭晁鏡湖太史墓

多士期東閣孤懷向北宸名高太史筆病劇長卿身匡世天何奪憐才誰更真茫然隔氣象遠矣失經綸白舫雲隨櫬清秋月寫神半生餘著作萬事已荊榛策杖來何晚臨風愴獨頻尚思排難處一諾定交晨淚濕墓前土心通泉下人明年花自發猶似玉堂春

留赠杨判官与哭晁镜湖太史墓　明　杨慎

情乐府》，脍炙人口。而王元美讥为川调，李调元力辨之。盖南北本腔，无吴人可用、蜀人不可用之理也。用修佳句至多，如“费长房缩不就相思地，女娲氏补不完离恨天”。又“别泪铜壶共滴，愁肠兰焰同煎”，“和愁和恨，经岁经年”。又“傲霜雪镜中紫髯，任光阴眼前赤电，仗平安头上青天”，皆甚可诵。〔黄莺儿〕云：

客枕恨邻鸡，未明时又早啼，惊人好梦三千里。星河影低，云烟望迷，鸡声才罢鸦声起。冷凄凄，高楼独倚，残月挂天西。

词境凄清欲绝，可知其流戍时光景矣。

妻黄氏，遂安人，按遂安即今遂宁。《遂宁县志》卷五《艺文卷》六杂记并及之。《积雨酿春寒·寄外》一首下注云：“用修卒戍所，家人欲成丧。安人曰：幸而谪终，天威尚难测，律以春秋大义，自当藁葬。家人乃止。未几，世宗遣使启棺，见青衣布袱，使还以闻，上感动，还原爵。其达大体有如此者。”朱孟震曰：“升庵杨先生夫人黄氏，遂宁黄简肃公女。博通经史，能诗文，善书札，娴于女道。性复严整，闺门肃然，虽先生亦敬惮之。”（《玉笋诗谈》）可知其人。其集有徐文长重订本四卷、补遗一卷，以〔骂玉郎感皇恩采茶歌·咏仕女图〕作制最新颖。词云：

一个摘蔷薇刺挽金钗落，一个拾翠羽、捻鲛绡，一个画屏侧畔身斜靠。一个竹影遮，一个柳色潜，一个槐阴罩。一个绿写芭蕉，一个红摘樱桃。一个背湖山，一个临盆沼，一个步亭皋。一个管吹凤箫，一个弦抚鸾胶。一个近栏凭，一个登楼眺，一个隔帘瞧。一个愁眉雾锁，一个醉脸霞娇。一个映水匀红粉，一个偃花整翠翘。一个弄青梅攀折短墙梢，一个蹴起秋千出林杪，一个招罗袖把做扇儿摇。

写二十三人，各尽其态。其〔罗江怨〕四支用车遮韵亦佳。其一曰：

空亭月影斜，东方既白，金鸡惊起枕边蝶。长亭十里，唱阳关也。相思相见，相见何年月？泪流襟上血，愁穿心上结，鸳鸯被冷雕鞍热。

其二曰：

黄昏画角歇，南楼雁疾，迟迟更漏初长夜。愁听积雪，溜松稠也。纸窗不定，不定风如射。墙头月又斜，床头灯又灭，红炉火冷心头热。

其三曰：

关山望转赊，征途倦历，愁人莫与愁人说。遥瞻天阙，望双环也。丹青难把，难把衷肠写。炎方风景别京华，音信绝，世情休问凉和热。

其四曰：

青山隐隐遮，行人去急，羊肠鸟道马蹄怯。鳞鸿不至，空相忆也。恼人正是，正是寒冬节。长空孤鸟灭，平芜远处接，倚楼人冷栏干热。

其曲品，或况诸词中易安，殊为平允。升庵、黄氏俱往矣，自后蜀中南北词遂成绝响矣。兹论明曲，于此不能无慨。同堂诸子，其有愿奋起而踵武前贤者乎？（昨得友人顾君谊名书，闻近有明曲统别之作。正草此章，惜未得以佐证，良用怅然。）

第四

自清以来散曲家

毛奇龄曰："文有名家，有当家，有作者家。名家只如书画家之有标格耳，而金元词曲，每以平行协时族者为当家。至于作者家，则毋论当行与及格，而必有作者之意存乎其间。"（见《霞举堂集序》）以言有清一代之散曲，类是作者家之作耳，其下者并此作者之意而不存。盖自隆、万以来，士夫移制曲之工力以制八比文，于是乎曲衰矣（吾友刘鉴泉咸炘尝与予论之，深信此为曲衰之由）。

就中稍稍自振，尚知规模乔张者，前有朱、厉为魁，率后有刘、许为殿军。虽未足以远抗元贤，而曲之得不坠不绝，赖此一线耳。竹垞、太鸿并以工长短句名于时，故所为曲亦能清雅，不可谓非豪杰之士也。

朱彝尊，字锡鬯，号竹垞，秀水人。有《叶儿乐府》，多北词，如〔沉醉东风·香茅屋青枫树底〕〔普天乐·到清秋开家宴〕〔水仙子·半湖山上采樵夫〕诸篇，翛然远趣，直是庆元遗响矣。惟余最爱其〔朝天子〕，意度恬闲，文采清丽，词曰：

鱼标，稻苗，争似南湖好。月寒沙柳夜萧萧，帆影卸三姑庙。暗水横桥，矮屋香茅，看黄花都放了。丝绦，布袍，再不想长安道。

置诸小山乐府，或亦可乱其楮叶，而〔天净沙〕一作尤为难得，东

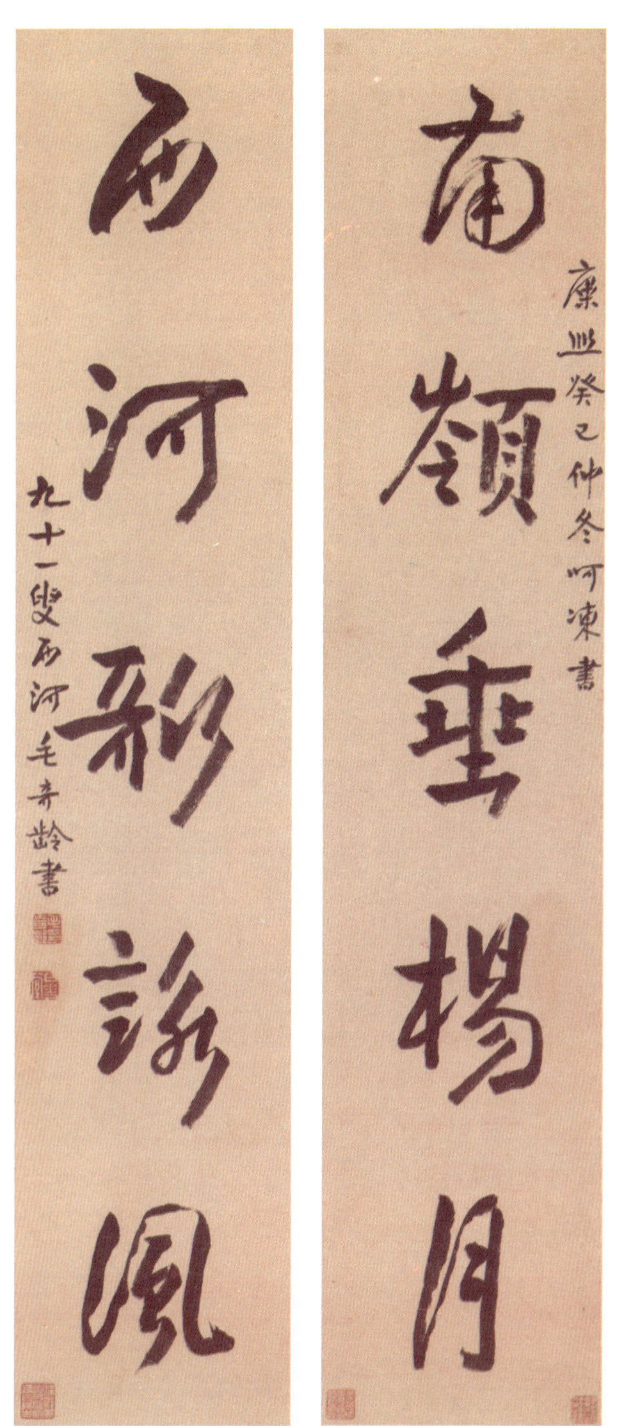

毛奇龄手迹

篱之“枯藤老树昏雅”[1]，几成绝唱，元季诸公属和，已不免貂尾之讥。竹垞独不抱定边塞光景，以写秋思，曰：

朱彝尊

一行白雁清秋，数声渔笛蘋洲，几点昏雅[2]断柳。夕阳时候，曝衣人在高楼。

[1] 此处“雅”应为“鸦”。——编者注

[2] 此处“雅”应为“鸦”。——编者注

读之如味榄而有回甘焉。然竹垞有时亦不免乖律，〔细细香苞绽·落梅风〕一首，平仄失粘，衬字拗捩，句法破坏，几全非本调面目矣。雅正如竹垞，尚有此失，况其下焉者乎。

厉鹗，字太鸿，号樊榭，钱塘人。有《樊榭山房北乐府》，大抵细腻熨贴。樊榭之所长，以视元贤苍莽之气，大刀阔斧者，终不能逮。〔普天乐·春水〕：“蓝拖打桨人，绿染湔裙候。何事干卿吹频皱？笑东风直恁风流。”〔醉太平·看梅宿西溪山庄〕：“溪深溪浅随春笑，窗明窗暗疑人到，钟初钟绝待诗敲。剩香吟半瓢。”皆独标风趣，不必摹拟前人，虽然，究是词家之曲也。〔殿前欢·秋思用小山春思韵〕写秋思“芭蕉叶叶竹枝枝”一首，较小山原唱“话相思，晓莺啼在绿杨枝”，亦未尝有逊色。余最爱其〔柳营曲·渔家〕：

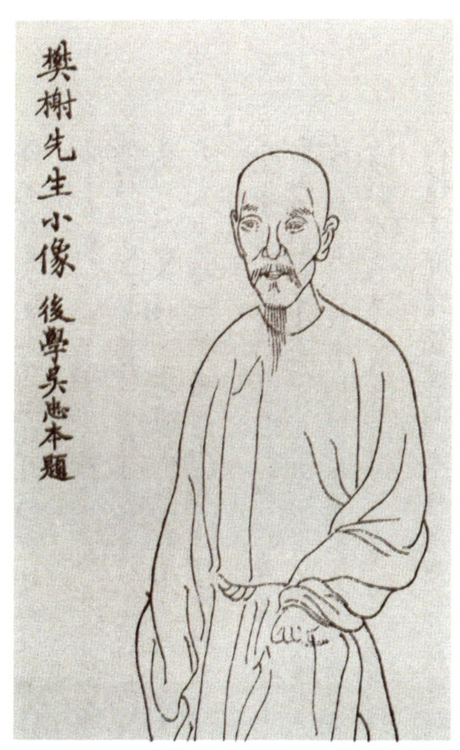

厉鹗

渔事多，奈渔何，渔心太平谁似我？春雨渔蓑，落日渔艖，渔舍水云窝。约渔兄渔弟经过，聚渔儿渔女婆娑。渔竿连月侵，渔网带烟拖。歌，渔笛定风波。

如此畅快，始见曲之本色。

朱、厉而后，惟刘融斋（熙载）能言小山之骚雅，许光治能作清新之小令。融斋《曲概》所议论，时有见道处，至其《昨非集》，仅四令一套而已。套为檃括楚骚山鬼之辞，写古意入今声，如词中东坡《哨遍》之于《归去来辞》，既被诸弦管，按歌以侑酒，其客有幽忧者，尝因之而解也。〔对玉环带清江引〕中，如“任你蹉跎，胜他聋与跛。官似甘罗，那宜衰朽做。封似萧何，怕来宾客贺”。又“陶公傲许当年寄，只不受官场气。烟霞燎我饥，车马从人意，彼此代谋无善计”。爽切翻腾，并足多焉。

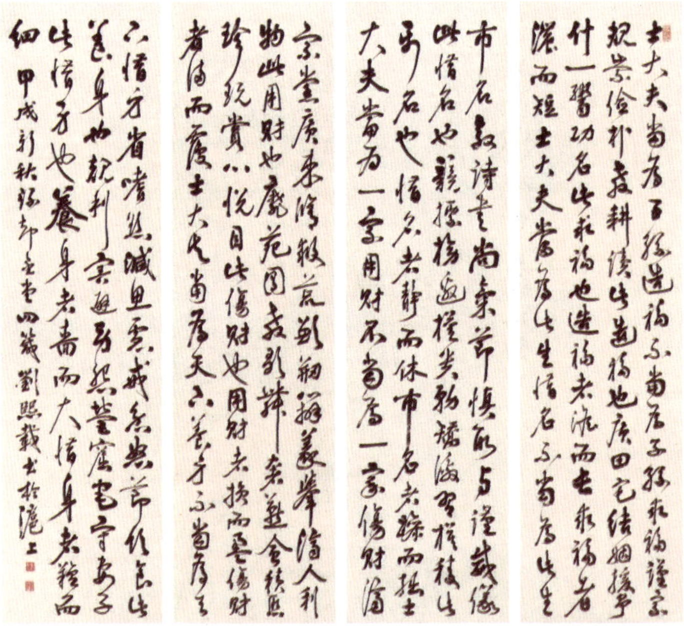

刘熙载手迹

光治《江山风月谱》（在《别下斋丛书》中）自序曰："汉魏乐府降而六朝歌词，情也。再降而三唐之诗、两宋之词，律也。至元曲，几谓里言诽语矣。然张小山、乔梦符散曲，犹有前人规矩在，俪辞追乐府之工，散句撷宋唐之秀。惟套曲则似涪翁俳词，不足鼓吹风雅也。予心好之。"是可知其尝致力于此也。谱中计令五十二首，写时序天气者，间涉农事，风趣盎然，如〔落梅风〕："晚来络丝虫独语，问西风又来何处？"〔天净沙〕："柳絮刚刚飞罢。时光初夏，新棉又裹桐花。"读之弥觉有味。而以〔满庭芳〕之闲婉为最，曰：

> 绿阴野港，黄云陇亩，红雨村庄。东风归去春无恙，未了蚕忙。连日提笼采桑，几时荷锸栽秧？连枷响，田塍夕阳，打豆好时光。

〔水仙子・海棠〕"红绵绣扑华铅"则以拟小山著，气韵色泽，均能入彀矣。光治不为一南调刻意学元，盖一时之杰出者，所惜能秀雅而欠生动，究未臻上乘耳。〔塞鸿秋・题友人采菊图〕：

> 蜉蝣只作昏朝计，蟪蛄岂识春秋意。蜾蠃局促人间世，虫鱼琐屑书生事。龙头翰墨场，燕颔功名志，笑东篱未必渊明是。

叹慨之中，居然盛气，最为难得。〔殿前欢・湖上橛头船〕〔水仙子・堤边树色辨阴晴〕二首，气慨[1]亦迥乎不凡。其余或为曲中之词，或为词家之曲。〔小梁州・碧罗团扇恋新秋〕一首，虽幽蒨可爱，而通篇南音填于北调，刚柔未能投分，是又非知音者不能道，然未可以此非难清代诸作手也。

略与三家相近者，仁和何承燕，其《春巢乐府》〔咏债〕一套，王瀣所谓皆伤心语也。凌歙廷堪《梅边吹笛谱》亦北调多于南词，虽〔山坡羊〕

[1] 此处"慨"应为"概"。——编者注

效乔梦符未得神似，而〔朝天子·夜思〕、《早春》并能清秀，《赤壁图》一支尤佳：

> 汉朝，魏朝，画里客高啸。大江东去响寒潮，总是凄凉调。葛相心劳，周郎年少，英雄久寂寥。大乔，小乔，一片斜阳照。

语可诵焉。

会稽陈栋，字浦云。其《北泾草堂北乐府》北套仅二，间有警语。至张应昌《烟波渔唱》，则鲜足采矣。

有赵庆熺者，异军特起，为清一代之冠冕，能恰到曲之好处。任讷许为峰泖浪仙以后散曲中一人而已（语见《曲谐》）。庆熺，字秋舲，仁和人。所著曰《香消酒醒曲》，小令只九首，情词都妙，〔驻云飞·沉醉〕曰：

> 等得还家，澹月刚刚上碧纱。亲手递杯茶，软语呼名骂。他，只自眼昏花，脚跟儿乱躧。问着些儿，半晌无回话，偏生要靠住侬身似柳斜。

倩新灵活，何让前贤也。又自序云："漪园之右为白云庵，中设月下老人像。杭州问婚姻者皆卜焉，籤语拉杂不伦。同人秋日偶游，晋竹语余，须以乐府小令谱之，余唯唯。暇时挑灯，填五六阕。仅记其三，附录于此。"〔懒画眉〕二支，其一曰：

> 问郎年纪可如何？要与儿家差不多，韶华生小怕蹉跎。休较侬年大，我便盖上鸳鸯印一颗。

其一曰：

张张翻到总模糊，恁的鸳鸯两字无，原来是我笔尖涂。不上氤氲簿，你快另造姻缘一纸符。

〔黄莺儿〕曰：

好好系红丝，不须求缱绻司，婚姻真个天公赐。寅时卯时，申时酉时，把笔尖儿端写年庚字。莫相思，明年枕上，开着并头枝。

口角宛妙，词虽不类签，词俊可味也。〔桂枝香·连日病酒，填此戒饮〕云：

刘伶不做，杜康不顾。改辞汤沐糟丘，休罢官衔曲部。再休提醉乡，再休提醉乡，一曲盟词誓汝，抵死视同陌路。自今吾，醒眼看人醉，三闾楚大夫。

又〔前腔·戒酒五日，同人咸劝余饮，遂复故态，作此解嘲〕云：

酿王国号，醉侯官诰。投还五日封章，新上一篇谢表。是微臣不该，是微臣不该，不合平原姓赵，曲秀才名出了。且今朝，打个莲花落，锄儿照旧挑。

此酒徒语，读之忍俊不禁。秋舲多套曲，亦最工。杨恩寿曰：

余前从《秋雨庵随笔》见赵秋舲咏月小令〔江儿水〕，赏其清隽，已录入前集。后见吴幼樵所撰《尘梦醒谈》备录其曲，始知乃套曲中之一折也。全套皆佳，梁应来仅采此数语，犹不免断凫截鸭也。兹备录于左：

〔忒忒令〕[1] 热红尘无人解愁，冷黄昏有侬生受。团空月亮，照心儿剔透。把一个闷葫芦恨连环，呆思想问谁知道否？

〔沉醉东风〕闷嫦娥青天上头，憾书生下方搔首。云影净，露华流，中庭似昼，闹虫声新凉时候。星河一周，光阴不留。银桥碧汉，又人间尽秋。

〔园林好〕想谁家珠帘玉钩，问何人香衾锦裯，任年少虚空孤负？无赖月，是扬州；无赖客，是杭州。

〔嘉庆子〕九回肠生小多软就，把万种酸情彻底兜，空向西风谈旧。搴杜若，采扶留。悲薄命，怨灵修。

〔尹令〕廿年前胡床抓手，十年前书斋回首，五年前华堂笑口。一样银河，今日无情做泪流。

〔品令〕浮生自思，多恨事难酬。花天酒地，还说甚风流。参辰卯酉，做了天星宿。江湖席帽，三载阻风中酒。只落得下九初三，月子弯弯照女牛。

〔豆叶黄〕清高玉宇，冷淡琼楼。再休提雾鬓云鬟，再休提雾鬓云鬟，那里是乌纱红袖。生涯疏放，天涯浪游。博得个花朝月夕，博得个花朝月夕，消受了梦魔情魔，酒囚诗囚。

〔月上海棠〕归去休，一齐放下谁能够。算山河现影，石火波沤。哭青天泪眼三秋，忏青春心魂一缕。蒲团叩，广寒宫何处回头？

〔玉交枝〕痴顽生就，闯名场名勾利勾。瑶台一阵罡风陡，吹落下魂灵滴溜。寒篑仍在月宫留，吴刚不合凡尘走。一年年新秋暮秋，一年年新愁旧愁。

〔玉胞肚〕飞萤似豆，扑西风罗衫乱兜。看玉阶景物凄凉，话碧霄儿女绸缪。我吹笙恰倚红楼，只怕仙山不是缑。

〔三月海棠〕银匣初开，真难得团圆又。问何年怎样，宝镜飞丢。他愁，兔儿捣碎此生白，蟾儿跳出清虚走。红桥侣，鹤驭俦，

[1] 此套曲子的题目名字应为《对月有感》。——编者注

有个人无赖把紫云偷。

〔江儿水〕自古欢须尽，从来满必收。我初三瞧你眉儿斗，十三窥你妆儿就，廿三觑你庞儿瘦，都在今宵前后。何况人生，怎不西风败柳。

〔川拨棹〕年华寿，但相逢杯在手。今要朝檀板金瓯，要明朝檀板金瓯，莽思量情魂怎收，怅良宵漏几筹，剔银釭梦里求。

〔尾声〕梦中万一钧天奏，舞霓裳仙风双袖，我便跨上青鸾笑不休。

此外，又有《葬花》《写恨》两商调[1]，皆极工致，因备录之。《葬花》云：

〔梧桐树〕堆成粉黛茔，掘破胭脂井。捡块青山，放下桃花椁。名香爇至诚，薄酒先端整。兜起罗衫，一角泥干净，这收场也算是群芳幸。

〔东瓯令〕更红儿诔，碧玉铭，巧制泥金直缀旌。美人题着名和姓，描一幅离魂影。再旁边筑一个小愁城，设座落花灵。

〔大圣乐〕我短锄儿学荷刘伶，是清狂非薄幸。今生不合做司香令，黄土畔，叫卿卿。单只为心肠不许随侬硬，因此上风雨无端替你疼。一场梦醒，向众香国里槃涅斯称。

〔解三酲〕收拾起风流行径，收拾起慧眼聪明。收拾起水边照你娉娉影，收拾起镜里空形。收拾起通身旖旎千般性，收拾起澈胆温和一片情。荒坟冷，只怕你枝头子满，谁奠清明？

〔前腔〕撇下了燕莺孤另，撇下了蝴蝶伶仃。撇下了青衫红泪人儿病，撇下了酒帐灯屏。撇下了蹄香马踏黄金镫，撇下了指冷鸾吹白玉笙。难呼应，就是那杜鹃哭煞，你也无灵。

〔尾声〕向荒阡，浇杯茗，替你打个圆场证果成。叮嘱你地下轮回莫依然薄命。

[1] 此处“恨”应为“愁”。——编者注

《写愁》云：

〔懒画眉〕生来从不会魂消，怎被莽情丝缚牢，天公待我忒蹊跷。做就愁圈套，把瘦骨棱棱活打煞。

〔步步娇〕合是聪明该烦恼，恨海凭空造，把风流一担挑。八字儿安排，合为情颠倒。我何处问根苗，只的是命宫磨蝎无人晓。

〔山坡羊〕冷冰冰性将人拗，好端端自将愁讨。一年年越样痴魔，一天天写个疯颠照。神暗销，相思禁几遭，我当初早是早是魂灵掉，不肯勾消一场恼懊。无聊，湿衙香何处烧？空劳，醉笙簧何处调？

〔江儿水〕白昼帘双押，黄昏烛一条。把纸牌儿打个鸳鸯[1]，笔尖儿写幅鸳鸯稿，梦魂儿打个鸳鸯鸟，不许蜂啰蝶唣。怎底宵来，遍是南柯潦草？

〔玉交枝〕没头没脑，这书章模糊乱罨。愁城筑得似天高，打不进轰天情炮。心酸好似醋梅浇，眼辛却被藿姜捣。要丢开心儿越撩，不丢开心儿越焦。

〔园林好〕恨知音他偏寂寥，恨闲人他偏絮叨，只算些儿胡闹。波底月，镜中潮。潮莫信，月难捞。

〔侥侥令〕成团飞絮搅，作阵落花飘。我宛转车轮肠寸绞，好比九曲三湾仄路抄。

〔尾声〕闲愁怎样难离掉，除非做一个连环结子绦，向那没情河丢下了。（见《续词余丛话》）

其词固不止清隽已也。轻灵松倩，活泼新鲜，绝非朱、厉所能及，而好为南词，如沈、吴诸家者，更瞠乎后矣。

沈谦，字去矜，仁和人。有《东江别集》。令、套虽甚富，而翻谱亦多，读之作呕。翻词为曲者，如〔山坡月儿转·春夜〕谱李后主诗余，

[1] 此处“鸳鸯”后面少一“箬”字。——编者注

〔桂花遍南枝・忆欢〕〔滴滴催・幽情〕皆谱秦少游诗余，〔黄龙醉太平・佳人〕谱杨升庵诗余；翻北曲为南曲者，如〔画眉序・离情〕翻关汉卿作，〔步步娇・元宵忆旧〕翻曾瑞卿作，〔红孩儿・书所见〕翻周德清作，〔小娃琵琶〕翻乔哲符作，〔孝顺姐儿・夜雨〕翻杨澹斋作，〔江南柳・细腰〕、《春情》，俱翻徐甜斋作。而翻小山作者有：〔十分春・酒醒〕〔黄莺・抱玉枝〕〔春恨・五马渡〕〔双江・闺情〕等。不读其词，于此亦可想见其品矣。所为北曲中，如〔落梅风・闺忆〕：“从分散，整痛嗟，冷清清鸟啼花谢。提名儿骂他心是铁，料伊家耳轮常热。”直是剽窃东篱耳，东篱原词曰：“从别后，音信绝。薄情种害杀人也。逢一个见一个因话说，不信你耳轮儿不热。”虽然，两较之，其巧拙为如何耶。盖东江承明末之余风，染宁庵之恶习，故终不能为曲家之曲也。

他如毛莹、尤侗、陈维嵋、奏云[1]、蒋士铨、石韫玉、赵对澂、杨恩寿、沈清瑞、魏熙元、许宝善辈，悉未离乎此轨。

莹，字湛光，松陵人。有《晚宜楼杂曲》。跋中自云：“于词曲好而不精。偶有所作，律以九宫谱，不能无出入也。难入檀板，将安用之？既复自恕曰：昔康衢击壤，矢口而歌，其时曷尝有协律郎随其后哉？亦天籁之自鸣耳。”于兹可见其非当家矣。

尤侗

侗，字展成，世所称西堂者也，长洲人。有《百末词余》，其〔驻云飞・十空曲〕十首皆黄冠语，颇著于当时，实则警顽醒俗，拾人唾余。余尝怪西堂杂剧甚佳，何以令、套如此不相称也，其〔黄莺儿〕分咏美人乳、美人足、美人醋，题目已属小家，徒令人读之生厌。至《戏惧内者》一支：

[1] 此处“奏”应为“秦”。——编者注

“何事犯娘行？跪妆台、一炷香，风流罪过难轻放。笞之太强，杀之过伤，参详惟有宫刑当。好关防，如何黑夜，越狱上牙床？”直可谓之俳优之嫡传。展成言：“予少而嬉戏，中年落魄无聊，好作诗余及南北院本新曲，绮艳叠陈，诙谐间出。知我者以为空中语，罪我者以为有伤名教，不只白璧微瑕而已。”余姑不言其伤名教事，然只以绮艳、诙谐为曲，是未知曲境之广矣。

维嵋有《亦山草堂南曲》，媲为南词，旨趣可想。

云，字肤雨，号西脊山人。其《花间剩谱》共八套，又《愿为明镜图题词》一套，当以〔翁仲叹〕为胜。首调〔梧桐树〕云：

寒烟落照中，饱看千年冢。指点行人，姓字呼翁仲。朝朝对古松，夜夜留高垅。华表凄凉，鹤语千年痛，几家儿得祭扫儿孙永。

〔解三酲〕云：

只见那雾迷荒垅，只见那碑断苔封。只见那黄昏枝上鹃啼痛，只见那郁郁青松。只见那妖狐拜月骷髅弄，只见那石马无声卧草中。尤堪恸，对着这墓门寂寞，雨雨风风。

语意凄凉，差可动人情感耳。

士铨，字心余，铅山人。戏曲中之有藏园，为清代艺文生色不少。散曲中之藏园，迥不如矣。《忠雅堂》南北曲卷中，戊寅〔粉蝶儿·题陈其年先生填词图〕一套，最称佳制，亦无多可取处，大概奄无机趣，不逮所作九种多矣。

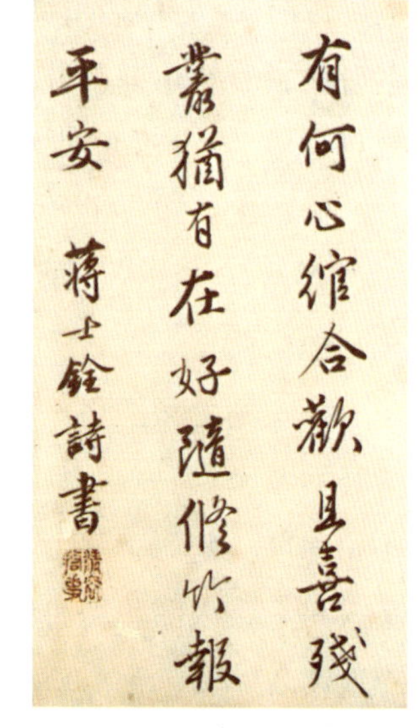

蒋士铨手迹

韫玉，字琢堂，吴郡人。乾隆庚戌状元。其《花韵庵》南北曲篇什不多，如〔皂罗袍·秋夜独酌〕〔金落索·访杜子美草堂旧迹〕诸作，皆嫌板滞，惟〔一江风·咏雪〕：“似杨花点点穿帘罅，糁遍了鸳鸯瓦，玉无瑕。蹋处寻梅，扫处煎茶，江上人如画。豪华是党家，风流是谢家，怪无端兜起诗人话。”工稳中尚饶情致。

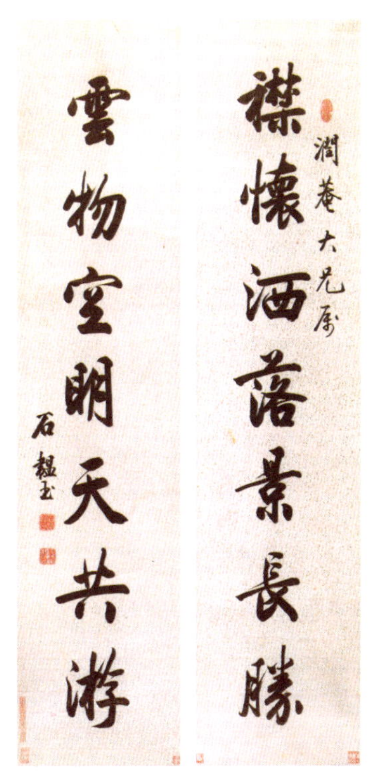

石韫玉手迹

对澂，字野航，合肥人。《小罗浮馆》杂曲止一令四套，在此中可称佼佼者。如〔金络索·马上遣兴〕有云：

说什么十年梦断邯郸道，只今日老大愁经豫让桥。情丝套，几时碎却倩刚刀？尽着他曲唱红幺，泪滴青袍，只自按伊凉调。

语颇可诵。又《沙河感旧》套首调〔双玉供〕云：

东风吹透，杏花儿开遍墙头。扑征衫细落轻尘，理吟笺碎碾新愁。乍清明时候，又节次闲情拖逗。乱红无语上帘钩，钗影谁家动画楼？

雅近王伯良。

恩寿，字蓬海，有《坦园词余》。《题钟馗拥妾踞坐小鬼唱曲图》一套，喜笑怒骂之辞也，余意则取〔送别・黑麻令〕为压卷之篇，词云：

猛吹起胡笳塞笳，恰正好风斜雨斜，最凄清霜葭露葭。送行人南浦依依，莽前程烟遮雾遮，望不见人家酒家，尽相对长嗟短嗟。只够着半日勾留，才悟透尘海团沙。

又：

料理着渔叉画叉，寻君到山涯水涯，隔断了喧哗市哗。饱看够清爽秋光，闹喳喳朝雅暮雅[1]，冷清清芦花荻花，重叠叠瓠瓜枣瓜。会编就一套曲儿，付与那一面琵琶。

坦园撰《词余丛话》二卷，于此道固尝三折肱焉。

清瑞，字芷生，长洲人。红心词客蘋渔之弟，故曲亦有法度。所为《樱桃花下银箫谱》，其甥林衍潮手订，而琢堂付梓者也（有以《樱桃花下银箫谱》归沈桐威起凤作者，实误）。共九套，有集曲〔南高平调・羽衣第三叠・饯春日饮分绿窗题佩珠晨妆图〕，一见即知其传梁、沈衣钵，终不免于堆垛之弊也。

---

[1] 此处“朝雅暮雅”应为“朝鸦暮鸦”。——编者注

〔锦缠道〕问东风，悄吹过屏山几重？落月晓烟空，熨轻寒教人斜靠熏笼。

〔玉芙蓉〕耳边嫩约三分懂，眼角春情十倍慵。惊幽梦，是啼莺唤侬。

〔四块玉〕抬头强[1]，看纱窗早漏晨红。

〔锦渔灯〕软哈哈手裹起双趺玉莹，困淹淹体偎着半臂香浓，翠生生掠削春云宝钏松。

〔锦上花〕离斗帐，闪绣栊，消睡靥，颤玉容，花枝呈润镜奁中。

〔一撮金〕一步一惺忪。

〔普天乐〕口脂儿休调动，面粉儿休拈弄，梳和裹倦里匆匆。

〔舞霓裳〕妆成谁把纤腰拥？怪郎来直恁悄无踪。

〔千秋岁〕并肩坐，无些缝。溜肩语，无些空。休听鹦歌哄，道夭桃开也，去踏芳丛。

〔麻婆子〕爱郎爱郎多情种，心香一串同；笑侬笑侬风流宠，心犀一寸通。相思入骨骰玲珑。

〔滚绣球〕诉相思未终，且转过一答儿湘帘向东。

〔红绣鞋〕湘帘控，桂曲琼，教郎补画小眉峰。

题图作曲，最是清人习气，此亦未能超脱者也。

熙元，字玉岩，仁和人。《玉玲珑馆曲存》只两套，《赵月楼司马桐凤宴》套中〔豆叶黄〕嘉芷衫者曰：

猛听得泠泠笙鹤，满院清风。真个人在蓬莱第一峰，当得起北辰星拱。珊珊秀骨，超超化工。是一朵灵芝仙种，是一朵灵芝仙种，端的要天上人间，领袖春风。

[1] 此处“抬头强”应为“强抬头”。——编者注

〔江儿水〕嘲宝琴者曰：

宝鼎灰寒筋，琴弦调变桐。好一个弄花人翻被花枝弄，恨耶一桩桩心头儿痛，醋耶一瓶瓶口头儿用，唧唧哝哝个中人自懂。你看他慧眼维摩半惺忪，还道他志诚的种。

又〔玉交枝〕戏蟾香者曰：

团团月涌，好清光漾漾溶溶。我闲愁闲恨只有你嫦娥心事共，况分香名在蟾宫。为什么婆娑影儿辜负侬，捣元霜不做游仙梦？耽搁你少年时云踪雨踪，一霎里叹萧疏云松鬓松。

掇拾明人之牙慧耳。

云间许宝善《自怡轩乐府》名甚显，其和东篱《百岁光阴》至七套之多，而俊语实不多见。

论清之曲人于苏长洲，于浙仁和，济济多士，终未能自有树立，其略近梁、沈之遗而不为梁、沈所限者，则有二吴：绮，字薗次，江都人；锡麒，字谷人，钱塘人。远非此辈所及，亦南词中之俊也。薗次之《林蕙堂填词》计九套，《赠苏昆生》一套最著：

〔尾犯序〕风雪打貂裘，乡里惊梅，客心催柳。古寺栖迟，见白发苏侯，如旧。最喜是中原故老，犹记取霓裳雅奏。相怜处，把繁华往事，灯下说从头。

〔倾杯序〕风流，忆少年，不解愁，游侠争驰骤。也曾向麋鹿台前，貔貅帐里，金谷留连，玉箫拖逗。把豪情绮月，逸气干云，西第南楼，都付与漆园蝴蝶老庄周。

〔玉芙蓉〕沧桑一转眸，云雨双翻手。到如今萧萧，霜鬓如秋。

那些个五侯池馆争相迓，只落得六代莺花莽不收。抛红豆，叹知音冷落，向齐廷弹瑟好谁投？

〔小桃红〕枉湿了浸江袖，还剩得兰陵酒。尽红牙拍断红珠溜，青鞋踏遍春山瘦，把黄冠撇却黄金臭。管甚么蛟龙争斗无休。

〔尾声〕狂歌一曲为君寿，同在此伤心时候，且劝你放眼乾坤做个汗漫游。

仿佛杜陵之遇龟年，而情愈旷达矣。绮语如《秦楼月》传奇题词中〔解三酲〕云：

忘不了香钩微步，忘不了玉腕斜舒。忘不了红窗薄醉横波注，忘不了雪肌肤。忘不了花前软款将离情数，忘不了灯下横陈将倦体铺。难忘处，有罗衾翡翠，绣枕珊瑚。（此套《林蕙堂集》中所无，见予《饮虹簃校刻二十种》内。）

谷人《有正味斋》南北曲卷中亦多名作。梁廷枏曰：“吴谷人先生词学，近人不多觏，痛除凡响，壁垒一新。集中南北曲数套，妙墨淋漓，几欲与元人争席。”（见《藤花馆曲话》卷三）虽不免溢美，其蜚声艺苑，是可知也。谷人颇多题图之曲，亦当时风气使然。有《题仕女图》十二首，首各一题一调，极别致。序曰：“梅村集中有《戏题仕女图》十二绝句，因用其题，各以南北曲谱之，并属友人徐君兰坡，仍绘其意以传。”云云。十二仕女者：一舸（用杜牧句）、虞兮、出塞、归国、当垆、堕楼、奔拂、盗绡、取盒、梦鞋、骊山、蒲东。以〔一舸〕〔出塞〕〔当垆〕三支为最脍炙人口。〔梧桐树·一舸〕云：

西风吹白纻，歌罢人何处？莫道功成，肯逐鸱夷去，算回头只有烟波路。吴苑千秋，花也愁无主；越客千丝，网也难兜住。剩相思石上苔无数。

吴锡麒手迹

〔驻马听·出塞〕云：

国色谁知，何苦黄金赂画师。蛾眉易老，玉关自远，青冢长迷。琵琶弹出汉宫悲，蟾蜍照见胡沙泪。险被胭脂，勒名儿涸了燕然字。

〔解三酲·当垆〕云：

著犊鼻风生一哄，画蛾眉翠隐双峰。酒旗摇曳春星动，休夸是数钱工。赋成才有千金卖，归去依然四壁空。琴心送，只茂陵秋雨，累个愁侬。

而〔仙吕排歌·红桥访春〕：“故燕偏迟，新莺乱飞，租船去去湖西。

一虹界处画图移，翠拥高头红接低。亭馆合，楼阁离，金迷纸醉梦何之？歌吹繁，灯火起，衣香人影几多时。”尤为难得。他如〔玉抱肚·咏新柳〕有云:“十三年纪女儿娇，传递新愁过画桥。”〔驻马听·登金山〕有云:“讲经龙欲出波听，护禅鸽亦栖檐定。”〔皂罗袍·杏花〕有云：“饧箫吹过，新烟已消。酒帘招否，前村尚遥，只爱，那一肩香递红楼悄。”〔油葫芦·观菜花〕有云：“鹅儿壳蜕新，蜂儿翅搧忙，但酒波和着花光荡，浑不信有斜阳。”各有精采，皆警句也。任讷谓两吴集中之合作，间如明之王磐、金銮，不为无见（此语见所撰《散曲概论》中《派别第九》）。

又陆秋士楙有《鹊亭乐府》，孔皕轩广森有《温经堂戏墨》，王维新有《红豆曲》，郑方坤有《青衫词余》，并流传未广。而顺天方玉坤所作，如《雁字》“丁宁嘱咐南飞雁，到衡阳，与侬代笔，行些方便。不倩你报平安，不倩你诉饥寒，寥寥数笔莫辞难，只写个一人两字碧云端。高叫客心酸，高叫客心酸，万一阿郎出见，要齐齐整整，仔细让他看”，则又曲之变体矣。

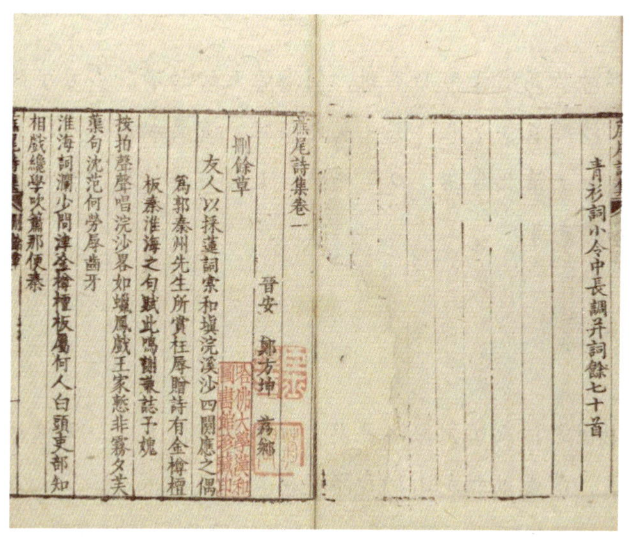
青衫詞小令中長調弁詞餘七十首

蕉尾詩集卷一
晉安 鄭方坤 荔鄉
刪餘草
友人以採蓮詞索和塡浣溪沙四闋應之偶
爲郭秦州先生所賞枉辱贈詩有金檜檀
板秦淮海之句賦此鳴謝兼誌予媿
按拍聲聲唱浣沙畧如蟂鳳戲王家憖非霧夕芙
蕖句沈范何勞辱齒牙
淮海詞瀾少問津登檜檀板屬何人白頭吏部知
相戲纔學吹簫那便秦

《蕉尾诗集》 清 郑方坤

以曲为史，实写时政者，有松滋谢元淮，此前代所未有也。元淮字默卿，有《养默山房散套》，共三长套，其〔一枝花·感怀〕套中用〔九转货郎儿〕（按谢作一套中，每调换一韵，殊乖曲律，假借旧谱而歌，亦非当家所许也）直书当时情事，曰：

诉不尽微员偃蹇，说不尽官场幻变。见几个扬眉吐气势熏天，见几个献殷勤描花面，钻狗洞跳猴圈，费尽心力百计千方总为钱。

二转曰：

道光初任州邳一官初赴，职分小也是民之父母。三四年遂喜得清风舆论孚，东山又移向洞庭湖。遇英贤赏拔却非亲故，他道我精勤廉朴，从此出污泥不染污。

三转曰：

那时节高堰开粮船不到，创海运天边转漕。多亏了陶公筹画荩谟高，涉鲸波如平地，供天庾免愁焦，浚吴淞民无水涝，整鹾纲商多富饶。更淮北贩招，口岸畅销，大转关全凭转改票。这其间也有俺勖勤奔走劳。

四转曰：

谢伊家达天听把微名叠奖，一再转官阶日上。却又道可膺民社坐琴堂，消受过九龙山横积翠，第二泉茗椀浮香，云山在望。俺可也殚竭精忱嫌不避，怨不避，一手颓把障波。也不慌张，也不匆忙，硬生生挣几倍公家饷。头衔晋，荷恩光。当，自古道盛德莫忘。俺只觉出力无多叨厚赏。

五转曰：

那知岘山碑为羊公泪堕，望西洲恸羊昙再过。赖曹参成法守萧何。方感叹可悲歌，可惜了一岁疆臣两游波。从此后抚驭心劳边防事多，从此后狼与狈互催搓，从此后芙蓉花发烟尘祸，从此后闽广分兵锋先挫，从此后江浙扰大动干戈。有一个徒读父书的赵括偻罗，枉坑了长平卒自沉河。都带累俺奉羽檄上海，望着那沧溟涕泗沱。

六转曰：

我只见密密层层官军防堵，每日里煏煏剥剥操兵整伍。忽见那黑黑白白奇奇怪怪鬼酋奴，早只是大大小小齐惊遽。又只见忙忙碌碌、来来去去、兵兵将将、吁吁喘喘守吴淞门户，蓦地里闪闪烁烁炮声砰怒。可怜那高高下下的塘，凸凸凹凹的路，男男女女、啼啼哭哭救死奔逋，一霎时腾腾焰焰、村村舍舍尽成焦土。好一个忠勇军门烈烈轰轰为国捐躯殉海隅。

七转曰：

猛喝断横江铁锁，挜金焦倒翻雪波。铁瓮城坚竟摧破，金陵还报那妖气恶。索兵费他贼不空过，纳钱帛我死中觅活。马头凭卖西洋货，顾眼前权救燃眉火。从古来驭荒驳远的穷夷，不与他较甚曲直要争端终贵和[1]。

八转曰：

[1] 此处“要”后面少一“息”字。——编者注

感皇仁推恩解网，投戈后宽其既往。浙、苏、闽、粤许通商，把冤仇两忘，两忘。浦江头城外盖洋房，耶稣经渐看流传广。远梯航也么哥，尽来王也么哥，闹热煞五港。善后规模紧紧儿防，要平时预讲，预讲。拜客迎宾应酬儿忙，抵多少定国功劳帐。望忠良也么哥，静封疆也么哥，静封疆抚御机谋赖久长。

九转曰：

悔平生都只为多言遭忌，出戎幕仍居旧职。当日个忧天尽笑杞人痴，到后来补天还亏了娲皇力。割珠崖定策原非，阻内附维州还[1]，赔香港援的是澳门旧例。听风传粤东民勇众志高，他呵结义社专制英夷。过年春月是进城期，恐难免争端又起。怕只怕相逢狭路难回避，因此上绸缪阴雨这鳃鳃计，俺已是眼睁睁见过一遭儿，试听那号哭呻吟声未已。

汪子经曰：“长歌当哭，个中人别有伤心处。”胡康侯曰：“〔九转货郎儿〕在元曲中亦称杰构，后人模拟，终以洪昉思〔弹词〕为最胜，几于有井水处皆歌矣。此作引商刻羽，铢黍无讹，骎骎与洪曲争先，而命意深远。赏音者当于弦外忖度之。”吴同午：“是一篇防夷善后论，勿作曲子读过。”（见原跋）于律虽未能如康侯所云，于此以见外患之渐，亦足供史家之采焉。

洪杨之乱，东南沦陷。一时诗人如金亚匏和，词人如蒋鹿潭春霖，皆斐然有作。亦有记之以南北曲者，概名之曰〔哀江南〕，盖仿《桃花扇·余韵》中之〔北新水令〕一套也。吴竹如曰：

[1] 此处“还”后面少一“弃”字。——编者注

〔新水令〕问苍天浩劫几时休，惨江南逆夷来限[1]。漕更盐法变，河决水波深。兵果弱，偏不灭这粤海滔天寇。

〔驻马听〕想当初鱼向釜中游，郑抚吞漏舟，林公巨网投。恨天意茫茫，偏不永文忠寿。围困永安州，拥雄兵谁放强徒走？

〔沉醉东风〕直待那两湖中匪类相纠，掳库烧仓，劫狱招囚。累朝廷再调熊罴，重整貔貅。有大臣九江引逗，有大臣一路逃溜。

〔折桂令〕几日间天暗云稠，日薄烟浮。早安排画室偕行[2]，还哄骗百姓勾留。仓卒团乡勇，懵懂到贼酋。眼见他安庆空城覆，眼见他采石长江透，眼见他白下重关叩。不想跳梁小丑，只办得十夜穿窬，犯偌大个金瓯钻漏。

〔沽美酒〕再休题惜繁华逐宴游，说甚么宴良朋联诗酒。你富资财无端被劫搜，好门庭那得长厮守。

〔太平令〕叹香巢占去贼如鸠，叹全家怨也莫愁。忍偷生日顾须眉有，怎也么忧，待捐生何堪鬓发虬。逼当兵执竹荷戈矛，迫支更击鼓鸣刁斗。已驱男作马，更逐女为牛。扯凌波露出双钩瘦，况早逼得红裙褪石榴。

〔唐兀歹〕呀，穷凶恶极没来由，灭天伦骨肉痛分头。逆天心面目怕凝眸，扎红巾有日终骈首。

〔川拔棹〕仗元戎运筹，仗元戎运筹，打听得铸就铜轰一笔勾。撇妻孥风愁雨愁，别家园山悠水悠。

〔七兄弟〕尽余生，拼脱，重重虎口。有衣冠被兵收，有黄白被兵搜。盼王师早复仇，盼王师早复仇。

〔梅花酒〕将违心，兵掣肘。乱离人，转徙历春秋。问囊空羞涩，有几辈不黔娄？病君子炎凉时候，梅将军痛痒关头。

〔收江南〕这滋味大家消受，这灾殃大家分割。今日个怎能够

---

[1] 此处“限”应为“后”。——编者注

[2] 此处“画”应为“尽”。——编者注

烟波一舟，云山一裘。手把着钓鱼竿，好觅个逋逃渊薮。

〔尾〕此情难向君王奏，且听我声骖鞳鼓发清讴，准备着耳边一洗筝琶陋。

杨柳门后曰：

〔新水令〕石头城上拥兵多，不堤防贼兵飞过。万家门下锁，一路血成河。击鼓吹螺，早又报皇城破。四下巡锣，白昼杀人还放火；千般搜索，黄昏入室尚操戈。有的是渔波三尺去投河，也有的鸩酒一瓶来仰药，挨不过火焚绳绞刚刀割。

〔驻马听〕卧佛寺佛藏秘阁，洞神宫神葬清波；三清殿飞作灰，长干塔烧成壳。黑心肠劈开圣座，红眼睛骂倒阎罗。仙佛无如浩劫何，任你个刀砍斧剁。

〔沉醉东风〕甚强徒官职嵬峨，丞相恩加检点，亲多侍卫如何。买卖衙一般掏摸，巡查衙几队偻罗。圣粮衙米粟堆，圣库衙金银崽。

〔折桂令〕娃崽生拉，童女强拖。恨不得众兄弟齐当圣兵，新姊妹共杀妖魔。最苦是姊妹营受折磨，终日价云鬓拖，挑土盘仓砻稻壳。把罗裙扯，却浑不许袜凌波。我只道老人馆安稳无他，谁承望折屋挑河。

〔沽美酒〕一个个将草儿来耨，一家家将稻儿来磕，更兼着尸骸要拖。这几日飞差忒多，仍不如向机房权躲。

〔太平令〕那江西几见城池破，这江南妄想君王作，癞虾蟆怎啖天鹅。眼见他占金陵，眼见他僭王位，眼见他来就缚。他生该五鼎烹，便死也要千刀剁。

〔离亭宴煞〕有一伙人助他为虐，把城头鼓夜夜敲，腰下刀时时带，屋中人家家捉。愁来万事休，悔甚当初错。到今日飘蓬无着，且编就一套哀江南，待觅个同调人儿和一和。

周还之葆濂曰：

〔新水令〕城垣十丈接天高，仓卒间贼兵飞到。土囊连夜造，石子望空抛。纵火延烧，折不及屋料，举室哀号。白板千家齐上锭，沿门鼓噪。

〔驻马听〕红巾一路尽持矛，蜈蚣旗上招摇，虾蟆鼓街头喧闹。一层层短柄刀，一队队圆藤帽，见着他魂胆俱消。没个人儿把战鏖，剩百姓将门关了。

〔折桂令〕谁知他硬把门敲，狠比豺狈，毒甚鸱鸮。黄褂红袍，一般兄弟，几大官僚。拖拜降无分老少，搜财物不漏丝毫。身穿布招，头缠布条。苦良民视同狗彘，死阎罗骂是蛇妖。

〔沽美酒〕可记得逢七日奏章烧，甚赞美与天条，下凡天父遗新诏。一桩桩胡闹，都是这小儿曹。

〔太平令〕更有那姊妹们柴挑米挑，仪凤门途遥路遥。平日里深宫藏娇，今日个沿街乱跑。一任他花焦，柳憔，百样儿煎熬，赤双凫愁煞金莲小。

〔离亭宴带歇指煞〕俺曾见报恩寺塔祥云罩，朝天宫殿仙霞绕，有许多道宇僧寮。眼看他献香花，眼看他兴土木，眼看他生荒草。这琉璃瓦片，黑灰糁糁无人扫。将二百年繁华凭吊，雨花台蝼蚁屯，秦淮河鸳鸯散，石城头鸺鹠叫。余生值乱离，时事伤怀抱。画不尽流民图稿，学一曲哀江南，向天涯觅同调。

姚西农必成亦有〔混江龙〕曰：

这贼子横行无状，夜郎自大竟称王。占据了岭东西，动摇两广；搔扰过湖南北，蹂躏三江。大胆子敢违天，将皇历平空更朔望。蛮力儿强争地，叹白门容易失封疆。带一般婆子们穿绸缎，插金银，丑似那魑魅魍魉。纵几群牌刀手，抢钱财，搜货物，狠过那虎豹豺狼。杀尽了满洲人上万盈千，也不怕神人积忿；毁遍了南朝寺四百八十，那里管仙佛遭殃。倡邪杀，[1]侮正神，硬灭了伏魔帝千秋俎豆；谤圣贤，污经籍，糟蹋坏文宣王万仞宫墙。虏男子，拜兄弟，一个个除去领，摘去冠，蓄发留须，分甚么缙绅世族；逼妇人，当姊妹，羞答答蓬着头，赤着脚，挑柴担米，也有那命妇班行。到处的设检点，设指挥，设巡查，撞着他吓得似游魂地府；成日间拜天父，拜耶稣，拜上帝，强着你硬说是享福天堂。可怜那喝酒的，吃烟的，犯甚科条，平白地身披枷共锁；最惨是从贼的，当兵的，落他圈套，片时间命送炮和枪。看着他脚上穿，头上戴，可笑恁沐猴儿，枉披着优孟衣冠裳；瞧着他前头打，后头吹，试问这蠢驴子，可肖那汉仪仗？叫别人挖濠沟，筑土城，拆房屋，硬把那苦差当；你自己灭君臣，绝父子，弃夫妇，还要将道理讲。俺这座金陵城原六代繁华，自昔江山如锦绣。则被你煤洞鬼将万民涂炭，一朝世界变沧桑。华屋里任挖掘玉砌雕楹，那里找百万贯郭家金穴。圊圂里乱抛掷牙签锦轴，可惜了五千卷曹氏书仓。好林园拆尽了云廊月榭，浑不许二六时登眺客裙屐徜徉。高宝塔烧坏了碧瓦朱甍，全失却数千载帝王家规模雄壮。那龙钟的须白叟，也叫他迎门拥篲打扫街旁；这幼小的孩子们，却用他击鼓敲梆支更城上。悲莫悲生别离，这拆散了有情眷属，受不尽万种凄惶；恨只恨死糊涂，那附和的不肖东西，跟着他一般抢攘。作内应岂没个英雄豪杰，可惜你苦心一片，那能够像马超大反西凉；考诏书那管你学士文人，尽由他下笔千言，也只得学扬雄失身王莽。恁只靠抢东坝，抢三河，抢运漕，积谷屯粮；他还要打兖州，打安庆，打江西，点兵调将。这行迳真似那水浒宋江，这狠毒更甚那明朝李闯。我编就混江龙，千言愤懑，也说不尽这下山虎，百样猖狂。

状太平军之残酷，可谓淋漓尽致矣。

---

[1] 此处“杀”应为“教”。——编者注

其后有藐庐者，作《新万古愁曲》，本归玄恭原唱，虽诸调未尝全用，愤慨淋漓，读之汗下。

有黄荻生名荔者，作〔鸦片曲·新水令〕一套，写黑籍情况，亦元人警世遗意。

会稽顾季敦家相有《非勮堂乐府》，其《哀思曲》自称“脱稿于壬子首夏，其时优待皇室条款虽经颁布，而燕秦远隔，未悉实情。迨儿辈自都下归，缕述两宫安善，当局于优待迁移，而存留太庙，永归清室奉祀，尤互古未有之旷典[1]。昔虞舜禅位，文命商均退处藩封，而仲尼称为宗庙飨之，子孙保之。今兹盛举以视唐虞，洵有加焉，薄海臣民，非特不必存鼎迁社屋之悲，或当以躬逢其盛为幸”（见曲后自注）。是记辛亥复国事也。

又王菊隐者，有曲叙共和以来南北之战，其〔新水令〕云：

> 莽神州何处觅逍遥，放眼令人长啸。南天烽火急，北地炮声嚣。世事如潮，却教俺苦谱这凄凉稿。（见十一年五月二十日《时报》）

亦以曲为史之流。大抵此辈疏于曲律而知广曲之用。刘鉴泉咸炘尝论曲云：“以痛快易良之词道伦情民风，其力盖有过于诗者。曲能如是，乃诚可谓之广博耳。能广博，则曲当益盛、益重。”（见《曲雅》后序）元明以来，多香奁语与道情，此辈知拓国百里，虽非当家之品，是亦别树一帜矣。

至于郑燮板桥《道情》、徐灵胎之《洄溪道情》暨繁江张琢之汝玉之《秋闱词》，皆似曲而实非，兹所不取。

同、光以来，为南北词者愈少。龙阳易实甫顺鼎《丁戊之间行卷》中，有曲一卷。仁和何骈盦春旭有《可人曲》一卷，华痴石谛有《相怜对影词》一卷。而并世论曲，要推长洲为大师。

长洲吴先生名梅，字瞿安，号霜厓。有《霜厓曲录》二卷（即卢前所编）。

---

[1] 此处“互”应为“亘”。——编者注

海宁王静庵国维居吴门时，常相过从，因以治曲名。而霜厓弟子江都任二北讷，校订曲籍，远胜于静安。所为小令，亦甚清丽。

吴梅

仙城许守白之衡、泰县顾君谊名，间亦为散曲。守白之拟吴梅村《听卞玉京弹琴》一长套，迥非道、咸人所能及也。黟县汪石青炳麟有志于此，尝见其〔南吕·临江仙·赠陈君蜕厂〕套曲，词颇可诵，惜乎未尽其才，中道而殁也。

《说考》谓曲至今日，集于大成，长洲如词之于常州，然行将见其中兴也。顾前无似窃长洲之绪余，播教四方。至于发舒所积，感物造端，刻画万类，联翩而踵起，以大其传，是所望于诸君者（采向仙樵《楚曲稚序》中语，资阳杨生能召近有五十年来之曲学论文，胪述甚详，此段仅举其大概而已）。

第五

散曲史编后补志

芝庵曰："词山曲海，千生万熟。三千小令，四十大曲。……论其词题，有闺情、铁骑、故事、采莲、击壤、叩角、吉席、添寿；有宫词、乐词、花词、汤词、酒词、灯词；有江景、雪景、夏景、冬景、秋景、春景；有凯歌、棹歌、渔歌、挽歌、楚歌、杵歌。凡歌之所：桃花扇、竹叶樽、柳枝词、桃叶怨、尧民鼓腹、壮士击节、牛僮马仆、闾阎女子、天涯游客、洞里仙人、闺中怨女、江边商妇、场上少年、阛阓优伶、华屋兰堂、衣冠文会、小楼狭阁、月馆风亭、雨窗雪屋、柳外花前。"（《唱论》）

曲之为乐如此，然声音各应于律吕，分于六宫、十一调，共计十七宫调。十七宫调者，仙吕清新绵邈，南吕感叹伤悲，中吕高下闪赚，黄钟富贵缠绵，正宫惆怅雄壮，道宫飘逸清幽，大石风流酝藉，小石旖旎妩媚，高平条物滉漾，般涉拾掇坑堑，歇指急并虚歇，商角悲伤宛转，双调健捷激袅，商调凄怆怨慕，角调呜咽悠扬，宫调典雅沉重，越调陶写冷笑。每一宫调能用为小令者若干，用为套数者若干，亦有兼可用为令、套者。请言小令于北曲，分为三种：

甲、小令专用者

黄钟有：昼夜乐、人月圆、红衲袄、贺圣朝。

正宫有：黑漆弩、甘草子、汉东山。

仙吕有：锦橙梅、太常引、三番玉楼人。

南宫有：干荷叶。

中吕有：山坡羊、乔捉蛇、鹘打兔、摊破喜春来。

大石有：百字令、喜梧桐、初生月儿、阳关三叠。

小石有：青杏儿、天上谣。

高平有：木兰花、于非乐、青玉案。

商调有：秦楼月、桃花浪、满堂红、芭蕉延寿。

越调有：凭栏人、糖多令。

双调有：新时令、十棒鼓、秋江送、大德乐、大德歌、祆神急、楚天遥、青玉案、殿前喜、皂旗儿、枳郎儿、华严赞、得胜乐、山丹花、扫晴娘、鱼游春水、骤雨打新荷、河西水仙子、河西六娘子、百字折桂令。

乙、小令、套数兼用者

黄钟有：刮地风、出队子。

正宫：塞鸿秋、叨叨令、醉太平、小梁州、六么遍、白鹤子。

仙吕有：后庭花、醉扶归、节节高、金盏儿、一半儿、忆王孙、赏花时。

南吕有：金字经、四块玉、玉交枝、梁州。

中吕有：满庭芳、喜春来、醉高歌、红绣鞋、普天乐、朝天子、上小楼、迎仙客、四边静、回换头、挂枝儿。

般涉有：耍孩儿。

商调有：梧叶儿、凉亭乐、醋葫芦。

越调有：天净沙、小桃红、寨儿令、黄蔷薇、雪里梅。

双调有：折桂令、水仙子、庆东原、驻马听、拨不断、清江引、落梅风、沉醉东风、步步娇、碧玉箫、沽美酒、殿前欢、阿纳忽、庆宣和、卖花声、得胜令、春闺怨、风入松、胡十八、月上海棠、快活年、牡丹春。

待考者有：丰年乐、时新乐、霜角、阿姑令、双叠翠。

丙、带过曲调

正宫有：脱布衫带小凉州、小凉州带风入松。

仙吕有：后庭花带青哥儿、那咤令带鹊踏枝寄生草。

南吕有：骂玉郎带采茶歌、骂玉郎带感皇恩采茶歌。

中吕有：十二月带尧民歌、醉高歌带喜春来、醉高歌带摊破喜春来、醉高歌带红绣鞋、快活三带朝天子、快活三带朝天子四换头、快活三带朝天子四边静、齐天乐带红衫儿。

越调：黄蔷薇带庆元贞。

双调有：水仙子带折桂令、雁儿落带得胜令、雁儿落带清江引、雁儿落带清江引碧玉箫、一锭银带大德乐、沽美酒带太平令、沽美酒带快活年、对玉环带清江引、楚天遥带清江引、梅花酒带七弟兄、竹枝歌带侧砖儿、江儿水带碧玉箫、锦上花带清江引碧玉箫。

中吕带双调有：醉高歌带殿前欢、满庭芳带清江引。

正宫带双调有：叨叨令带折桂令。

南带过曲惟朝元歌带朝元令。南北兼带亦惟南楚江情带北金字经、南红绣鞋带北红绣鞋二式而已。

南曲于小令：

仙吕原调有：皂罗袍、桂枝香、排歌、浪淘沙、月儿高、傍妆台、月中花、解三酲、西河柳、春从天上来。

集曲有：醉罗歌、月云高、甘州歌、解袍歌、一封书、解酲歌、醉花云、香转南枝、月照山、闹十八、九回肠、十二红、醉归花月渡、二犯桂枝香、二犯月儿高、二犯傍妆台。

正宫原调有：玉芙蓉、锦缠道。

集曲有：锦亭乐。

大石原调有：催拍、两头蛮、两头南、红叶儿。

中吕原调有：泣颜回、驻云飞、普天乐、驻马听、石榴花、永团圆、番马舞秋风。

集曲有：榴花泣、倚马待风云。

南吕原调有：一江风、懒画眉、梁州序、大胜乐、贺新郎、宜春令、锁金帐、香罗带。

集曲有：罗江怨、三学士、七犯玲珑、六犯清音、梁州新郎、梁纱拨大香、浣溪刘月莲、六犯碧桃花、七贤过关、巫山十二峰、九疑山、八宝妆、仙桂引、仙子步蟾宫。

黄钟原调有：倚香金童、传言玉女、啄木儿、画眉序。

越调原调有：绵褡絮。

商调原调有：黄莺儿、集贤宾、山坡羊、高阳台、水红花。

集曲有：金络索、黄罗歌、莺花皂、山羊五更转、梧蓼金罗、黄莺学画眉。

小石原调有：骤雨打新荷、牙床。

羽调原调有：马鞍儿。

集曲有：胜如花、四季盆花灯。

双调原调有：玉抱肚、锁南枝、风入松、四块金、玉交枝、柳掠金、朝天歌、江儿水、孝顺歌、步步娇、淘金令、转调淘金令、锦法经、四朝元。

集曲有：二犯江儿水、娇莺儿、江头金桂、孝南歌、二犯柳摇金、孝南枝、玉枝供、六么令犯、落韵锁南枝、摊破金字令、折桂朝天令、锦堂月、玉江引。

待考者有：征胡兵、弥陀僧、对美人、美樱桃。

南北与过带，共二百六十九调，皆前人曲集中所习见者。大抵小令之调略备于此，虽未能尽，执兹以求，可无迷茫之失矣。

至于套数，格式綦繁，仅就通常所见者，附列如次。惟所称引，十不及二三，聊供窥测一斑而已。

甲、北曲套数

仙吕　一　点绛唇　混江龙　油葫芦　天下乐　那吒令　鹊踏枝　寄生草　煞尾

二　点绛唇　混江龙　油葫芦　天下乐　后庭花　青哥儿　赚煞

三　点绛唇　混江龙　村里迓鼓　寄生草　煞尾

四　村里迓鼓　元和令　上马娇　胜葫芦　煞尾

南吕　一　一枝花　梁州第七　四块玉　哭皇天　乌夜啼　尾声

二　一枝花　梁州第七　牧羊关　四块玉　骂玉郎　元鹤鸣　乌夜啼　尾声

三　一枝花　四块玉　骂玉郎　感皇恩　采茶歌　草池春

四　一枝花　梁州第七　九转货郎儿

黄钟　一　醉花阴　喜迁莺　出队子　刮地风　四门子　水仙子　煞尾

二　醉花阴　出队子　刮地风　四门子　水仙子　尾声

中吕　一　粉蝶儿　醉春风　石榴花　斗鹌鹑　上小楼　煞尾

二　粉蝶儿　醉春风　迎仙客　石榴花　上小楼　么篇　小梁州　么篇　朝天子　煞尾

三　粉蝶儿　醉春风　迎仙客　红绣鞋　石榴花　斗鹌鹑　快活三　十二月　尧民歌　上小楼　么篇　煞尾

四　粉蝶儿　醉春风　十二月　尧民歌　石榴花　斗鹌鹑　上小楼　么篇　煞尾

五　粉蝶儿　上小楼　么篇　满庭芳　快活三　朝天子　四边静　耍孩儿　三煞　二煞　一煞　煞尾

正宫　一　端正好　滚绣球　叨叨令　脱布衫　小梁州　么篇　快活三　朝天子　煞尾

二　端正好　滚绣球　叨叨令　脱布衫　小梁州　么篇　上

小楼　么篇　满庭芳　快活三　朝天子　四边静　耍孩儿　五煞　四煞　三煞　二煞　一煞　煞尾

三　端正好　蛮姑儿　滚绣球　叨叨令　伴读书　笑和尚　倘秀才　滚绣球　煞尾

四　端正好　滚绣球　倘秀才　滚绣球　倘秀才　滚绣球　倘秀才　滚绣球　煞尾

五　端正好　滚绣球　叨叨令　倘秀才　滚绣球　白鹤子　耍孩儿　三煞　二煞　一煞　煞尾

大石　一　六国朝　喜秋风　归塞北　六国朝　雁过南楼　擂鼓体　归塞北　好观音　好观音　煞

商调　一　集贤宾　逍遥乐　上京马　梧叶儿　醋葫芦　么篇　金菊香　柳叶儿　浪里来　高过随调　煞

二　集贤宾　逍遥乐　金菊香　梧叶儿　醋葫芦　么篇　后庭花　柳叶儿　浪里来　煞

越调　一　斗鹌鹑　紫花儿序　小桃红　金蕉叶　调笑令　秃厮儿　圣药王　麻郎儿　络丝娘　尾声

二　斗鹌鹑　紫花儿序　金蕉叶　小桃红　天净沙　么篇　秃厮儿　圣药王　尾声

三　看花回　绵搭絮　么篇　青山口　圣药王　庆元贞　古竹马　煞尾

双调　一　新水令　折桂令　雁儿落　得胜令　沽美酒　太平令　鸳鸯煞

二　新水令　驻马听　乔牌儿　搅筝琶　雁儿落　得胜令　沽美酒　川拨棹　太平令　梅花酒　收江南　清江引

三　新水令　驻马听　沉醉东风　雁儿落　得胜令　挂玉钩　川拨棹　七弟兄　梅花酒　收江南　煞尾

四　新水令　驻马听　胡十八　沽美酒　太平令　沉醉东风

庆东原　雁儿落　得令搅　胜筝琶[1]　煞尾

五　新水令　步步娇　沉醉东风　搅筝琶　雁儿落　得胜令　挂玉钩　殿前欢　煞尾

六　夜行船　乔木查　庆宣和　落梅风　风入松　拨不断　离亭宴带歇指煞

乙、南北合套

仙吕　北点绛唇　南器令　北混江龙　南桂枝香　北油葫芦　南八声甘州　北天下乐　南解三酲　北那吒令　南醉扶归　北寄生草　南皂罗袍　尾声

中吕　北粉蝶儿　南泣颜回　北石榴花　南泣颜回　北斗鹌鹑　南扑灯蛾　北上小楼　南扑灯蛾　尾声

黄钟　北醉花阴　南画眉序　北喜迁莺　南画眉序　北出队子　南滴溜子　北刮地风　南滴滴金　北四门子　南鲍老催　水北仙子[2]　南双声子　北煞尾

正宫　南普天乐　北朝天子　南普天乐　北朝天子　南普天乐　北朝天子　南普天乐

仙吕入双调　北新水令　南步步娇　北折桂令　南江儿水　北雁儿落带得胜令　南侥侥令　北收江南　南园林好　北沽美酒带太平令　南尾声

丙、南曲套数。仅就各宫调之可叠用者摘录之。叠用者，此曲宜叠用前腔，普通四支便成一套

仙吕有：甘州歌　傍妆台　二犯傍妆台　月儿高　桂枝香

[1] 此处“得令搅　胜筝琶”应为“得胜令　搅筝琶”。——编者注

[2] 此处“水北仙子”应为“北水仙子”。——编者注

羽调有：胜如花

正宫有：白练序　醉太平（二曲宜相间叠用者）四边静

大石有：念奴娇序

中吕有：泣颜回　榴花泣　驻马听　驻云飞　扑灯蛾　尾犯序　山花子

南宫有：梁州序　梁州新郎　红衲袄　青衲袄　香柳娘

黄钟有：画眉序　啄木儿

越调有：祝英台　绵搭絮　包子令　博头钱

商调有：山坡羊　高阳台　金络索　金井水红花

双调有：昼锦堂　锦堂月　醉公子　侥侥令　孝顺歌　锁南枝　孝南歌　二犯孝顺歌　孝顺儿

仙吕入双调有：二犯江儿水　朝元令　风云会　四朝元　武陵花　风入松带急三枪

附曲有：三仙桥　七犯玲珑（三仙桥往往用三支，其余皆双数也）

此亦前人集中所习见者也。王骥德曰："作小令与五、七言绝句同法，要酝藉，要无衬字，要言简而趣味无穷。昔人谓五言律诗如四十个贤人，著一个屠沽不得。小令亦需字字看得精细，著一戾句不得，著一草率字不得。弇州论词，所谓宛转绵丽，浅平儇俏，正作小令至语。"又："套数之曲，元人谓之乐府，与古之辞赋、今之时义，同一机轴。有起有止，有开有阖。须先定下间架，立下主义，排下曲调，然后遣句，然后成章。切忌凑插，切忌将就，务如常山之蛇，首尾相应；又如鲛人之锦，不着一丝纸颣。意新语俊，字响调圆。增减一调不得，颠倒一调不得。有规有矩，有声有色，众美具矣。而其妙处，正不在声调之中，而在句字之外。又须烟波渺漫，姿态横逸，揽之不得，挹之不尽。摹欢则令人神荡，写怨则令人断肠。不在快人，而在动人，此所谓风神，所谓标韵，所谓动吾天机。不知所以然而然，方是神品，方是绝技。即求之古人，亦不易得（中略）。大略作长套曲，只是打成一片，将各调胪列，待他来凑我机轴。

不可做了一调，又寻一调意思。”又：“作曲犹造宫室者然。工师之作室也，必先定规式，自前门而厅、而堂、而楼，或三进，或五进，或七进，又自两厢而及轩寮，以至廪庾、庖湢、藩垣、苑榭之类。前后、左右，高低、远近，尺寸无不了然胸中，而后可施斤斲。作曲者，亦必先分段数，以何意起，何意接，何意作中段敷衍，何意作后段收煞，整整在目，而后可施结撰。此法从古之为文、为辞赋、为歌诗者皆然。于曲则在剧戏，其事原有步骤。作套数曲，遂绝不闻有知此窍者。只涣然随调，逐句凑拍，缀拾得之，非不间得一二好语，颠倒零碎，终是不成格局。”（见《曲律》）此作令谱套之大概也。

中敏尝辑后来诸家之说，为之疏证，撷其要义，成条例十五则，用知散曲之为体：

一、散曲必经过文学艺术之陶冶，而后成立，要与俚歌有别。

二、曲为合乐之韵文，作曲应先明乐腔，再识乐谱，审音而作，以无伤于音律为原则。

三、北曲无入声，凡入声皆分作平、上、去三声读，凡在句中之入声字，如需作平声者，应注意毋乱其全句平、仄之本来规律。

四、元时北曲只有平声，分阴、阳，上、去不分。入声作平，俱属阳。

五、曲之文体，其构成也，用语言为主，用文字为辅。

六、曲中语言以天下通语为主。

七、曲以语、意俱高为上，短篇之词简，则意尤欲至。

八、长篇要腰腹饱满，首尾相济。

九、曲语忌蛮狠、猥琐、险刻、卑污、油滑、生涩、庸腐。

十、曲之语句，要能读去，看人人都晓；唱时听去，又人人都晓，各方面俱宜顾到，方算合作。

十一、散曲务少用衬字。

十二、作曲宜留心每调务头何在。务头所在，皆音美之处，文字务宜谨慎，下笔能令声文并美最好，不能亦要勿因文字之陋而伤及声音之美。若不辨务头何在，则凡遇调中、调尾，曲谱注明平、上、去一定不可移易之处，无不恪遵守之，则务头亦十九在其中矣。

十三、曲中遇句法成双之处，或数句句法相同者，皆宜作对偶。

十四、曲中末句最要紧，不但平、仄不宜苟且，意思亦宜精警，即务头之所在也。

十五、散曲内每首小令不能重韵。

此又学曲者所应知也。抑余尤有意言散曲，以其可通于今也，厥有二故：

词能按歌，歌有法度，方足称乐府而为无愧。以散曲为乐府，正足以正彼俗乐，即词订谱，雅奏悠扬，手不袭古人之陈言，喉不袭古人之定谱，确传昆腔之遗法，间接传元明两代之绝艺，言文、言乐并有足举，此散曲今日所可倡导者一也。

刘鉴泉曰：曲体初兴，本用以侑燕乐，而元人风气颓惰，同于唐人。故所传诸曲，大抵林泉邱壑与烟花风月为多。小令、套数，尤狭然、滑稽，叙事亦居十之二三，特作者不知推扩耳。诗有杜子美而境广，词有辛稼轩而境广，曲家尚无杜、辛，此后起之责也（《推十斋曲论》）。曲境尚有待于开发，此散曲今日所可倡导者二也。

龚向农曰："词几亡于明，而清代词学乃大昌；曲几亡于清末，或者将中兴于斯时乎？"（《论曲绝句》序）愿言俟之矣。

民国十九年十二月二日冀野记于成都南门石室后寓斋

词曲研究

自序

当这一本小书献到读者之前，去我属稿的时候，差不多快要五年了。以目下的见解较之，自然有很多出入的地方。但我当时写这一本小书，也还觉得自家有一点独到处。

用史的进展底叙述来看这两种不同的文体，词与曲，又同时把这相接近的两种文体作比较的研究。大概向来谈曲的，没有不以杂剧、传奇为主，那是错误的，尤其是说明词到曲的转变，非以散曲为主不可。在这一本小书中，我是这样写下来的。

一种文体必自含有与其他文体不同的特性，词与曲，也是各具特性的。如何知道特性的存在呢？惟有在规律里去寻，因此，作法是不可不知道的。现代的文人是主张研究词曲而不需要制作词曲的，于是有许多不合事实的论断便发生了。

有人说，词是从诗解放的，曲是从词解放的，总之词曲是一种解放。假使但在形式上说也许有几分还像，若在规律上说的话，那正是相反的，词比诗固然束缚得多，曲比词更要束缚得多。这几句话请读者在未读我这本小书之前，且考量一下。

二十三年五月十日冀野记于暨南大学

第一章

词的起源和创始

从词的形式上讲起词的起源来，大都在“长短句”的长短二字上着想，于是有人说，词源于三百篇，并且取出证据来，如《召南·殷其雷》篇“殷其雷，在南山之阳”，这是三言和五言；《小雅·鱼丽》篇“鱼丽于罶，鲿鲨”，这是四言和二言；《齐风·还》篇“遭我乎猺之间兮，并驱从两肩兮”，这是七言和六言；《召南·江有汜》篇“不我以，不我以”，这是叠句韵；《豳风·东山》篇“我来自东，零雨其濛。鹳鸣于垤，妇叹于室”，这是换韵调；《召南·行露》篇“厌浥行露”的第二章“谁谓雀无角”，这是换头。同时，也有人说，词是从古乐府推化而出的。成肇麟在《七家词选》序里说：“十五国风息而乐府兴，乐府微而歌词作，其始也皆非有一成之律以为范也。抑扬抗队之音，短修之节，连转于不自已，以蕲适歌者之吻。而终乃上跻于雅颂，下衍为文章之流别。”王应麟《困学纪闻》也有这样的话：“古乐府者，诗之旁行也，词曲者，古乐府之末造也。”在这儿我们可以看得出，除了根据形式上字句长短的差异推论词的起源，音乐上的关系也不能不说是产生词体重要的原因了。方成培说：“古者诗与乐合，而后世诗与乐分；古人缘诗而作乐，后人倚调以填词，古今若是其不同，而钟律宫商之理，未尝有异也。自五言变为近体，乐府之学几绝。唐人所歌，多五七言绝句，必杂以散声，然后可被之管弦，如阳关必至三叠而后成音，此自然之理。后来遂谱其散声，以字句实之，而长短句兴焉。”——见《香研居词麈》。

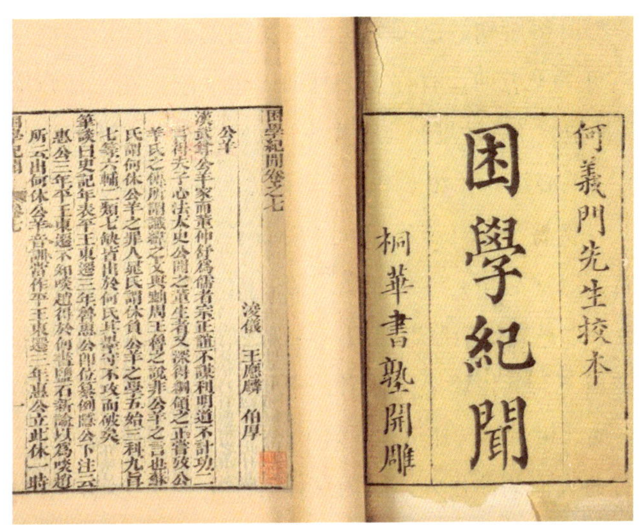
何義門先生校本
困學紀聞
桐華書塾開雕

困學紀聞卷之七
浚儀 王應麟 伯厚
公羊
漢武尊公羊家而董仲舒爲儒者宗正誼不謀利明道不計功二言得夫子心法太史公聞之董生者又深得綱領之正嘗攷公羊氏之傳所謂讖緯之文與黜周王魯之說非公羊之言也蘇氏謂何休公羊之罪人晁氏謂休負公羊之學五始三科九旨七等六輔二類七缺皆出於何氏其書可不攻而破矣
筆談曰史記年表平王東遷三年魯惠公即位纂例隱公下注云惠公三年平王東遷不知啖趙得於何書盛石新論以爲啖趙所云出何休公羊音訓當作平王東遷二年惠公立此休一時

《困学纪闻》 南宋 王应麟

不过这种音乐的根据，又从何而起呢？大约可分作三种来讲：

一、古乐的遗留。在《旧唐书·音乐志》里，说得很详细：“宋梁之间，南朝文物号为最盛。人谣国俗，亦世有新声。后魏孝文宣武，用师淮汉，收其所获南音，谓之‘清商乐’。隋平陈，因置清商署，总谓之清乐。遭梁、陈亡乱，所存盖鲜。隋室以来，日益沦缺。武太后之时，犹有六十三曲。……自长安以后，朝廷不重古曲，工伎转缺，能合于管弦者，唯〔明君〕〔杨伴〕〔骁壶〕〔春歌〕〔秋歌〕〔白雪〕〔堂堂〕〔春江花月〕等八曲。”足见古曲逐渐的陵替底状况。在同书《音乐志》又说：“自开元以来，歌者杂用胡夷里巷之曲。”所谓胡夷里巷之曲，便是影响于“词”最为重要的。现在且分开来叙述。

二、胡曲的输入。中国音乐受外来影响，在历史上，汉以前我们不知道；汉以后，我们很可晓得的，翻开隋、唐《音乐志》来，便有详细的记载。唐代诗人如王之涣、王昌龄诸人的诗，在旗亭传唱，恐怕很多就是用流行的外来的歌谱。我们看《旧唐书·音乐志》的话可知：“自周、隋以来，管弦杂曲将数百曲，多用西凉乐，鼓舞曲多用龟兹乐。其曲度皆时俗所知也。”时俗所知，已可见胡曲在民间的普遍了。在崔令钦《教坊记》所载三百二十五曲，有许多鼓舞曲。像〔献天花〕〔归国遥〕〔忆汉月〕〔八拍蛮〕〔卧沙堆〕〔怨黄沙〕〔遐方怨〕〔怨胡天〕〔牧羊怨〕〔阿也黄〕〔羌心怨〕〔女王国〕〔南天竺〕〔定西蕃〕〔望月婆罗门〕〔穆护子〕〔赞普子〕〔蕃将子〕〔胡攒子〕〔西国朝天〕〔胡僧破〕〔突厥三台〕〔穿心蛮〕〔龟兹乐〕等，望名可知其为胡曲，或自胡曲蜕变出，至少也是受过胡曲影响的。蔡絛《诗话》也说过：“按唐人《西域记》龟兹国王与其臣庶之知乐者，于大山间，听风水声均节成音。复翻入中国，如〔伊州〕〔甘州〕〔梁州〕等曲，皆自龟兹所致。”于此，我们晓得古曲衰而胡曲侵入，因为这样音乐上一次变动，后来渐化为我们自己的，利用外来的乐器而自编新谱，自制新词。其次，里巷之曲，也是“词”的种子。

三、俚词的采仿。在最早许多词调之中，如〔竹枝词〕〔杨柳枝〕〔浪淘沙〕〔忆江南〕〔调笑〕〔三台〕等颇多就是从里巷出来的。所谓里巷之曲，因为散在各地，有些很偏僻的地方，并且这种曲大都有“地方性”，所以不大普遍的，而为文人所喜，便形成初期的“词”了。刘禹锡在《竹枝词序》里就说：“里中儿联歌《竹枝》，吹短笛，击鼓以赴节。歌者扬袂睢舞，以曲多为贤。聆其音，中黄钟之羽。率章激讦如吴声，虽伧伫不可分，而含思宛转，有《淇澳》之艳。”把素不见重的民歌，渐渐的文艺化。他如张志和的《渔歌子》，想来是润饰或者改作当时的渔歌而成。元结的《欸乃曲》或亦模仿船歌而作。可见里巷之曲，虽不是“词”惟一的因缘，然而和“词”也颇有关系。从上面的话看来，无论就形式去推论，或源音乐而考究，“词”的起源决不如向来词论家所说那么单纯。

在任何一种文学的体裁没有确定以前，都是属于大众的。等到这种体裁固定了以后，又必渐变为个人的，“词”也不是例外。以上所谈还是“词”的胚胎，而非创始的“词”。在这儿我先解释“词”这个名称。

有人借用“意内言外”来解释“词”，这不是“词”之所以为词。

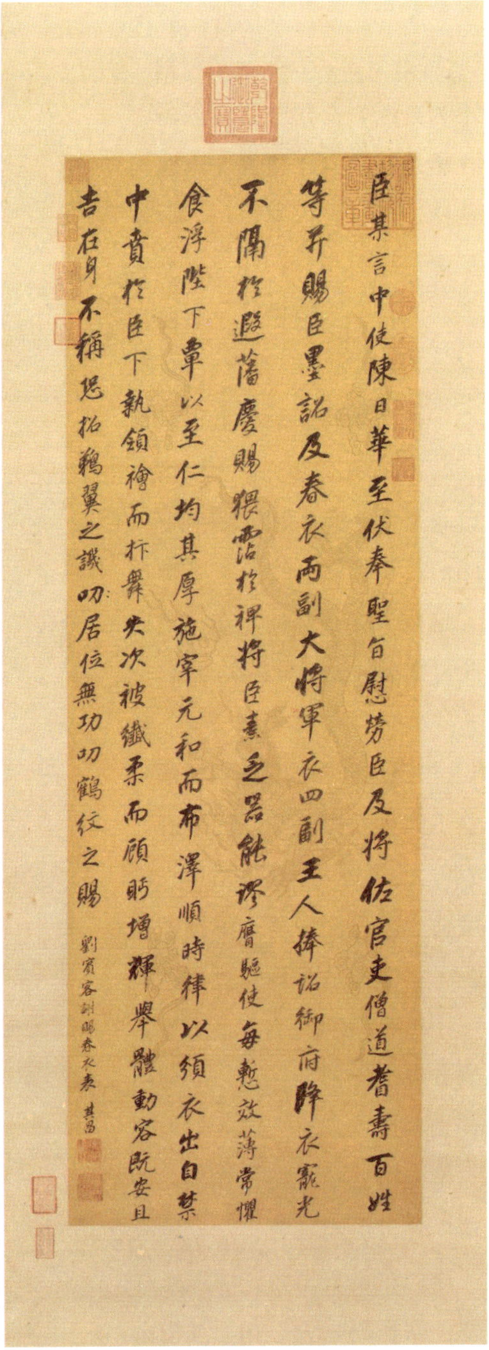

词本来与曲相对而言，声音的疾徐、腔调的高低，就是所谓曲。而所填的文字叫做“词”，就如现在泛称的词章一样的意思。又因此种词章的形式，别称为“长短句”。还有人称之为“诗余”的。所谓“诗余”，并不是因为有王应麟那班人说词曲者，古乐府之末造，于是便说他是诗之余。据我的解释，就是许多情感，或者许多境界，在“诗”这种体裁里，不容易表现出来，我们不得不在“诗”之外另创一种体裁，此体裁是诗之外的，故名“诗余”。我在我的《词学通评》中曾说过：“或名诗余者，意非可以入诗。诗之所余，自成其式之谓。”“诗余”既然自有独立的意义，与别体便不相干涉了。这“词”“长短句”“诗余”三种名称，都是指这同一样的体裁而言。此外还有什么“新声”“余音”“别调”“乐府”……皆是词人为他的作品题的，并不是这种体裁的名称。以下谈“创始的词”，我们可于此看出“词调”的来源。

无论是古代的遗留，或者胡夷里巷之曲，这大都为大众所欣赏的，后来便有个人创制了。个人创制也

刘禹锡谢春衣表轴 明 董其昌

有两个时期：最早的是皇家或贵族，这时词体初定，大约先制曲，逐渐填文字进去。如《羯鼓录》上面说："明皇爱羯鼓玉笛，云八音之领袖。时春雨始晴，景色明丽。帝曰：对此岂可不为判断？命羯鼓临轩纵击，曲名〔春光好〕。回顾柳杏皆已微坼。"《教坊记》："隋大业末，炀帝幸扬州。乐人王令言以年老不去，其子从焉。其子在家弹琵琶。令言惊问：此曲何名？其子曰：内里新翻曲子，名〔安公子〕。令言流涕悲怆，谓其子曰：尔不须扈从，大驾必不回。子问故。令言曰：'此曲宫声，往而不返。宫为君，吾是以知之。'"又"〔春莺啭〕，高宗晓声律，晨坐闻莺声，命乐工白明达写之，遂有此曲"。《乐府杂录》上也有记的："〔黄骢叠〕，太宗定中原时所乘战马也。后征辽，马毙，上叹惜，乃命乐工撰此曲。"又"〔雨霖铃〕，明皇自西蜀返，乐人张野狐所制"。又如〔倾杯乐〕，"宣帝喜吹芦管，自制此曲，初捻管令排儿辛骨𩩲拍不中，上嗔目瞠视，骨𩩲忧惧一日而殒"。这些未必有辞的。在《填词名解》上："〔天仙子〕，唐韦庄词，刘郎此日别天仙云云，遂采以名。"那么曲与词都制好的了。

后来词到黄金时代，不是皇家贵族，词人自己也创制。《填词名解》有很多的记载。如"宋秦观谪岭南，一日饮于海棠桥野老家，遂醉卧。次早题词于柱而去。末句云，醉乡广大人间小。此调遂名〔醉乡春〕"。又"〔扬州慢〕，中吕宫词调，宋姜夔自度曲也。淳熙中夔过维扬，怆然有黍离之感，作感旧词，因创此调也"。又"宋史达祖作咏燕词，即名其调曰〔双双燕〕"。又"〔云仙引〕，冯伟寿桂花词，自度此调"。再看毛滂题〔剔银灯〕词："同公素赋侑歌者以七急拍拜劝酒，以词中频剔银灯语名之。"我们从上面可知创一词调，或就动机，或就对象，或取词中语命名。还有许多调名，杨用修与都元敬曾经考得很详细，譬如〔蝶恋花〕，取梁元帝"翻阶蛱蝶恋花情"句。〔满庭芳〕，取吴融"满庭芳草易黄昏"句。〔点绛唇〕，取江淹"白雪凝琼貌，明珠点绛唇"句。〔鹧鸪天〕，取郑嵎"春游鸡鹿塞，家在鹧鸪天"句。〔惜余春〕，取太白赋语。〔浣溪纱〕，取杜陵诗意。〔青玉案〕，取《四愁诗》

语。〔踏莎行〕，取韩翃诗："踏莎行草过青溪。"〔西江月〕，取卫万诗："只今惟有西江月。"〔菩萨蛮〕是西域妇人的髻子。〔苏幕遮〕是西域妇人的帽子。〔尉迟杯〕，因为尉迟敬德饮酒必用大杯。〔兰陵王〕，因为兰陵王入阵先歌其勇。〔生查子〕是古槎子，张骞乘槎故事。〔潇湘逢故人〕又是柳浑的诗句。他如〔玉楼春〕，取白乐天诗："玉楼宴罢醉和春。"〔丁香结〕，取古诗："丁香结恨新。"〔霜叶飞〕，取杜诗："清霜洞庭叶，故欲别时飞。"〔清都宴〕，取沈隐侯诗："朝上阊阖宫，夜宴清都阙。"〔风流子〕出《文选》，刘良《文选注》上说："风流言其风美之声，流于天下，子者男子之通称。"〔荔枝香〕出《唐书》：贵妃生日，命小部奏新曲，未有名。适进荔枝至，因名命〔荔枝香〕。〔解语花〕出《天宝遗事》，亦明皇称贵妃语。〔解连环〕，据《庄子》"连环可解"的话。〔华胥引〕出列子："黄帝昼寝，梦游华胥之国。"〔塞垣春〕，"塞垣"二字见《后汉书·鲜卑传》。〔玉烛新〕，"玉烛"二字出《尔雅》。〔多丽〕，张均妓名，善琵琶。〔念奴娇〕，唐明皇为宫人念奴作。足见为各个词调立名的时候，原因也颇复杂的。

唐玄宗李隆基

“词”在这创始时，我们也可以说唐人的词大都“缘题生咏”，从调名一方面看出此调所以创制的缘故，一方面词的内容约略可以望文而知。缘〔临江仙〕言水仙，〔女冠子〕说道情，〔河渎神〕缘祠庙的事，〔巫山一段云〕状巫峡，〔醉公子〕就讲公子的醉。以调为题，触景生情，必合词名的本意。后来就不如此了。

问题：

一、“词”是不是就从“诗”演化出来？

二、词句长短是为着什么关系？

三、古乐的遗留、胡曲的输入所予词的影响孰轻孰重？

四、初期的“词”何以有一部分还带着地方性？

五、词的别名“诗余”其意义究竟何在？

六、形成词调以后，创制调名有多少不同的方法？

参考书：

郑振铎《词的启源》篇，见郑著《中国文学史·中世卷》第三篇上册，商务印书馆印行。

胡适《词的启源》篇，见胡适《词选》附录，出版处同上。

傅汝楫《寻源》《述体》，见傅著《最浅学词法》第一、二章，大东书局印行。

第二章

词各方面的观察

词分作小令、中调、长调，犹之诗分作古体近体一样。这个名目始自《草堂诗余》。钱塘毛氏说：“五十八字以内，为小令；五十九字至九十字，为中调；九十一字以外为长调。古人定例也。”这是很可笑的话，所谓定例，究竟是什么根据？假使少了一字为短，多了一字为长，这决不是合理的事。譬如〔七娘子〕有五十八字调，有六十字调，那么说是小令，还是中调呢？譬如〔雪狮儿〕有八十九字调，有九十二字调，那么说是中调，还是长调呢？这种分析是靠不住的，而且于词也没有便当，不过如《词综》所说以臆见分之而已。其实《草堂》旧刻，也有这种分类，并没有标出小令、中调、长调的名色。在嘉靖的时候，上海顾从敬刻《类编草堂诗余》四卷，才把三个名目写出来。何良俊序中说：“从敬家藏宋刻，较世所行本，多七十余调，明系依托。自此本行，而旧本遂微。”于是小令、中调、长调的分别，便牢不可破了。（现在通例：五十字以下为小令，百字以下为中调，百字以上为长调。相差一两字，也不妨移置，不必十分的限制。）

词中还有调异名同、名异调同二种。调异名同的比较少些，如〔长相思〕〔浣溪纱〕〔浪淘沙〕在小令里有，长调里也有，是迥然有别的。名异调同的，就有许多，让我来列举于下，免初学者为之迷惑。

如〔捣练子〕杜晏二体即〔望江楼〕，〔荆州亭〕即〔清平乐〕，〔眉峰碧〕即〔卜算子〕，〔月中行〕即〔月宫春〕，〔惜分飞〕即〔惜双双〕，〔桂华明〕即〔四犯令〕，〔清川引〕即〔凉州令〕，〔杏花天〕即〔于中好〕，〔番枪子辘轳金井〕即〔四犯剪梅花〕，〔月下笛〕即〔琐窗寒〕，〔八犯玉交枝〕即〔八宝妆〕，〔荐金蕉〕即〔虞美人之半〕，〔醉思仙〕即〔醉太平〕，〔折丹桂〕即〔一落索〕，〔醉桃源〕即〔桃源忆故人〕，〔醉春风〕即〔醉花阴〕，〔惜余妍〕即〔露华〕，〔庆千秋〕即〔汉宫春〕，〔月交辉〕即〔醉蓬莱〕，〔雪夜渔舟〕即〔绣停针〕，〔恋春芳慢〕即〔万年欢〕，〔月中仙〕即〔月中桂〕，〔菩萨蛮引〕即〔解连环〕，〔十六字令〕即〔苍梧谣〕，〔南歌子〕即〔南柯子〕，又即〔春宵曲〕，〔双调〕即〔望秦川〕，又即〔风蝶令〕，〔三台令〕即〔翠华引〕，又即〔开元乐〕，〔忆江南〕即〔梦江南〕〔望江南〕〔江南好〕，又即〔谢秋娘〕，其〔望江海〕〔梦江口〕〔归塞北〕〔春去也〕等名，则人不甚知道了。〔深夜月〕即〔捣练子〕，〔阳关曲〕即〔小秦王〕，〔卖花声〕〔过龙门〕〔曲入真〕即〔浪淘沙〕，〔忆君王〕〔玉叶黄〕〔栏干万里心〕即〔忆王孙〕，〔宫中调笑〕〔转应曲〕〔三台令〕即〔调笑令〕，〔忆仙姿〕〔宴桃源〕即〔如梦令〕〔一丝风〕〔桃花水〕即〔诉衷情〕，〔内家娇〕即〔风流子〕，〔红娘子〕〔灼灼花〕即〔小桃红〕，〔水晶帘〕即〔江城子〕，〔乌夜啼〕〔上西楼〕〔西楼子〕〔月上瓜洲〕〔秋夜月〕〔忆真妃〕即〔相见欢〕，〔双红豆〕〔忆多娇〕〔吴山青〕即〔长相思〕，〔醉思凡〕〔四字令〕即〔醉太平〕，〔愁倚栏令〕即〔春光好〕，〔一痕沙〕〔宴西园〕即〔昭君怨〕，〔湿罗衣〕即〔中兴乐〕，〔南浦月〕〔沙头月〕〔占樱桃〕即〔点绛唇〕，〔月当窗〕即〔霜天晓〕，〔百尺楼〕即〔卜算子〕，〔罗敷媚〕〔罗敷艳歌〕〔采桑子〕即〔丑奴儿〕，〔青杏儿〕〔似娘儿〕即〔促拍〕，〔丑奴儿慢〕〔子夜歌〕〔重叠金〕即〔菩萨蛮〕，〔钓船笛〕即〔好事近〕，〔好女儿〕即〔绣带儿〕，〔玉连环〕〔洛阳春〕〔上林春〕即〔一落索〕，〔花自落〕〔垂杨碧〕即〔谒金门〕，〔喜冲天〕即〔喜迁莺〕，〔秦楼月〕〔碧云深〕〔玉交枝〕即〔忆秦娥〕，〔江亭怨〕即〔荆州亭〕，〔忆罗月〕即〔清平乐〕，〔醉桃源〕〔碧桃春〕即〔阮郎归〕，〔乌夜啼〕即〔锦堂春〕，〔虞美人歌〕〔胡捣练〕即〔桃园忆故人〕，〔秋波媚〕即〔眼儿媚〕，〔早春愁〕即〔柳梢青〕，〔小阑干〕即〔少年游〕，〔步虚词〕〔白苹香〕即〔西江月〕，〔明月棹孤舟〕〔夜行船〕即〔雨中花〕，〔春晓曲〕〔玉楼春〕〔惜春容〕即〔木兰花〕，〔玉珑璁〕〔折红英〕即〔钗头凤〕，〔思佳客〕即〔鹧鸪天〕，〔舞春风〕即〔瑞鹧鸪〕，〔醉落魄〕即〔一斛珠〕，〔一箩金〕〔黄金缕〕〔明月生〕〔南浦〕〔凤栖梧〕〔鹊踏枝〕〔卷珠帘〕〔鱼水同欢〕即〔蝶恋花〕，〔南楼令〕即〔唐多令〕，〔孤雁儿〕即〔玉阶行〕，〔月底修箫谱〕即〔祝英台近〕，〔上西平〕〔西平曲〕〔上南平〕即〔金人捧露盘〕，〔上阳春〕即〔蓦山溪〕，〔瑞鹤仙影〕即〔凄凉犯〕，〔锁阳台〕〔满庭霜〕即〔满庭芳〕，〔碧芙蓉〕即〔尾犯〕，〔绿腰〕即〔玉漏迟〕，〔花犯念奴〕即〔水调歌头〕，〔红情〕即〔暗香〕，〔绿意〕即〔疏影〕，〔催雪〕即〔无闷〕，〔瑶台聚八仙〕〔八宝妆〕即〔秋雁过妆楼〕，〔百字令〕〔百字谣〕〔大江东去〕〔酬江月〕〔大江西上曲〕〔壶中天〕〔淮甸春〕〔无俗念〕〔湘月〕即〔念奴娇〕，〔疏帘淡月〕即〔桂枝香〕，〔小楼连苑〕〔庄椿岁〕〔龙吟曲〕〔海天阔处〕即〔水龙吟〕，〔凤楼吟〕〔芳草〕即〔凤箫吟〕〔台城路〕〔五福降中天〕〔如此江山〕即〔齐天乐〕〔柳色黄〕即〔石州慢〕，〔四代好〕即〔宴清都〕，〔菖蒲绿〕即〔归朝欢〕，〔西湖〕即〔西河〕，〔春霁〕即〔秋霁〕，〔望梅〕〔杏梁燕〕〔玉联环〕即〔解连环〕，〔扁舟寻旧约〕即〔飞雪满群山〕，〔惜余春慢〕〔苏武慢〕〔选冠子〕即〔过秦楼〕，〔寿星明〕即〔沁园春〕，〔金缕曲〕〔貂裘换酒〕〔乳燕飞〕〔风敲竹〕即〔贺新郎〕，〔安庆摸〕〔买陂塘〕〔陂塘柳〕即〔摸鱼儿〕，〔画屏秋色〕即〔秋思耗〕，〔绿头鸭〕即〔多丽〕，〔个侬〕即〔六丑〕。这里面有许多是割裂名篇中的警句而来，至于拼合几调而成新名，在词中是不多见的。

就词体论，有两种特殊的地方，与诗绝不相似。一、“隐括体”，所谓隐括，就是化许多诗成为词句，此等风气，开自周美成，南宋诸家相沿成习。至辛稼轩、陆放翁的“掉书袋”，尤其奇异，什么经书史籍，无一不可入词。好处是借别人的巧话为我的隽语，而不能发抒自己的真性情，便是弊病。二、“回文体”，逐句回文，苏东坡就有这种办法；到了明朝，汤义仍辈竟通首回起来了。譬如丁药园便爱为此，举例如下：

下帘低唤郎知也，也知郎唤低帘下。来到莫疑猜，猜疑莫到来。道侬随处好，好处随侬道。书寄待何如？如何待寄书。

毕竟是近于纤巧了。大概惟体是求，不免就自缚才力。白石以后，在一阕前又必多作题目，把词意先在散文中显示了，于是词的本身底情味便觉淡薄。至于咏物的词，非有寄托不可。南宋词人有一时期因为不便（直接可以是不敢）直说出他们心中的苦闷，所以托赋一物以自见，后来失了原意，以咏物为词中一体，翻检类书，堆砌典故，更是味同嚼蜡。如朱彝尊《茶烟阁体物集》，〔沁园春〕赋耳口鼻……实在无聊之至。沈伯时《乐府指迷》“音律欲其协，不协则成长短之诗；下字欲其雅，不雅则近乎缠令之体。用字不可太露，露则直突而无深长之味；发意不可太高，高则狂怪而失柔婉之意。此四语为词学之指南，各宜深思也。”这全就制作的技巧来谈，大概一种文学起初是自然的，形成专体以后，无不逐渐在技巧上进展，词尤其逃不出此例。以下让我把词所用字、韵、法式和简易的作法分几段来讲，这也是研究词者所必要的知识。

字有平仄，无论什么人都知道的，稍详细一点分四声，再精细些就辨阴阳声。词之为长短句，一切平仄在创调的时候，按宫调管色的高下，立定程序。而字音之开齐撮合，别有美妙。古人成作，有许多读之拗口，正是音律最谐的地方。张綖《诗余图谱》遇着拗句，便改做顺适，实在是可笑的。大概这种拗调涩体，清真、梦窗、白石三家集中最多。如清真词〔瑞龙吟〕“归骑晚，纤纤池塘飞雨”。梦窗词〔莺啼序〕“快展旷眼，傍柳系马”。白石词〔暗香〕“江国正寂寂”，读起来，都有些拗口。虽然平仄之分，不过两途，而仄还有上去入三种分别，在仄处不能三声统用的。大约一调中统用的有十之六七，不可统用的也有十之三四，下字时都经过斟酌的。因为一调自有一调的风度声响，假使上去互易，便有落腔之弊。如〔齐天乐〕有四处必须用去上声，清真词“云窗静掩，露囊清夜照书卷。凭高眺远，但愁斜照敛”。“静掩”“眺远”“照敛”，非去上不可。虽入可作上，也不相宜（此说详后）。此外如〔兰陵王〕仄声字多，〔寿楼春〕平声字多，应当一一遵守，不能混用。因为上声舒徐和软，其腔低；去声激厉劲远，其腔高，配搭用起来，才抑扬悦耳。所以两去两上最当避用，如再间用阴阳声，更可动听。万树说：“名词转折跌荡处，多用去声。”这是很有心得的话。黄人论曲：“三仄应须分上去，两平还要辨阴阳。”于词何独不然呢？至入叶三声（仄当分作八部：以屋沃烛为一部，觉药铎为一部，质职迄昔锡职德缉为一部，术物为一部，陌麦为一部，没曷末为一部，月黠牵屑薛叶帖为一部，合盍业洽狎乏为一部），戈载分之为五部，虽然太宽，而分派三声，约分列在各部之下。入作平，作上，作去，我们可按《词林正韵》（王氏四印斋刊本中有）而索得，并且皆有切音，使人知有限度，并不得滥用了。例如晏幾道〔梁树令〕“莫唱阳关曲”，曲字作邱雨切，叶鱼虞韵。辛弃疾〔丑奴儿慢〕“过者一霎”，霎字作始鲊切，叶家麻韵。我们于此可以知道入声固有一定的法则。

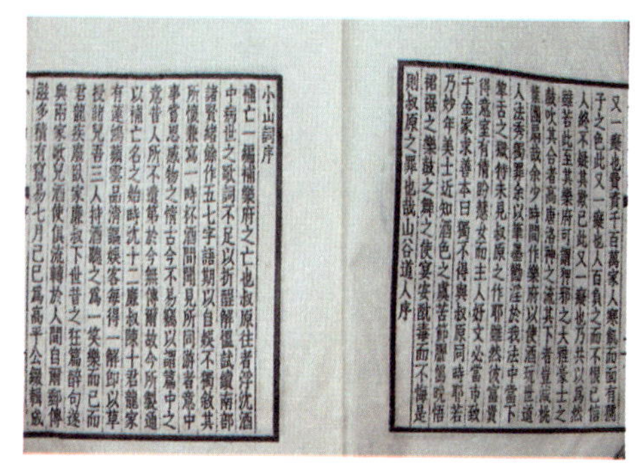
又一癡也費資千百萬家人寒飢而面有孺
子之色此又一癡也人百負之而不恨已信
人終不疑其欺已此又一癡也乃共以爲然
雖若此至其樂府可謂狎邪之大雅豪士之
鼓吹其合者高唐洛神之流其下者豈減桃
葉團扇哉余少時間作樂府以使酒玩世道
人法秀獨罪余以筆墨勸淫於我法中當下
犂舌之獄特未見叔原之作耶雖然彼富貴
得意室有倩盼慧女而主人好文必當市致
千金家求善本曰獨不得與叔原同時耶若
乃妙年美士近知酒色之娛苦節臞儒晚悟
裙裾之樂鼓之舞之使宴安酖毒而不悔是
則叔原之罪也哉山谷道人序

小山詞序
補亡一編補樂府之亡也叔原往者浮沈酒
中病世之歌詞不足以析酲解慍試續南部
諸賢緒餘作五七字語期以自娛不獨敘其
所懷兼寫一時杯酒間聞見所同游者意中
事嘗思感物之情古今不易竊以謂篇中之
意昔人所不遺第於今無傳爾故今所製通
以補亡名之始時沈十二廉叔陳十君龍家
有蓮鴻蘋雲品清謳娛客每得一解即以草
授諸兒吾三人持酒聽之爲一笑樂而已而
君龍疾廢臥家廉叔下世昔之狂篇醉句遂
與兩家歌兒酒使俱流轉於人間自爾郵傳
滋多積有竄易七月己巳爲高平公綴緝成

《小山词》 北宋 晏幾道

论词韵，与诗韵、曲韵都不相同。戈载《词林正韵》分十九部，清初沈谦的《词韵略》，删并又颇多失当，分合之界模糊不清。同时赵钥、曹亮武都有《词韵》，和沈氏大同小异。李渔的《词韵》列二十七部，根据乡音，颇为人所不满。胡文焕《文会堂词韵》平上去三声用曲韵，入声用诗韵，不免是骑墙之见。许昂霄《词韵考略》亦以今韵分编，平上去分十七部，入声分九部，又说什么古通古转，今通今转，借叶。自称本楼敬思《洗砚集》，以平声贵严故从古，上去较宽便参用古今，入声更宽所以从今。但不知何古何今，又何为借叶？真无异痴人说梦了。吴烺、程名世诸人的《学宋斋词韵》所学的却是宋人误处，郑春波的《绿漪亭词韵》也不过为之羽翼而已。吾师吴瞿安先生参酌戈、沈二书，分为二十二部，并列其目（韵目用广韵）。

戈载

第一部

平　一东　二冬　三钟

上　一董　二肿

去　一送　二宋　三用

第二部

平　四江　十阳　十一唐

上　三讲　二十六养　三十七荡

去　四绛　四十一漾　四十二宕

第三部

平　三支　六脂　七之　八微　十二齐　十五灰

上　四纸　五旨　六止　七尾　十一荠　十四贿

去　五置　六至　七志　八未　十二霁　十三祭

十四太半　十八队　二十废

第四部

平　九鱼　十虞　十一模

上　八语　九噳　十姥

去　九御　十遇　十一暮

第五部

平　十三佳半　十四皆　十六咍

上　十二蟹　十三骇　十五海

去　十四太半　十五卦半　十六怪　十七夬　十九代

第六部

平　十七真　十八谆　十九臻　二十文　二十一欣

二十三魂　二十四痕

上　十六轸　十七准　十八吻　十九隐　二十一混

二十二很

去　二十一震　二十二稕　二十三问　二十四焮

二十六慁　二十七恨

第七部

平　二十二元　二十五寒　二十六桓　二十七删

二十八山　一先二仙

上　二十阮　二十三旱　二十四缓　二十五潸

二十六产　二十七铣　二十八狝

去　二十五愿　二十八翰　二十九换　三十谏

三十一裥　　三十二霰　　三十三线

第八部

平　三萧　　四宵　　五肴

上　二十九筱　　三十小　　三十一巧　　三十二皓

去　三十四啸　　三十五笑　　三十六效　　三十七号

第九部

平　七歌　　八戈

上　三十三哿　　三十二果

去　三十八个　　三十九过

第十部

平　十三佳半　　九麻

上　三十五马

去　十五卦半　　四十祃

第十一部

平　十二庚　　十三耕　　十四清　　十五青　　十六蒸
　　十七登

上　三十八梗　　三十九耿　　四十静　　四十一迥
　　四十二拯　　四十三等

去　四十三映　　四十四诤　　四十五劲　　四十六径
　　四十七证　　四十八澄

第十二部

平　十八尤　　十九侯　　二十幽

上　四十四有　　四十五厚　　四十六黝

去　四十九宥　　五十候　　五十一幼

第十三部

平　二十一侵

上　四十七寝

去　五十二沁

第十四部

平　二十二覃　　二十三谈　　二十四盐　　二十五添

　　二十六咸　　二十七衔　　二十八严　　二十九凡

上　四十八感　　四十九敢　　五十琰　　五十一忝

　　五十二俨　　五十三豏　　五十四槛　　五十五范

去　五十三勘　　五十四阚　　五十五艳　　五十六㮇

　　五十七酽　　五十八陷　　五十九鉴　　六十梵

第十五部

入　一屋　　二沃　　三烛

第十六部

四觉　　十八药　　十九铎

第十七部

五质　　七栉　　九迄　　二十二昔　　二十三锡

二十四职　　二十五德　　二十六缉

第十八部

六术　　八物

第十九部

二十陌　　二十一麦

第二十部

十一没　　十二曷　　十三末

第二十一部

十月　　十四黠　　十五牵　　十六屑　　十七薛

二十九叶　　三十帖

第二十二部

二十七合　　二十八盍　　三十一洽　　三十二狎

三十三业　　三十四乏

韵有开口、闭口的分别，第二部江阳、第七部元寒是开口音，第十三部侵、第十四部覃是闭口音。有时容易混淆的如第六部、第十一部和第十三部，宋人就往往牵连混合，这因为作者避难就易，不明开闭口的道理。总之，词韵是一种专门学问，以前韵学的失败有四个缘故：一、因为浅学之士妄选韵书。二、蹇于牙吻，囿于偏方，或者稍窥古法，而自己吐咳不明。三、更有妄人不知古例，孟浪押韵。四、才劣口给者乐三弊，而为他们张帜。于是词韵之紊乱，几乎不可收拾了。

比词韵更不易明白的，便是音律。音律特别是专学，现在我且简单的说几句。音有七：宫、商、角、徵、羽、变宫、变徵。律有十二：黄钟、大吕、太簇、夹钟、姑洗、中吕、蕤宾、林钟、夷则、南吕、无射、应钟。以七音乘十二律，得八十四音，这叫做宫调。以宫乘十二律名曰宫。以商、角六音乘十二律曰调。所以宫有十二，调有八十四。宋词中清真、屯田自注宫调于各牌下，梦窗虽然仍旧，但谱已亡了。这八十四调是音律的次第，论音律的应用，只有黄钟、仙吕、正宫、高宫、南吕、中吕、道宫七宫。大石、小石、般涉、歇指、越调、仙吕、中吕、正平、高平、双调、黄钟、羽商十二调。其所以然的道理甚精微，可参看傅氏《学词法》第四、五章。

在音律一方面是属于声乐的，在词章一方面是属于文字的，大概宋时有有谱而无词的，在现在却变成有词而无谱。今之所谓谱如万树《词律》《钦定词谱》、舒梦兰《白香词谱》《填词图谱》，皆是文字的谱，因为歌法已废，所遗留的文字的谱也无法考订了。

舒梦兰

词有六百六十几调，而体有一千一百八十多，我们按谱填字，只求不背古人法式。譬如意思有多少，配贴几句，既定以后就可运笔。凡题意宽大，可以直抒胸臆的要用长调，题意较纤仄，便宜于用中调或小令。至于悲欢哀乐的情绪，也有一定法度。商调、南吕诸词近于悲怨，正宫、高宫的词宜于雄大，越调冷隽，小石风流，可看词旨如何去择调。有人以些调名的字面强合本意，最为可笑。如送别用〔南浦〕（此是欢词），祝寿用〔寿楼春〕（此是悼亡词）之类。大抵小令注重蕴藉含蓄，要有言外之意；中长调（又合称慢词）结构布局，最须匀称。字义也是要十分分辨的，因为我国文字往往有一字好几音，譬如“萧索”，索叶速；“索取”，索叶啬。数目的“数”，叶素；烦数的“数”，叶朔。睡觉的“觉”去声；知觉的“觉”入声。多少的“少”上声；老少的“少”去声。平时习诵，非一一加以考核不可。

其次，谈词的句法，现在取一字句到七字句来研究。

“一字句”。除《十六字令》第二句外，平常都用做领字（多仄声如正、渐、又等）。

“二字句”。大概用在换头首句，或者暗韵处。有“平仄”“仄平”“平平”“仄仄”四种。“平仄”用的最多，如〔无闷〕“清致，悄无似”。“清致”二字便是。

“三字句”。通常用“仄仄平”，如〔多丽〕“晚山青”便是。“平平仄”“仄平仄”“平平平”“仄仄平”“仄仄仄”，大半近于领头句了（领头句是不完全的句子）。

“四字句”。“平平仄仄”“仄仄平平”，这种当然是普通的格式，但〔水龙吟〕“是离人泪”，是上一下三的句法。如〔曲江秋〕“银汉坠怀，渐觉夜阑”是“平仄仄平”的句法。

“五字句”。有上二下三与上一下四两种。“平平平仄仄”“仄仄仄平平”“仄仄平平仄”“平平仄仄平”，皆上二下三句法。如〔燕归梁〕“记一笑千金”，便是上一下四句法。如〔寿楼春〕第一句用五平声字在“五字句”中是特殊的。

“六字句”。有普通用在双句对下和折腰两种用法。平仄无定，并且词中不多见。

“七字句”。有上四下三和上三下四两种，上四下三如诗句，至于像〔唐多令〕“燕辞归客尚淹留”便属于上三下四了。

此外“八字句”“九字句”无非合三五、四五成句而已。结声字（第一韵和两叠结韵处）第一韵叫做“起调”，“两结韵”叫做“毕曲”，三处下韵的音却必须相等。我们读词可细心的按句逐韵的考核。

至于制作种种说法，在词话中很多，本书并非专谈填词的，并且现在词之有无填作的需要，这也是另一问题。

问题：

一、试论小令、中调、长调的区别。

二、名异调同和调异名同，那一种最容易淆乱人的观念？

三、“隐括”和“回文”，诗中有而此体否？试寻检之。

四、如何而产生咏物词？（参阅本书第四章）

五、上、去两声何以不能在词中通用？如何知道入声作去作上？

六、以前的词韵为何而失败？

七、在词上应用的音律有几宫几调？

八、词调的选择与词旨有何关系？

九、试考词中一字句到七字句的用法，究竟哪一种最普遍？

参考书：

吴梅《词学通论》（东南大学讲义）。

傅汝楫《最浅学词法》（大东）。

第二章

几个重要的词家（上）

无论研究哪一种文学，必定要直接向作品里去探讨，词当然也不是例外。但是这么多的词集，从那里下手才好呢？我们要看每个人的专集，现在很流行的有：毛刻《六十一家词》（就是汲古阁本）、《王刻词》（就是四印斋本）、《朱刻词》（就是《彊村丛书》本），大部分是专集。不过，这决非入门的书籍。要初步去研究词，还是用选本为宜。词的选本也很多，从赵崇祚《花间集》起，什么黄昇《花庵绝妙词》《中兴以来绝妙词》、陈景沂《金芳备祖乐府》、元好问《中州乐府》、彭致中《鸣鹤余音》、凤林书院《元词乐府补题》、许有孚《圭塘欸乃集》、顾梧芳《尊前集》（《尊前集》有两部，最早的只留书名而没有传本。这是明朝人顾梧芳用他原名另外编辑的）、杨慎《词林万选》、陈耀文《花草粹编》、沈际飞《草堂诗余广集》、茅映《词的》、卓人月《词统》。真可谓名目繁多。朱彝尊后来又选唐五代宋金元词三十卷，曰《词综》，这比较是有宗旨而选辑的。在康熙四十六年沈辰垣这班人奉敕撰百卷，一共取了九千多阕，这便是《历代诗余》，是一部重要的词选。王昶又加了吴则礼到吴存二十八位词人的作品，成《词综补人》，又因为朱彝尊《词综》缺明清二代的词，遂搜辑《明词综》三十卷、《国朝词综》四十八卷、《二集》二卷。黄燮清又有《国朝词综续编》二十四卷。丁绍仪有《国朝词综补》，陶梁有《词综补遗》，又有《女词综》二卷，可惜没有传下来。

这些选本卷帙颇富，不是一时所能看得完的。比较简略而最为初学所取读的，就是张惠言、张琦的《宛邻词选》（平常大家简称做《词选》），从李白起一共四十四家，一百十六阕词。他们的外甥婿董毅撰《续词选》共五十二家，加了一百二十二阕词。惠言的信徒周济又辑《词辨》十卷，这是最有主张的采选，这部选本后来让一位姓田的在水中飘失了，只存下前两卷来。至于限时代的选集，如刘逢禄的《词雅》，只是取唐、五代、宋三朝。成肇麟的《唐五代词选》（这部书最近商务有古活字本）取唐、五代的词品，皆极精审。此外并限于家数的，如周之琦《心日斋十六家词》，从唐到元。周济的《宋四家词选》，此书向为词坛推称选本的正鹄。冯煦的《宋六十一家词选》、戈顺卿的《宋七家词选》，也皆初学最可宝贵的选本。还有朱祖谋的《宋词三百首》，我看词之研究者可以第一部去看他。此外更有许许多多选本，我在这儿不必再絮叨叨的叙述了。

我们读某一位词人的作品，最好还要知道这个人的身世，更进一步要知道他作这阕词的动机。那么非注意“词话”不可，词话从前曾有丛编，遗漏很多。即以清人的著作而论，如彭孙遹《金粟词话》、毛大可《西河词话》、沈雄《柳塘词话》、董以宁《蓉湖词话》、李调元《雨村词话》、陆蓥《问花楼词话》、赵庆熹《听秋声馆词话》、吴衡照《莲子居词话》、贺裳《皱水轩词筌》、王士祯《花草蒙拾》、彭孙遹《词藻》、王又华《词论》、徐釚《词苑丛谈》、刘体仁《七颂堂词绎》、邹祗谟《远志斋词衷》、方成培《香研居词麈》、宋翔凤《乐府余论》、张宗楠《词林纪事》、冯金伯《词苑萃编》、周济《介存斋论词杂著》、孙麟趾《词选》、蒋剑人《芬陀利室词话》、况周颐《蕙风词话》、江顺诒《词学集成》……写不尽的瑰宝，可惜散见各处，这都是我们研究词者的宝贝（现在我的朋友郑振铎先生正预备整理汇刻）。

在此处，让我且择出几个重要的词家，使初学者加以注意，同时也可得到研究词的方法。大概考证、欣赏、制作是三种不同的途径，但是最低度的却应当同一的寻相当的了解，我所谓方法，便是求了解的意思，非指考证一项而言。

平林漠漠烟如织，寒山一带伤心碧，暝色入高楼，有人楼上愁。玉阶空伫立，宿鸟归飞急。何处是归程？长亭更短亭！（〔菩萨蛮〕）

箫声咽，秦娥梦断秦楼月。秦楼月，年年柳色，灞陵伤别。乐游原上清秋节，咸阳古道音尘绝。音尘绝，西风残照，汉家陵阙。（〔忆秦娥〕）

我们说唐代的词，不能不先说李白。在李白前不独柳范〔折桂令〕，沈佺期也有〔回波词〕，实在都是六言诗。就是唐明皇（李隆基）的〔好时光〕，虽见在《尊前集》，好多人都说是伪作。李白这两首词同时怀疑的也不少。如〔清平乐〕确有许多理由，可证其非李白作；而这两首词，是没充分的根据来推翻的。胡适之先生在《词的启源》里据《杜

李白

阳杂编》说〔菩萨蛮〕不是李白的手笔，旁证太少，这也难足信（郑振铎的《词的启源》中有驳论）。刘融斋说："〔菩萨蛮〕〔忆秦娥〕，足抵杜陵《秋兴》，想其情境，殆作于明皇西幸之后。"此语前人所没说过的。实在这两首词非后人所能伪托，繁音促节，长吟远慕，使我们想见那样高冠岌岌大诗人的风度。他的词留在《全唐诗》十四首，《尊前集》也收了十二首。

现在我们且以〔菩萨蛮〕为例，供我们欣赏一下。在这首词就有许多不同的解释。我有一位朋友，他曾经对学生讲，"有人楼上愁"这个"人"我们可以说是"她"，她怀着她的"他"，流落在他乡，现在不知怎么样了。而下阕"玉阶空伫立"，这伫立的人，便是他乡的"他"。他见鸟归飞，而自己不能归，便感伤起来。照此说来，这首词上下阕描写两人两地，互相想念之情。而我的意见就和我的那位朋友不相同。我以为就王静安先生所谓"境界"二字讲来，这儿所表现的是楼上和楼下两个境界，这个人先在楼上，从远摄近，所以用"平"来形容"林"，用"一带"来写"山"，用"入"来联络，皆居高对低的光景。而下阕是自低眺高，所以见"宿鸟""归飞"，后面推到"归程"——"长、短亭"，那便是从近至远了。上阕写的"静"，下阕写的"动"，也可见"愁"是如何的！用"漠漠"写"烟"，所以说"暝色"，用"伤心"来说山之"碧"，所以"有人"是在"愁"着。这词的技巧，非常周密，倘逐字我们咏味起来，可知他每一字都不虚设的。我为避免高头讲章的习气，不必再分析了。在欣赏者眼中固不妨作如是观，此处聊以示例而已。

在李白之次，如韦应物、白居易、刘禹锡，我觉得都没有温庭筠在当时词坛的重要，所以略而不说了。

玉炉香，红蜡泪，偏照画堂秋思。眉翠薄，鬓云残，夜长衾枕寒。梧桐树，三更雨，不道离情正苦。一叶叶，一声声，空阶滴到明。（〔更漏子〕）

白居易

这首词便是温庭筠的名作。庭筠字飞卿，太原人。他有许多浪漫的故事，然而他于词上的成功，比他的诗光荣得多了。诚如陈亦峰所说：“所谓沉郁者，意在笔先，神余言外，写怨夫思妇之怀，写孽子孤臣之感。凡交情之冷淡，身世之飘零，皆可于一草一木发之。而发之又必若隐若现，欲露不露，反复缠绵，终不许一语道破。匪独体格之高，亦见性情之厚。”在《花间集》以他为首，实在是很有缘故。《旧唐书》上说他能“逐弦吹之音，为侧艳之词”，他的确开这“侧艳”的风气。他那〔菩萨蛮〕十四阕，直写景物，不事雕镂而夐绝不可及。如：“花落子规啼，绿窗残梦迷。”“杨柳又如丝，驿桥烟雨时。”“鸾镜与花枝，此情谁得知？”皆细腻之笔写缠绵之思，教人读了有无可奈何的样子。后来被张惠言那班人奉为“常州词派”的祖师，说他“祖风骚，托比兴”，于是像这十四阕绝妙的词句，都变成“感士不遇”的寓言，岂不可笑！（读者可参阅拙著《温飞卿及其词》，里面有一篇传略，他的全部的词和各家的评语。）

温庭筠

在温庭筠这样称艳风气的传播中，一直流传到五代。这是很奇异的事迹，在《花间集》收录的，蜀中词人作品最早，固然因为辑者赵崇祚是蜀人，但当时西蜀确是文艺的中心。前蜀主王建、王衍，后蜀主孟昶皆词的爱好者。但是主持词坛的，却不能不推韦庄。

红楼别夜堪惆怅，香灯半卷流苏帐。残月出门时，美人和泪辞。琵琶金翠羽，弦上黄莺语。劝我早归家，绿窗人似花。

人人尽说江南好，游人只合江南老。春水碧于天，画船听雨眠。垆边人似月，皓腕凝霜雪。未老莫还乡，还乡须断肠。

如今却忆江南乐，当时年少春衫薄。骑马倚斜桥，满楼红袖招。翠屏金屈曲，醉入花丛宿。此度见花枝，白头誓不归。

洛阳城里春花好，洛阳才子他乡老。柳暗魏王堤，此时心转迷。

桃花春水渌，水上鸳鸯浴。凝恨对斜晖，忆君君不知。（〔菩萨蛮〕）

庄字端己，杜陵人。陈亦峰《白雨斋词话》说他的词：“似直而纡，似达而郁，珣然虽一变飞卿面目，而绮罗香泽之中，别具疏爽之致。”实际温、韦两家比较，一浓一淡。庄的词多真情实景，所以动人的力量格外来得大。《尧山堂外纪》曾经有这样记载，说庄思念旧姬作〔荷叶杯〕一首，姬为王建所夺，入宫。见此词，不食死。词云：“记得那年花下，深夜，初识谢娘时。水堂西面画帘垂，携手暗相期。惆怅晓莺残月，相别从此隔香尘。如今俱是异乡人，相见更无因。”清新晓畅，不专是堆砌字句的可比的（读者要阅韦庄全词，可看《王忠悫公遗书》第四集《浣花词》的辑本）。

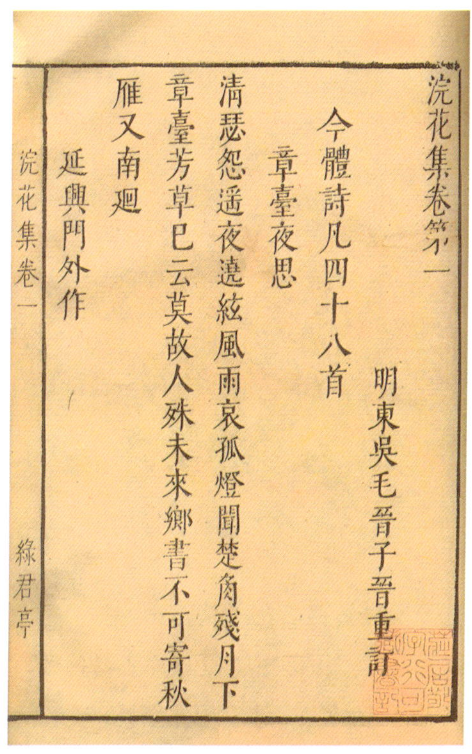
浣花集卷第一
明東吳毛晉子晉重訂
今體詩凡四十八首
章臺夜思
清瑟怨遥夜遶絃風雨哀孤燈聞楚角殘月下
章臺芳草已云莫故人殊未來鄉書不可寄秋
雁又南迴
延興門外作
浣花集卷一　綠君亭

《浣花集》　唐　韦庄

《花间集》中作者一共有十六家，除韦庄外，蜀人有十二家，是：薛昭蕴、牛峤、毛文锡、欧阳炯、牛希济、顾敻、魏承班、鹿虔扆、阎选、尹鹗、毛熙震、李珣，虽不尽是西蜀的籍贯，却都居于蜀中的。

舍西蜀外，南唐也是文艺的中心点。提起南唐来，中主（李璟）、后主（李煜）如日月在天，为万众所作仰望。中主所作词虽不多，而极高隽。

手卷真珠上玉钩，依前春恨锁重楼。风里落花谁是主？思悠悠。青鸟不传云外信，丁香空结雨中愁。回首绿波三楚暮，接天流。

菡萏香销翠叶残，西风愁起绿波间。还与韶光共憔悴，不堪看。细雨梦回鸡塞远，小楼吹彻玉笙寒。多少泪珠何限恨！倚阑干。

李煜

这两阕〔山花子〕最负盛名，“菡萏销翠”“愁起西风”，与“韶光”毫无干涉，但是在伤心人的眼中，夏景亦容易摧残，和春光同此憔悴。既说“不堪看”，又说“何限恨”，这般顿挫空灵，读之凄然欲绝了。而“细雨”“小楼”也为后来人所赞赏，不能算内家的玩味。吾师吴瞿安先生为二主词并评，说："中主能哀而不伤，后主则近于伤矣。"这一点便是他们父子的异处。说起后主的词真有些罄竹难书，差不多每一首都教人读之不忍释手。大概后主的词，在江南隆盛之时，正是他写〔喜迁莺〕〔阮郎归〕〔木兰花〕〔菩萨蛮〕（"花明月暗"一首）一类的作品。这时期密约私情是词中的主题，如"眼色暗相钩，秋波横欲流"，"画堂南畔见，一向偎人颤"，"脸慢笑盈盈，相看无限情"。温馥柔美，与温、韦又别有不同了。周济曾以女子为譬：温似严妆，韦似淡妆，后主却是粗服乱头，不减国色。又曾有这样的话：温是句秀，韦是骨秀，而后主是神秀，这也是的当的批评。等到降宋以后，此中生活，日以眼泪洗面，尽是亡国哀痛之语，如王静安先生所说"血书"一般的词句。被宋主监视之际，回想起从前的光景来，于是有"故国梦重归，觉来双泪垂"，"故国不堪回首月明中"的悲啼。无怪他"烛残漏滴频欹枕，起坐不能平"。现在且举几阕最为世人所激赏的，供读者赏鉴：

帘外雨潺潺，春意阑珊，罗衾不耐五更寒。梦里不知身是客，一晌贪欢。　　独自莫凭栏，无限江山，别时容易见时难。流水落花春去也，天上人间。

往事只堪哀，对景难排，秋风庭院藓侵阶。一珩珠帘闲不卷，终日谁来？　　金锁已沉埋，壮气蒿莱，晚凉天净月华开。想得玉楼瑶殿影，空照秦淮。（〔浪淘沙〕）

无言独上西楼，月如钩，寂寞梧桐深院锁清秋。　　剪不断，理还乱，是离愁，别是一般滋味在心头。（〔捣练子〕）

多少恨，昨夜梦魂中，还似旧时游上苑，车如流水马如龙，花月正春风。　　多少泪，断脸复横颐，心事莫将和泪说，凤笙休向别时吹，肠断更无疑。（〔忆江南〕）

一字一泪，读了谁能不黯然消魂呢？清代词人项莲生曾在后主词后题上一阕〔浪淘沙〕：“楼上五更寒，风雨无端，愁多不耐一生闲。莫问画堂南畔事，如此江山。铅泪洗朱颜，歌舞阑珊，心头滋味只余酸。唱到宫中新乐府，杜宇啼残。”于是很可窥见后主的悲哀（二主词合刻，有《晨风阁丛书》本、刘继曾笺本、拙撰刘笺补正本）。

南唐除二主外，冯延巳也是了不得的一个词人。他的专集名《阳春集》，最早的词品遗留至今为多的，要算他第一个了。忠爱缠绵，是张惠言对他的词评。〔蝶恋花〕四阕，最为有名。

> 六曲阑干偎碧树，杨柳风轻，展尽黄金缕。谁把钿筝移玉柱？穿帘燕子双飞去。　　满眼游丝兼落絮，红杏开时，一霎清明雨。浓睡觉来莺乱语，莺残好梦无寻处。

只看这第一阕，便知他如何的情词悱恻（《阳春集》有侯氏《粟香室丛书》本和王氏四印斋刻本）。其余如张泌、成幼文、徐昌图、潘佑，这班人在“词”上的地位远不如冯，在这里不必再详述。以下，我就讲北宋的词家。

论词者有一句通常的话：“词至北宋而大，至南宋而精。”这大字真是最妙于形容了。北宋词如何成其为大呢？据我看来有四大性质。一、在宋初，晏殊等保守五代十国之举；二、到了柳永等便开慢词之源；三、苏轼出来革去词中绮罗香泽之习；四、有一个周邦彦集了古今词的大成。换句话说：能保守，能创造，能革命，能集成，北宋的词毕竟所以为大了。但是从数量计，词品之多，词人之众，当然远迈前代。在本章仅举其重要的而言。

宋初保守的词人，很多是朝廷的显宦。王禹偁、钱惟演，他们不是词人，虽然也有小词流播在人口，却迥非晏殊那样的气象。殊字同叔，临川人。官至枢密使，鼎食钟鸣，花团锦簇，一派富贵的光景。他的儿子幾道说：“先君平日小词虽多，未尝作妇人语也。”其实他时时流露出妇人语来。

所作〔浣溪纱〕有“无可奈何花落去，似曾相识燕归来”二句（有人说下一句是王琪所对，见《复斋漫录》所记），一时传诵。刘攽《中山诗话》说他“喜延巳词，其所自作亦不减延巳”。细心读他的《珠玉词》，比〔浣溪纱〕那两句好的，不知多少，就是突过延巳的句子，也常有。如：“满目河山空念远，落花风雨更伤春，不如怜取眼前人”，“未知心在何谁边？满眼泪珠言不尽”。这是多么荡人心魄的话。不过在保守的眼光中，如“东城南陌花下，逢着意中人”，“心心念念，说尽无凭，只是相思”，“淡淡梳妆薄薄衣，天仙模样好容仪”，开俳语一体，不能无贬辞。他的儿子幾道有《小山词》（并存毛刻《六十家词》中，还有《彊村丛书》本、杭州晏氏刻本、商务古活字本），颇有丽句。

至于大臣中当以欧阳修为代表。欧词纯疵参半，据蔡絛《西清诗话》说：“欧词之浅近者，谓是刘烨伪作。”《名臣录》也有同样记载，大概刘烨改窜他的词，借以攻击他，这种也是意中事。不过词中的他，与散文中的他，完全两副面目，可知他在道学中并具热烈的感情。除有名的〔少年游·咏草〕外，下面这一阕〔踏莎行〕，也极婉转动人。

欧阳修

候馆梅残，溪桥柳细，草熏风暖摇征辔。离愁渐远渐无穷，迢迢不断如春水。　　寸寸柔肠，盈盈粉泪，楼高莫近危栏倚。平芜尽处是春山，行人更在春山外。

婉转之中，有苍劲之致，这是他独有的作风（他的词集《六一居士词》毛刻《六十家》中有。又《欧阳文忠公近体乐府》《醉翁琴趣外编》有双照楼影印本）。

此外，张先也是一位名作家，附在这儿说。先字子野，吴兴人。李端叔说他“子野词才不足而情有余”。《古今词话》有一段故事：“有客谓子野曰：人皆谓公张三中，即心中事，眼中泪，意中人也。公曰：何不目之为张三影？客不晓。公曰：云破月来花弄影；娇柔懒起，帘压

十咏图　北宋　张先

卷花影；柳径无人堕飞絮无影，此余平生所得意也。”（他的《安陆集词》有葛氏本、扬州诗局本。又名《张子野词》，有粟香室本、《知不足斋》本、《彊村》本）可以知道他的情趣（因为叙述便利，放他在此处。其实与柳苏同时）。

慢词的创造者不一定便是柳永，但到了柳永，而后慢词才流行。永初名三变，字耆卿，乐安人。在《能改斋漫录》上说他的出身很有趣："仁宗留意儒雅，务本向道，深斥浮艳虚华之文。初，进士柳三变好为淫冶讴歌之曲，传播四方，尝有〔鹤冲天〕词云：忍把浮名，换了浅斟低唱。及临轩放榜，特落之。曰：且去浅斟低唱，何要浮名！景祐元年，方及第。后改名永。”他的生活诚然是在浅斟低唱里。他的词也是妓女所乐于歌唱的。因此传唱甚广，以至于凡有井水饮处，即能歌柳词。所谓通

人，却甚鄙视之。李端叔说：“耆卿词铺叙展衍，备足无余，较之《花间》所集，韵终不胜。”孙敦立曾说：耆卿词虽极工，然多杂以俚语。诚然柳词的俚语有许多太不成话了。如：〔两同心〕“个人人，昨夜分明许伊偕老”。〔征部乐〕“待这回好好怜伊，更不轻拆”。〔传花枝〕“平生自负风流才调，口儿里道知张陈赵”。未免太无味了。然而他词中的好处，能工铺叙，每首事实必清，点景必工，并且有警语。冯煦说：“曲处能直，密处能疏，奡处能平；状难状之景，达难达之情，而出之以自然。”冯氏可谓柳永的知己了。我们试读他的代表作〔雨霖铃〕：

柳永纪念馆

寒蝉凄切，对长亭晚，骤雨初歇。都门帐饮无绪，留恋处兰舟催发，执手相看泪眼，竟无语凝咽。念去去，千里烟波，暮霭沉沉楚天阔。　　多情自古伤离别，更那堪冷落清秋节。今宵酒醒何处？杨柳岸，晓风残月；此去经年，应是良辰好景虚设，便纵有千种风情，更与何人说？

这样的词境决非如《花间》那样陈陈相因，雷同冗复的（柳词名《乐章集》，有毛刻《六十家》本，《续添曲子》见《彊村丛书》）。

至能变昵昵情语为壮语，那是苏轼的功绩。轼字子瞻，号东坡，眉山人。胡致堂说：“词至东坡，一洗绮罗香泽之态，摆脱绸缪宛转之度，使人登高望远，举首高歌，逸怀浩气，超乎尘垢之外，于是《花间》为皂隶，而耆卿为舆台矣。”晁无咎云：“居士词人多谓不谐音律，然横放杰出，自是曲子内缚不住者。”“不谐音律”，是不可讳言的。而陆游还说：“公非不能歌，但豪放不喜裁剪以就声律耳。”其实，轼曾自言：生平有三不如人，着棋、吃酒、唱曲，所以陈师道说：“为教坊雷大使之舞，虽极天下之工，要非本色。”但如他那样豪情，却不能不说“前无古人”了。《四库提要》谓：词至柳永一变，如诗家之有白居易；至轼而又一变，如诗家之有韩愈。这个比方是不错的。陆游又说：“东坡词歌之，曲终觉天风海雨逼人”，的确是非关西大汉，铜琵琶，铁绰板，高声狂唱不可，决不似柳永的词只合十七八女郎，执红牙板而歌的。现以大家所熟诵的为例：

> 大江东去，浪淘尽、千古风流人物。故垒西边，人道是三国孙吴赤壁。乱石崩云，惊涛掠岸，卷起千堆雪。江山如画，一时多少豪杰。　　遥想公瑾当年，小乔初嫁了，雄姿英发，羽扇纶巾，谈笑间，樯橹灰飞烟灭。故国神游，多情应笑我，早生华发。人间如寄，一尊还酹江月。（〔念奴娇〕）

张炎说：“东坡词清丽舒徐处，高出人表，周、秦诸人所不能到。”足见苏轼一面有这样雄放的词，一面还有清丽的词。在相反的情调中，我们可读〔卜算子〕：

> 缺月挂疏桐，漏断人初定。时见幽人独往来，缥缈孤鸿影。惊起却回头，有恨无人省。拣尽寒枝不肯栖，寂寞沙洲冷。

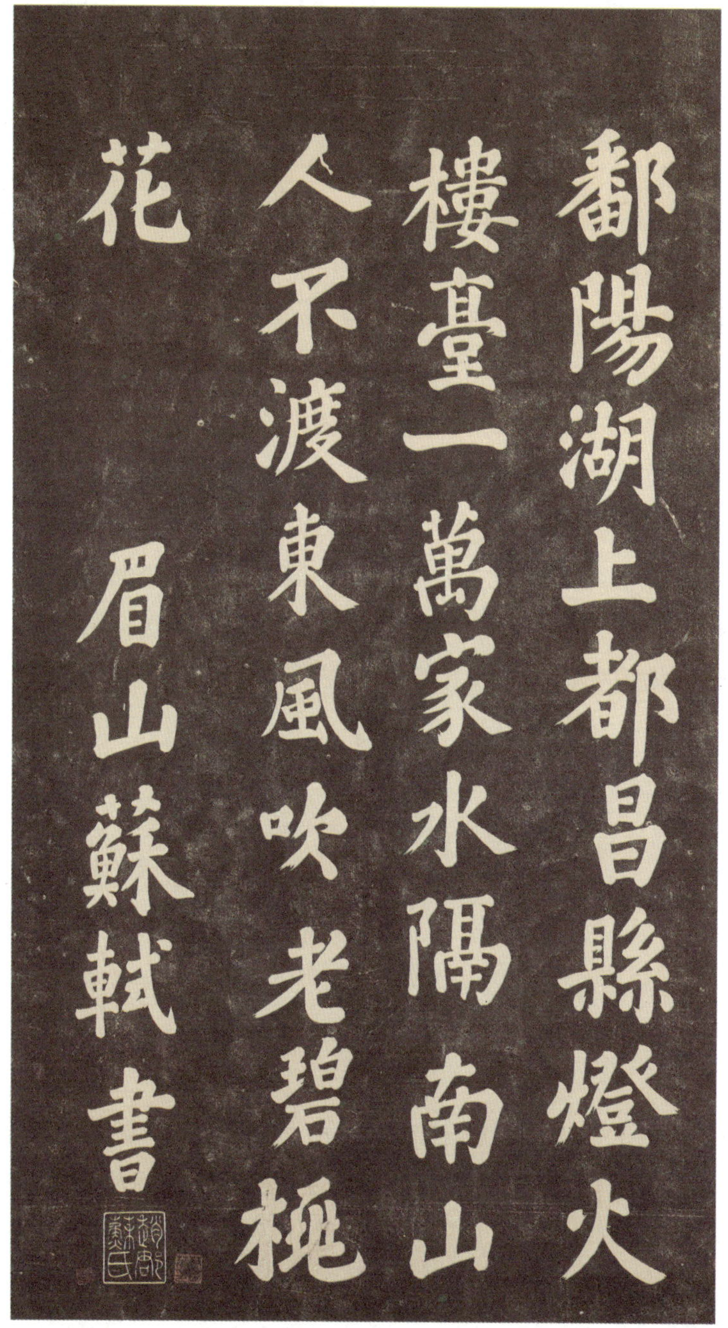

苏轼手迹

这是多么凄清的境界（《东坡词》毛氏、王氏、朱氏都有刻本。商务有古活字本和《学生国学丛书》本）。

苏门有四学士，那是黄庭坚、秦观、晁补之、张耒四人。秦观是其中最昭著的词家，字少游，高邮人。晁补之说：“近来作者皆不及少游。如‘斜阳外，寒鸦数点，流水绕孤村。’虽不识字人亦知是天生好言语。”蔡伯世说：“子瞻辞胜乎情，耆卿情胜乎辞。辞情相称者，惟少游而已。”还有推之为正宗的，如张綖的话：“少游多婉约，子瞻多豪放，当以婉约为主。”好事者取他的名句和柳永〔雨霖铃〕中警语作一联词，道：“山抹微云秦学士，晓风残月柳屯田。”屯田是指柳永的官屯田员外郎说。他那阕〔满庭芳〕全词，现在写在下面：

秦观

山抹微云，天粘衰草，画角声断谯门。暂停征棹，聊共引离尊。多少蓬莱旧事，空回首烟霭纷纷。斜阳外，寒鸦数点，流水绕孤村。消魂，当此际，香囊暗解，罗带轻分，漫赢得青楼薄幸名存。此去何时见也？襟袖上空染啼痕。伤情处，高城望断，灯火已黄昏。

叶少蕴说：“少游乐府，语工而入律，知乐者谓之作家歌。”秦观不可不说他是一个当行的词人，他的词名《淮海长短句》（有《彊村》本，毛刻本名《淮海词》）。

贺铸字方回，卫州人。他的词名《东山寓声乐府》（朱氏、王氏、毛氏、侯氏都有刻本，还有涉园影印残本）。张耒说：“贺铸《东山乐府》妙绝一世，盛丽如游金张之堂，妖冶如揽嫱施之祛；幽索如屈宋，悲壮如苏李。”可知他的风格怎样了。他住在苏州盘门外的横塘，往来其间，于是有〔青玉案〕之作，为当时人称他做贺梅子了。

贺铸

凌波不过横塘路，但目送芳尘去。锦瑟年华谁与度？月台花榭，琐窗朱户，惟有春知处。　　碧云冉冉蘅皋暮，彩笔新题断肠句。

试问闲愁都几许？一川烟草，满城风絮，梅子黄时雨。

他的词与秦观有非常相似处，大概同是从《花间》融化出来的。又差不多同时的像王安石、李之仪、周紫仪，此处可以不必详及了。

周邦彦之所以被称为集词大成的原因，一来这时是慢词成熟的时候，二来由他开了南宋词坛的局面，正是继往开来，惟他独尊。邦彦字美成，钱塘人。张炎评谓："美成词浑厚和雅，善于融化诗句。"吾师吴瞿安先生说："究其实，不外沉郁顿挫而已。"且以〔瑞龙吟〕为例：

周邦彦

章台路，还见褪粉梅梢，试华桃树。愔愔坊陌人家，定巢燕子，归来旧处。　　黯凝伫，因记个人痴小，乍窥门户，侵晨浅约宫黄，障风映袖，盈盈笑语。　　前度刘郎重到，访邻寻里，同时歌舞，唯有旧家秋娘，声价如故。吟笺赋笔，犹记燕台句。知谁伴，名园露饮，东城闲步？事与孤鸿去！探春尽伤春离绪，官柳低金缕。归骑晚，纤纤池塘飞雨，断肠院落，一帘风絮。

吴先生说：“其宗旨所在在‘伤离意绪’一语耳。而人手先指明地点曰‘章台路’，却不从目前景物写出，而云‘还见’，此即沉郁处也。须知‘梅梢桃树’原来旧物，惟用‘还见’云云，则令人感慨无端，低徊欲绝矣。首叠末句云：‘定巢燕子，归来旧处。’言燕子可归旧处，所谓‘前度刘郎者’，即欲归旧处而不得，徒彳亍于‘愔愔坊陌’章台故路而已，是又沉郁处也。第二叠‘黯凝伫’一语，为正文。而下文又曲折，不言其人不在，反追想当日想见时状态，用‘因记’二字则通体空灵矣，此顿挫处也。第三叠‘前度刘郎’至‘声价如故’言‘个人，不见，但见同里秋娘未改声价，是用侧笔以衬正文，又顿挫处也。‘燕台’句用义山柳枝故事，情景恰合。‘名园露饮，东城闲步’，当日已

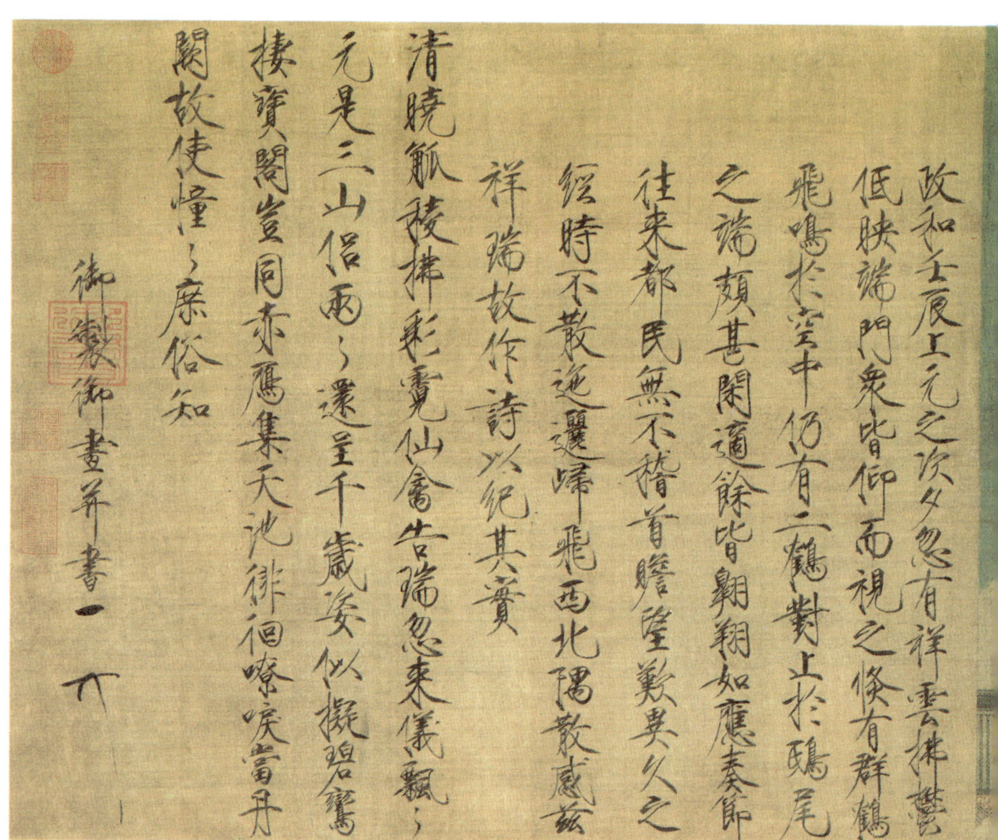

瑞鹤图　北宋　赵佶

亦为之。今则不知伴着谁人赓续雅举？此‘知谁伴’三字又沉郁之至矣。‘事与孤鸿去’三语，方说正文。以下说到归院，层次井然，而字字凄切。末以飞雨风絮作结，寓情于景，倍觉黯然。通体仅‘黯凝伫’，‘前度刘郎重到’，‘伤离意绪’三语为作词主意。此外则顿挫而复缠绵，空灵而又沉郁。骤视之，几莫测其用笔之意，此所谓神化也。”因为美成于词有这样的技巧，所以有人以为是制词的正法。沈伯时便说：“作词当以《清真集》为主。”《清真集》就是美成的词集（又名《片玉词》，毛、王刻本外，涉园影印本、商务《学生国学丛书》本，还有广东印本、《西泠词萃》本），此外他的词如为溧水主簿姬人而作的〔风流子〕，为道君幸李师师家而作的〔少年游〕，为睦州梦中作而成的〔瑞鹤仙〕，

都有很兴味的故事在里面。与美成同时还有如晁端礼、万俟雅言、吕渭老、王灼、朱敦儒等部是作手[1]，更有和后主身世相同的“词王”宋徽宗，他的一字一句皆词中宝物，因为在词史上没有十分的影响，有许多都被我略过了。

问题：

一、选本除为初学者设想外，还有什么价值？

二、五代词人的中心点在何处？并推详所以集中此处的缘故。

三、试想北宋词的进程三大阶段底相互关系。

四、柳永在“民众文学”的地位上如何？当时“词”与民众关系何若？

五、秦、贺与周邦彦之比较。

参考书：

详见下章。

[1] 此处“部”应为“都”。——编者注

第四章

几个重要的词家（下）

以下从南宋说起。实际南宋和北宋是不容易划分的，有些词人，他在北宋有许多作品，到了南宋，又有好多词，我们就要权其轻重，放在北宋或南宋。南宋的词已是极盛时代，但因国势的关系，分明显示出三个时期：一、在南渡后，爱国之士眼见胡人夺去半个中国，于是慷慨悲歌，添了不少雄句。二、金人既自己有了内乱，不得再侵中国，中国得以苟安，未免又宴安享乐，变成粉饰升平的文字。三、等到元人渡江，南宋已将灭亡，而一班词人敢怒不敢言，仅能将悲恨之心，托于咏物之作。从词的本体上说，这三期的状况是这样：一、添了词不少的新力量。二、就成形的慢词加意改进。三、已渐流入模拟的风气，生趣索然了。

现在第一个我所说的，还是北、南两宋之间的一大作者。我所以叙在此处，因为她曾予南宋一大词人以感兴，她自己也有不少很好的词是在南宋时写的。她，唯一的词的女作家，不问而知是说的李清照了。清照自号易安居士，济南人。赵明诚的妻子。父格非，母王氏，都有文学的素养，她幼时便受很好的启示。嫁给明诚以后，明诚常出游，她寄小词给他颇多。一次一阕〔醉花阴〕题为“重阳”的，明诚见了想作一词胜她，废食苦思三昼夜，成五十余阕，杂易安之作出示他的朋友陆德夫，但德夫玩味再三，仍以“莫道不销魂，帘卷西风，人比黄花瘦”三句为绝佳，这三句正是易安的作品。易安不独能作，并且工评论。她尝说道：

“本朝柳屯田永，变旧声作新声，出《乐章集》，大得声称于世。虽协音律，而词语尘下。又有张子野、宋子京兄弟、沈唐、元绛、晁次膺辈继出，虽时时有妙语而破碎何足名家！至晏丞相、欧阳永叔、苏子瞻，学际天人，作为小歌词直如酌蠡水于大海，然皆句读不葺之诗耳，又往往不协音律。……王介甫、曾子固，文章似西汉，若作小歌词，则人必绝倒，不可读也。乃知词别是一家，知之者少，晏叔原、贺方回、黄鲁直出，始能知之。而晏苦无铺叙，贺苦少典重，秦少游专主情致而少故实，譬如贫家美女，虽极妍丽丰逸，而终乏富贵态。黄则尚故实而多疵病，譬如良玉有瑕，价自减半矣。”她这样的讥弹前辈，的确能切中其病。金兵南侵的时候，她家已破，四方流徙，明诚不幸又死了。于是在她词中不少苦语。她的集名《漱玉词》（有《诗曲杂俎》本、王氏四印斋本，现在也有标点本）。今举〔声声慢〕一首于此：

李清照

寻寻觅觅，冷冷清清，凄凄惨惨戚戚。乍暖还寒时候，最难将息。三杯两盏淡酒，怎敌他晚来风急！雁过也，正伤心，却是旧时相识。满地黄花堆积，憔悴损，而今有谁堪摘？守着窗儿，独自怎生得黑。梧桐更兼细雨，到黄昏点点滴滴。这次第，怎一个愁字了得。

这样的词笔非断肠词人朱淑真所能望她的项背了。何以在上面又说她曾予一大词人以感兴呢？这故事是在一个军营之中。有历城人辛弃疾字幼安的，正在山东节制忠义军马的耿京那儿掌书记。闲时听营中士兵歌易安的词句，于是启发自己的情思，后来成为南宋词坛上一颗闪烁的明星。因为这样生香活色的妇人之声，而使一个跃马挥戈的英雄，更在词上建筑新的壁垒，这才是奇迹呢。幼安的词间与苏轼并称，其实他们决不相同。如幼安的豪迈忠勇之气，在前只有岳飞，飞的〔满江红〕“靖康耻，犹未雪，臣子恨，何时灭？驾长车，踏破贺兰山缺！壮志饥餐胡虏肉，笑谈渴饮匈奴血，待从头收拾旧山河，朝天阙”，是千古绝调。幼安的词也是如此金声玉振的。他的词我们不能不多录出几首：

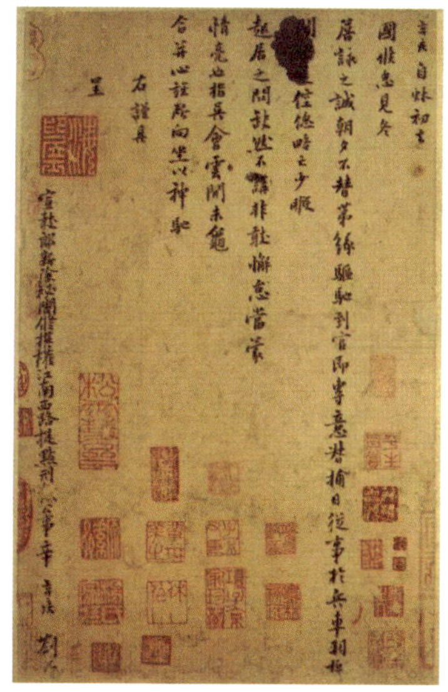

辛弃疾手迹

野塘花落，又匆匆过了清明时节。刬地东风欺客梦，一枕云屏寒怯。曲岸持觞，垂杨系马，此地曾经别；楼空人去，旧游飞燕能说。闻道绮陌东头，行人曾见帘底纤纤月。旧恨春江流不尽，新恨云山

千叠；料得明朝，尊前重见，镜里花难折。也应惊问，近来多少华发？（〔念奴娇·书东流村壁〕）

宝钗分，桃叶渡，烟柳暗南浦。怕上层楼，十日九风雨。断肠点点飞红，都无人管，更谁劝流莺声住！　　鬓边觑，试把花卜归期，才簪又重数。罗帐灯昏，哽咽梦中语。是他春带愁来，春归何处？却不解带将愁去。（〔祝英台近〕）

绿树听鹈鴂，更那堪杜鹃声住，鹧鸪声切。啼到春归无啼处，苦恨芳菲都歇。算未抵人间离别，马上琵琶关塞黑，更长门翠辇辞金阙；看燕燕，远归妾。　　将军百战身名裂，向河梁回头万里，故人长绝。易水萧萧西风冷，满座衣冠似雪。正壮士悲歌未彻，啼鸟还知如许恨，料不啼清泪常啼血！谁伴我，醉明月？（〔贺新郎·别茂嘉十二弟〕）

更能消几番风雨，匆匆春又归去。惜春长怕花开早，何况落红无数！春且住，见说道天涯芳草无归路，怨春不语，算只有殷勤，画檐蛛网，尽日惹飞絮。长门事，准拟佳期又误。

蛾眉曾有人妒，千金纵买相如赋，脉脉此情谁诉？君莫舞，君不见玉环飞燕皆尘土！闲愁最苦，休去倚危栏，斜阳正在，烟柳断肠处。（〔摸鱼儿·淳熙己亥自北湖漕移湖南，同官王正之置酒小山亭为赋〕）

这样的词又非东坡的门户所能限制。毛滂说："词家争斗秾纤，而稼轩（是幼安的别号）率多抚时感事之作，磊砢英多，绝不作妮子态，宋人以东坡为'词诗'，稼轩为'词论'，善评也。"其实幼安一方面固有这样"大声镗鞳"的词，而另一方面"秾丽绵密"的小词，诚如刘潜夫所说："不在小晏秦郎之下。"幼安初为词时，曾去看蔡元，蔡便道：

“子之诗，则未也，他日当以词名家。”蔡元毕竟是知音者。

幼安的肖徒有个襄阳人，刘过字改之的，也善作壮词，他的《龙洲词》不过不如辛幼安《稼轩长短句》的伟大罢了。（《稼轩词》有毛刻、王刻，《稼轩长短句》有涉园景印本。又商务古活字本、《学生国学丛书》本。）

陆游也是与辛齐名的一个词人。不过杨慎以为：“放翁词纤丽处似淮海，雄快处似东坡”，雄放自恣，有时因与辛相近，但还是纤丽的地方，是他擅长处。

陆游

此时的词再一转变，又趋向技巧上去了。为一时坛坫的，当然推姜夔。夔字尧章，号白石，鄱阳人，流寓吴兴。周济说得最好：“吾十年来服膺白石，而以稼轩为外道。由今思之，可谓扪龠也。稼轩郁勃故情深，白石放旷故情浅；稼轩纵横故才大，白石局促故才小。”但是恭维他的人，却说得非常动听。张炎说：“如野云孤飞，去留无迹。”又“不惟清虚，且又骚雅，读之使人神观飞越。”范石湖也说：“白石有裁云缝月之手，敲金戛玉之声。”这大概为他那二首盛传于世的〔暗香〕〔疏影〕而发。

旧时月色，算几番照我，梅边吹笛，唤起玉人，不管清寒与攀摘。何逊而今渐老，都忘却春风词笔。但怪得竹外疏花，香冷入瑶席。江国正寂寂，叹寄与路遥，夜雪初积，翠尊易泣，红萼无言耿相忆。长记曾携手处，千树压西湖寒碧。又片片吹尽也，几时见得？（〔暗香〕）

苔枝缀玉，有翠禽小小，枝上同宿。客里相逢，篱角黄昏，无言自倚修竹。昭君不惯胡沙远，但暗忆江南江北。想珮环月下归来，化作此花幽独。　　犹记深宫旧事，那人正睡里，飞近蛾绿。莫似春风，不管盈盈，早与安排金屋。还教一片随波去，又却怨玉龙哀曲。等恁时重觅幽香，已入小窗横幅。（〔疏影〕）

咏物之作不能不推为名篇。张炎说他是“前无古人，后无来者，真为绝唱”，未免过誉了。但他〔扬州慢〕一阕，却有动人的力量。

姜夔

淮左名都，竹西佳处，解鞍少驻初程。过春风十里，尽荠麦青青。自胡马窥江去后，废池乔木，犹厌言兵。渐黄昏，清角吹寒，都在空城。

杜郎俊赏，算如今重到须惊。纵豆蔻词工，青楼梦好，难赋深情。二十四桥仍在，波心荡，冷月无声。念桥边红药，年年知为谁生？

因为真气磅礴，实在的情绪，决非浮泛可比。（《白石词》在毛、朱两本外，有陆氏刊本、许氏刊本、广东刊本。）

又卢祖皋、高观国在这时也算名家。黄升说卢词字字可入律吕，《古今词话》谓高词工而入逸，婉而多风。这两人却不能如史达祖。达祖字邦卿，姜夔就很佩服他的词。以为：“邦卿之词，奇秀清逸，有李长吉之韵，盖能融情景于一家，会句意于两得者。其‘做冷欺花，将烟困柳’一阕，将春雨神色拈去，‘飘然快拂花梢，翠影分开红影’，又将春燕形神画出矣。”张镃说他的词：“织绡泉底，去尘眼中，妥贴轻圆，辞情俱到，有瑰奇警迈，清新闲婉之长，而无訑荡污淫之失。端可分镳清真，平睨方回。”他那样精细的用功铸句，所以成其为细腻的词人。看〔绮罗香〕全词可知：

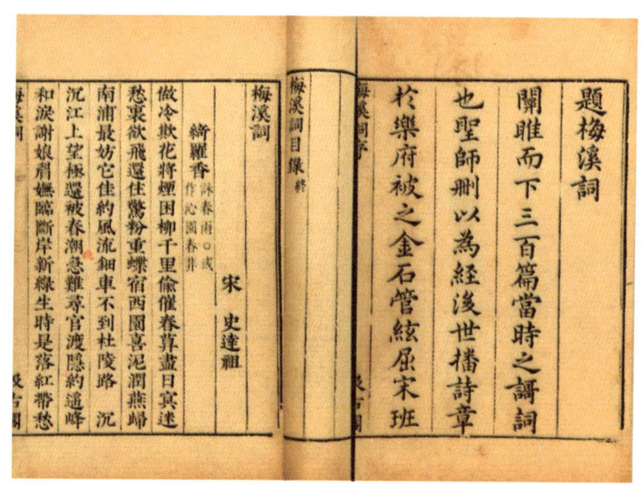
題梅溪詞
關雎而下三百篇當時之謳詞
也聖師刪以為經後世播詩章
於樂府被之金石管絃屈宋班

梅溪詞目錄 終

梅溪詞
宋 史達祖
綺羅香 詠春雨○或作沁園春非
做冷欺花將煙困柳千里偷催春莫盡日冥迷
愁裏欲飛還住驚粉重蝶宿西園喜泥潤燕歸
南浦最妨它佳約風流鈿車不到杜陵路 沉
沉江上望極還被春潮急難尋官渡隱約遙峰
和淚謝娘眉嫵臨斷岸新綠生時是落紅帶愁

《梅溪词》 南宋 史达祖

做冷欺花，将烟困柳，千里偷催春暮。尽日冥迷，愁里欲飞还住。惊粉重蝶宿西园，喜泥润，燕归南浦。最妨他佳约风流，钿车不到杜陵路。　　沉沉江上望极，还被春潮晚急。难寻官渡，隐约遥峰，和泪谢娘眉妩。临断岸，新绿生时，是落红带愁流处。记当日，门掩梨花，剪灯深夜语。

楼敬思云："史达祖南宋名士，不得进士出身。以彼文采，岂无论荐，乃甘作权相堂吏，至被弹章，不亦降志辱身之至耶？读其〔书怀·满江红〕：'好领青衫，全不向诗书中得。三径就荒秋自好，一钱不值贫相逼'，亦自怨自艾者矣。"他有很苦的身世，所以词句沉着。他的集名《梅溪词》（有毛刻本、王刻本）。

还有一位为近数十年词坛所崇奉着的，是吴文英。字君特，四明人，梦窗是他的号。尹惟晓说："求词于吾宋，前有清真，后有梦窗。"足见在当时他的地位也颇重要。我们且读他的名作：

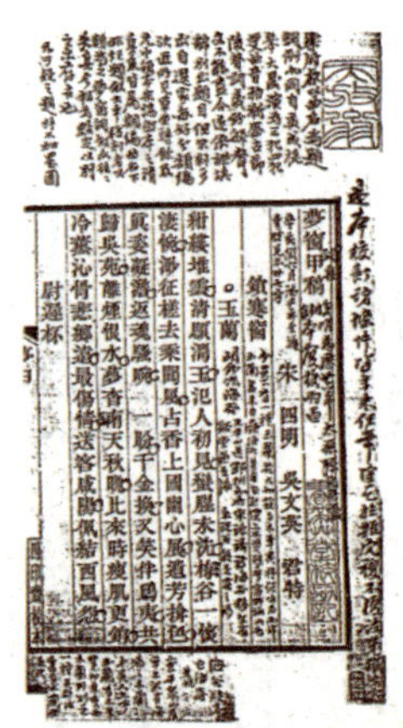
夢窗甲稿
宋 四明 吳文英 君特
鎖寒窗
玉蘭
紺縷堆雲。清顋潤玉。氾人初見。蠻腥未洗。海客一懷
淒惋。渺征槎去乘閬風。占香上國幽心展。遺芳揜色。
真姿凝澹。返魂騷畹。一盼千金換。又笑伴鴟夷共
歸吳苑。離煙恨水。夢杳南天秋晚。比來時瘦肌更銷。
冷薰沁骨悲鄉遠。最傷情送客咸陽。佩結西風怨。
尉遲杯

《梦窗词集》　南宋　吴文英

残寒正欺病酒，掩沉香绣户，燕来晚飞入西城，似说春事迟暮。画船载清明过却，晴烟冉冉吴宫树，念羁情，游荡随风，化为轻絮。十载西湖，傍柳系马，趁娇尘软雾。溯红渐招入仙溪，锦儿偷寄幽素。倚银屏春宽梦窄，断红湿歌纨金缕。暝堤空，轻把斜阳，总还鸥鹭。

幽兰旋老，桂若还生，水乡尚寄旅。别后访六桥无信，事往花委，瘗玉埋香，几番风雨。长波妒盼，遥山羞黛，渔灯分影春江宿。记当时短楫桃根渡，青楼仿佛，临分败壁，题诗泪墨，惨澹尘土。危亭望极，草色天涯，叹鬓侵半苎。暗点检离恨欢唾，尚染鲛绡，亸凤迷归，破鸾慵舞。殷勤待写，书中长恨。蓝霞辽河沉过雁，漫相思弹入哀筝柱。伤心千里江南，怨曲重招，断魂在否？（〔莺啼序·春晚感怀〕）

以梦窗比清真，似乎不及清真词的自然。因为梦窗的词，大都经过苦心的经营，而且有意的雕饰。张炎说：“吴梦窗如七宝楼台，眩人眼目，拆碎下来，不成片段。”沈伯时也说：“梦窗深得清真之妙，但用事下语太晦处，人不易知。”但平心而论，梦窗于造句独精，超逸处，仙骨珊珊，洗脱凡艳；幽素处，孤怀耿耿，别缔古欢。如〔高阳台·落梅〕：“宫粉雕痕，仙云堕影，无人野水荒湾。古石埋香，金沙锁骨连环。南楼不恨吹横笛，恨晓风千里关山。半飘零，庭院黄昏，月冷阑干。”〔祝英台近·春日客龟溪游废园〕：“绿暗长亭，归梦趁风絮。”〔水龙吟·惠山酌泉〕：“艳阳不到青山，淡烟冷翠成秋苑。”〔满江红·淀山湖〕：“对两蛾犹锁绿烟中，秋色未教飞尽雁，夕阳长是坠疏钟。”〔八声甘州·游灵岩〕：“箭径酸风射眼，腻水染花腥。”又“连呼酒上琴台，秋与云平”。皆是超妙入神的隽语。可惜梦窗被后来者推为大师，置之诸天才的词人之上，反埋没他的本来面目。实则大家趋于他的门下，正是因为他工于铸词（《梦窗稿》毛、王刻本外，有曼陀罗华阁刊本）。

这一个时期的词，大概受北宋周邦彦的影响最深，同时是辛、刘一类粗豪作品的反动。再一转变，便成亡国之音了。现在举蒋、周、张、王四家来说。

蒋捷字胜欲，阳羡人。有《竹山词》（毛刻《六十家》中有），颇有自然之趣，朱彝尊推为南宋一家，源出白石。现以〔虞美人〕小令为例：

少年听雨歌楼上，红烛昏罗帐。壮年听雨客舟中，江阔云低，断雁叫西风。　　而今听雨僧庐下，鬓已星星也。悲欢离合总无情，一任阶前点滴到天明。

却是毫无矫揉造作的样子。不过有时叫嚣奔放，很可笑的。如〔贺新郎·钱狂士〕：“据我看来何所似？一任韩家五鬼，又一似杨家风子。”〔沁园春〕：“若有人寻，只教童道：这屋主人今自居。”又〔次强云卿韵〕：“结算平生风流债负，请一笔勾！盖攻性之兵，花围锦阵；毒身之鸩，笑齿歌喉。”〔念奴娇·寿薛稼堂〕：“进退行藏，此时正要一著高天下。”读了这些句子，真要教人喷饭，不能不说他愧对辛幼安了。

周密，字公谨，号萧斋，济南人，而流寓吴兴。自号弁阳啸翁，又号四水潜夫，草窗是很著名的别署。他的词独标清丽。他的交游甚广，杨守斋号紫霞翁的，于音律极精，他颇得切磋之益。〔一萼红·登蓬莱阁有感〕苍茫感慨，情见乎词：

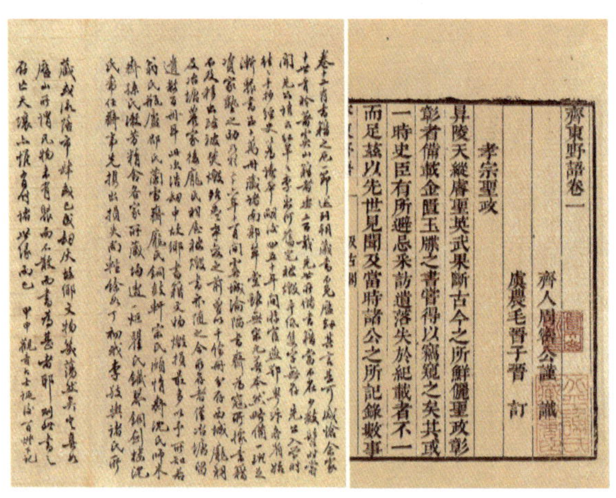
齊東野語卷一

齊人周密公謹　識

虞山毛晉子晉　訂

孝宗聖政

昇陵天縱膚聖英武果斷古今之所鮮儷聖政彰彰者備載金匱玉牒之書皆得以竊窺之矣其或一時史臣有所避忌采訪遺落失於紀載者不一而足茲以先世見聞及當時諸公之所記錄數事

《齐东野语》　南宋　周密

步深幽，正云黄天淡，雪意未全休。鉴曲黄沙，茂林烟草，俯仰今古悠悠。岁华晚，飘零渐远，谁念我同载五湖舟？磴古松斜，崖阴苔老，一片清愁。　　回首天涯归梦，几魂飞西浦，泪洒东州。故国山川，故园心眼，还似王粲登楼。最负他秦鬟妆镜，好江山何事此时游？为唤狂吟老监，共赋销忧。

这是压卷的一阕，恐怕美成、白石见了还要敛手，可惜这样作品在他集中不多（《草窗词》有曼陀罗华阁刊本、《知不足斋丛书》本。又名《蘋洲渔笛谱》，有《知不足斋丛书》本、《彊村》本）。又他编的《绝妙好词》是不可多得的词选。

张炎字叔夏，是循王张俊的后裔，居临安，自号乐笑翁。词皆雅正，所以集中没有鄙语。〔台城路〕一阕，读之无不感动。

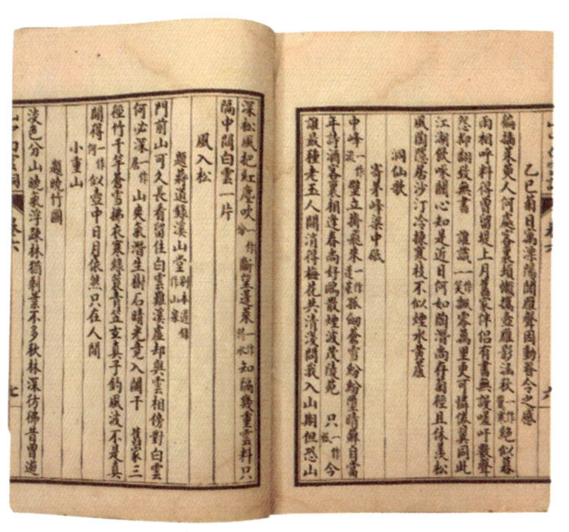
乙巳菊日寓溧陽聞雁聲因動晉令之感
編插茱萸人何處客裏頻嫩攜壺雁影涵秋絕似暮
雨相呼料得曾留堤上月舊家伴侶有書無謾嗟吁數聲
怨抑翻致無書誰識飄零萬里更可憐倦翼同此
江湖飲啄關心知是近日何如陶潛尚存菊徑且休羨松
風陶隱居沙汀冷樓寘枝不似煙水黃蘆
洞仙歌
寄茅峰梁中砥
中峰壁立掛飛來孫綱蒼雪紛紛墮晴蘚自當
年詩酒客裏相逢春尚好嫩煙波茂陵苑只今
誰最穩老玉人閒消得梅花共清淺閒氣入山期但恐山

深松風起如塵吹斷更遙知隔幾重雲料只
隔中間白雲一片
風入松
題蔣道錄溪山堂
門前山可久長看留住白雲難溪虛却與雲相傍對白雲
何必深山矣氣潛生樹石晴光竟入闌干舊家三
徑竹千竿蒼雪拂衣寒綠蓑青笠玄真子釣風波不是真
閒得似壺中日月依然只在人間
小重山
題曉竹圖
淡色分山曉氣浮疏林猶剩葉不多秋林深彷彿昔曾遊

《山中白云词》　南宋　张炎

十年旧事翻疑梦，重逢可怜俱老。水国春空，山城岁晚，无语相看一笑。荷衣换了，任京洛尘沙，冷凝风帽。见说吟情，近来不到谢池草。　　欢游曾步翠窈，乱江迷紫曲，芳意今少。舞扇招香，歌桡唤玉，犹忆钱塘苏小。无端暗恼，又几度流连，燕昏莺晓。回首妆楼，甚时重去好？

毫无拙滞语，诚如仇仁近所说：“叔夏词意度超玄，律吕协洽，当与白石老仙相鼓吹。”而且叔夏词中颇多愤意，隐在浓红淡绿之中。如“只有一枚梧叶，不知多少秋声！”“恨乔木荒凉，都是残照。”还有送舒亦山：“布袜青鞋，休误入桃源深处。”〔饯菊泉〕：“且莫把孤愁，说与当时歌舞。”很可看出他言外之深意来。他的《玉田词》（朱氏、王氏刻本外，有曹刊、许刊，又名《山中白云洞》[1]，与白石称“双白”）有时用韵杂一些，把真文庚青侵寻同用，或寒删间杂覃盐，却是入声韵又非常谨严的，屋沃不混觉药，质陌不混月屑。我们看他的词可注意一下。

王沂孙，字圣与，号碧山，又号中仙，会稽人。他的作风是写忠爱之忱，托咏物之篇。意境高隽，造句亦美。张惠言《词选》除〔齐天乐·赋蝉〕外，取他〔眉妩·赋新月〕〔高阳台·赋梅花〕〔庆清朝·赋榴花〕三阕，又在每词之下加注案语。〔眉妩〕是喜君有恢复之志，而惜无贤臣也。〔高阳台〕是伤君臣宴安，不思国耻，天下将亡也。〔庆清朝〕是言乱世尚有人才，惜世不用也。可见他一片热肠，无穷的哀感，又比白石〔暗香〕〔疏影〕专以词工的品格高多了。试看〔眉妩〕的全词：

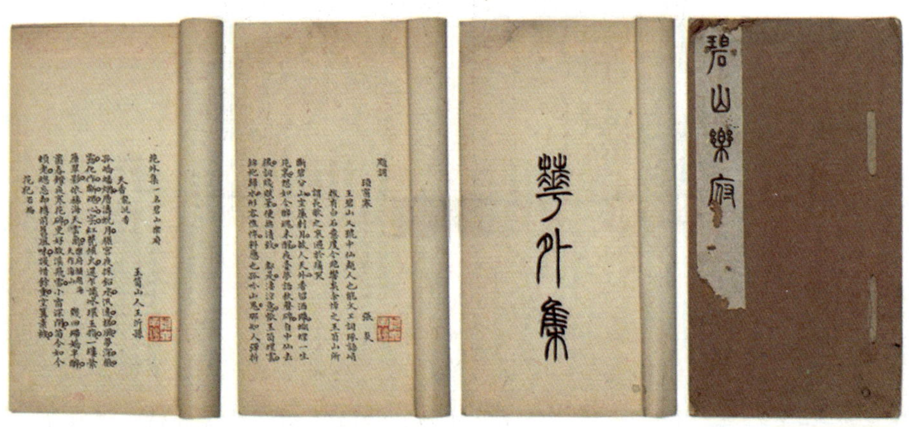

《碧山乐府》　南宋　王沂孙

[1] 此处“洞”应为“词”。——编者注

渐新痕悬柳，澹彩穿花，依约破初暝，便有团圆意。深深拜，相逢谁在香径？画眉未稳，料素娥犹带离恨。最堪爱，一曲银钩小，宝帘挂秋冷。　千古盈亏休问，叹谩磨玉斧，难补金镜，太液池犹在凄凉处，何人重赋清景。故山夜永，试待他窥户端正。看云外山河，还老桂花旧影。

像他这样君国之忧，时时寄托，足以领袖宋末词人的风气。所以他的《碧山乐府》（一名《花外集》，有知不足斋和王氏四印斋本）为词中珠玉。此外如陈允平的《日湖渔唱》、刘克庄的《后村别调》、石孝友的《金谷遗音》……也有相当的地位。在多如牛毛的两宋词人中，我只寥寥说了这几家，当然有沧海遗珠之憾，不过于此也可略见端倪。想治宋词者可从这几家入手，以下叙述是宋以后的词坛。

词到了宋的末季，已仅是奄无生气，此后词的时代更是过去了。现在先从金元说起。金这一代的词，前面为宋所掩，后面又让元压住，差不多在文学史上为人遗忘了。其实元好问《中州集》所集三十六家，亦有可述。何况金章宗也是天资聪颖爱好词章的帝主，《归潜志》就说他，"诗词多有可称者"。密国公璹的《如庵小稿》，词虽不过七首，亦有情致。刘君叔说："其举止谈笑，真一老儒，殊无骄贵之态。"他的〔西江月〕，"一百八般佛事，二十四考中书；山林朝市等区区，着甚来由自苦。"从几词中可见其人风度。至于自宋使金，而未得归的吴激，更为金词一大家。激字彦高，建州人。我们看他的〔风流子〕：

书剑忆游梁。当时事，底处不堪伤。望兰楫溦漪向吴，南浦杏花微雨，窥宋东墙。凤城外燕随青步，障丝惹紫游缰。曲水古今，禁烟前后，暮云楼阁，春草池塘。　回首断人肠！流年去如电，镜鬓成霜。独有蚁尊陶写，蝶梦悠扬。听出塞琵琶，风沙淅沥；寄书鸿雁，烟月微茫。不似海门潮信，犹到浔阳。

所谓“当时事”，所谓“回首”，无非故国之思。此时宇文叔通主文盟，视彦高是后进，都叫他做“小吴”。有一次一个宋宗室的妇人，流落北方，在饮酒时会见了。大家感叹起来，各赋乐章。叔通成〔念奴娇〕，彦高也作一阕〔人月圆〕道：“南朝千古伤心事，犹唱〔后庭花〕。旧时王谢堂前燕子，飞向谁家？恍然一梦，仙肌胜雪，宫鬟堆鸦。江州司马，青衫泪湿，同是天涯。”大家见了，为之变色。后来有人求叔通乐府，叔通就说：“吴郎近以乐府名天下，可径求之。”彦高词虽不多，都极精美。还有蔡松年的《明秀集》（王刻四印斋本中有）亦有名作，元人杂剧内《蔡脩闲醉写石州慢》就是写他的故事。《中州乐府》所选的十二阕，有些是《四印斋》本中所没有的。辽阳刘仲尹在《中州》存词十一阕，无一草率之作。得名较早的，更有熊岳人王庭筠。赵秉文赠他的诗所谓：“寄语雪溪王处士：年来多病复何如？浮云世态纷纷变，秋草人情日日疏。李白一杯人影月，郑虔三绝画诗书。情知不得文章力，乞与黄华作隐居。”可以晓得他是一个隐士了。又为金章宗所宠视的赵可，他比较算得重要些的。在他幼小的时候，他就很爱填小词。一次，他应试，文章成了，便在他的席上戏书一阕：“赵可，可。肚里文章可可。三场挨了两场过，只有这番解火。恰如合眼跳黄河，知他是过也不过？”以后毕竟中了。韩玉也好像从南方到北方去的，他的词常有如“故乡何在？梦寐草堂溪友”的句子。但是从北游南，为金使者的王渥便是在他的词中能把北方的风光返映出来，如〔水龙吟·从商帅国器猎〕：

短衣匹马清秋，惯曾射虎南山下。西风白水，石鲸鳞甲，山川图画。千古神州，一时胜事，宾僚儒雅。快长堤万弩，平冈千骑，波涛卷鱼龙夜。　　落日孤城鼓角，笑归来长围初罢，风云惨淡貔貅，得意旌旗闲暇。万里天河，更须一洗，中原兵马。看犍橐呜咽，咸阳道左，拜西还驾。

这迥不是南人的声口，一望而知是北人，无怪他死于军阵之中了。

此外如景覃、李献能、辛愿，各有词作，然终不如赵秉文、元好问的伟大。赵、元可以是金源文士的导师，也是金词的中心。赵字周臣，镃州人。自号闲闲居士，他的《水调歌头·自序》有言：“……玉龟山人云，子前身，赤城子也。……吾友赵礼部庭玉说，丹阳子谓余再世苏子美也。赤城子则吾岂敢，若子美则庶几焉，尚愧词翰微不及耳。”据此可见他是以苏子美自拟的。这阕词也是他述志之作，我且录在此处：

跋武元直赤壁图卷　金　赵秉文

四明有狂客，呼我谪仙人。俗缘千劫不尽，回首落红尘。我欲骑鲸归去，只恐神仙官府，嫌我醉时嗔。笑拍群仙手，几度梦中身。长倚松，聊拂石，坐看云，忽然黑霓落手，醉舞紫毫春。寄语沧浪流水，曾识闲闲居士，好为濯冠巾。却返天台去，华发散麒麟。

元好问字裕之，秀容人。他的一生也经宋金元三个时代，不过他是金的忠臣，所以在此叙述。《遗山乐府》（有通常石印本）颇负盛名。〔迈坡塘〕一阕是他首唱的，和者极多。有《自序》：“太和五年乙丑岁赴试并州，道逢捕雁者云：今日获一雁，杀之矣。其脱网者，悲鸣不能去，竟自投于地而死。余因买得之，葬之汾水之上。累石为识，号曰雁丘。”

元好问

问世间情是何物？直教生死相许。天南地北双飞客，老翅几回寒暑。欢乐趣，离别苦，就中更有痴儿女。君应有语，渺万里层云，千山暮雪，只影向谁去？　　横汾路，寂寞当年箫鼓。荒烟依旧平楚。招魂楚些何嗟及？山鬼暗啼风雨。天也妒，未信与莺儿燕子俱黄土。千秋万古，为留待骚人，狂歌痛饮，来访雁丘处。

张叔夏说：“遗山词深于用事，精于炼句，风流蕴藉处，不减周秦。”《乐府·自序》：“子故言宋诗大概不及唐，而乐府歌词过之，此论殊然。乐府以来，东坡为第一，以后便到辛稼轩，此论亦然。东坡、稼轩即不论，且问遗山得意时，目视秦、晁、贺、晏诸人为何如？予大笑，附客背云：那知许事，且啖蛤蜊。”大概在苏、辛这一类的词，遗山是很有追踪的力量，从上面这番话看来，也知道他是如此的自负了。我们谈金代的词，如此已算得详尽的，且继续谈元代的词罢。

元是“曲”的时代，正同宋是“词”的时代一样。谈元的词，当然没有灿烂的记载。而且在“曲”初起的时候，词与曲往往混而不分。如〔乾荷叶〕〔鹦鹉曲〕之类实际是曲，就如许鲁斋的〔满江红〕、张弘范的〔临江仙〕不过余技，那里是词人的作品呢？到燕公楠、程钜夫，词还没能扩张门户。仇远起来，稍为一振。赵子昂、虞伯生、萨都剌可算作手，却不如张翥。张翥是元词的维持者。此后又渐衰，倪瓒、顾阿瑛之流词尚可观，其余不足数。再有一个邵亨贞，为词稍稍生色，如是而已。

仇远字仁近，钱塘人，与同时唱和的周密、王沂孙一班遗民，而后来的张翥、张羽等又都出在他的门下。他的词清新拔俗，却不能出南宋末季的范型。试翻开《乐府补题》来看，可以晓得作风都差不多。

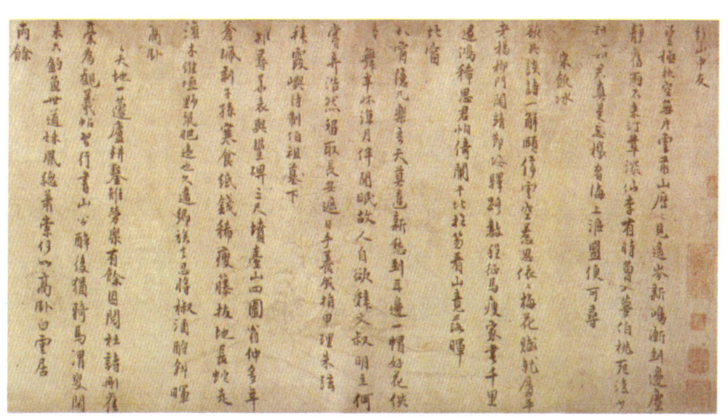

行书自书诗卷（节选）　元　仇远

赵子昂名孟頫，宋宗室，仕于元，为当时人所讥，但他晚年有诗自悔：“同学少年今已稀，重嗟出处寸心违。”且词中常流露哀思，所以邵复孺说：“公以承平王孙，晚婴世变，黍离之盛，有不能忘情者，故长短句深得骚人意度。”兹录〔蝶恋花〕为例：

赵孟頫

侬是江南游冶子，乌帽青鞋，行乐东风里。落尽杨花春满地，萋萋芳草愁千里。　　扶上兰舟人欲醉，日暮青山，相映双蛾翠。万顷湖光歌扇底，一吹声下相思泪。

虞伯生名集，崇仁人。词不多作，有所作亦必挥翰自如，毫不缚束。尝自拟老吏断狱，在虞、杨、范、揭四家中，伯生当然算得冠冕了。

学东坡的有萨都剌，字天锡，雁门人。受遗山的影响甚大，不过他诗名掩住词名，到明宁献王才品评他的词格，稍为世重。〔满江红·金陵怀古〕一阕，也为一时传唱：

六代豪华，春去也更无消息。空怅望山川形胜，已非畴昔。王谢堂前双燕子，乌衣巷口曾相识。听夜深寂寞打孤城，春潮急。思往事，愁如织；怀故国，空陈迹。但荒烟衰草，乱鸦送日。玉树歌残秋露冷，胭脂井坏寒蛩泣。到如今只有蒋山青，秦淮碧。

萨都剌

张翥字仲举，晋宁人。他的词气度冲雅，足为元词代表。然而究其极诣，也只规抚南宋，得诸家之神似。〔多丽〕这个调子，大家所推为正格的，今选其一：

> 晚山青，一川云树冥冥。正参差烟凝紫翠，斜阳画出南屏。馆娃归，吴台游鹿，铜仙去，汉苑飞萤；怀古情多，凭高望极，且将尊洒慰飘零。自湖上爱梅仙远，鹤梦几时醒。空留得六桥疏柳，孤屿危亭。　待苏堤歌声散尽，更须携妓西泠；藕花深雨凉翡翠，菰蒲软风弄蜻蜓。澄碧生秋，闹红驻景，采菱新唱最堪听，一片水天无际，渔火两三星。多情月，为人留照，未过前汀。

我们研究词的演进，在元只有算张仲举首屈一指。倪瓒字元镇，词也还雅洁。顾阿瑛字仲瑛，词中风趣特胜，晚年间有身世之悲。至元末的词坛，当推邵亨贞。亨贞字复孺，他那一部《蛾术词选》颇有好处（王氏四印斋中有）。学问渊博，不独以词名。词学清真、白石、梅溪、稼轩，就像清真、白石、梅溪、稼轩。摸拟的手段[1]，的确有特长的。他入明以后才死，总算元词的尾声了。

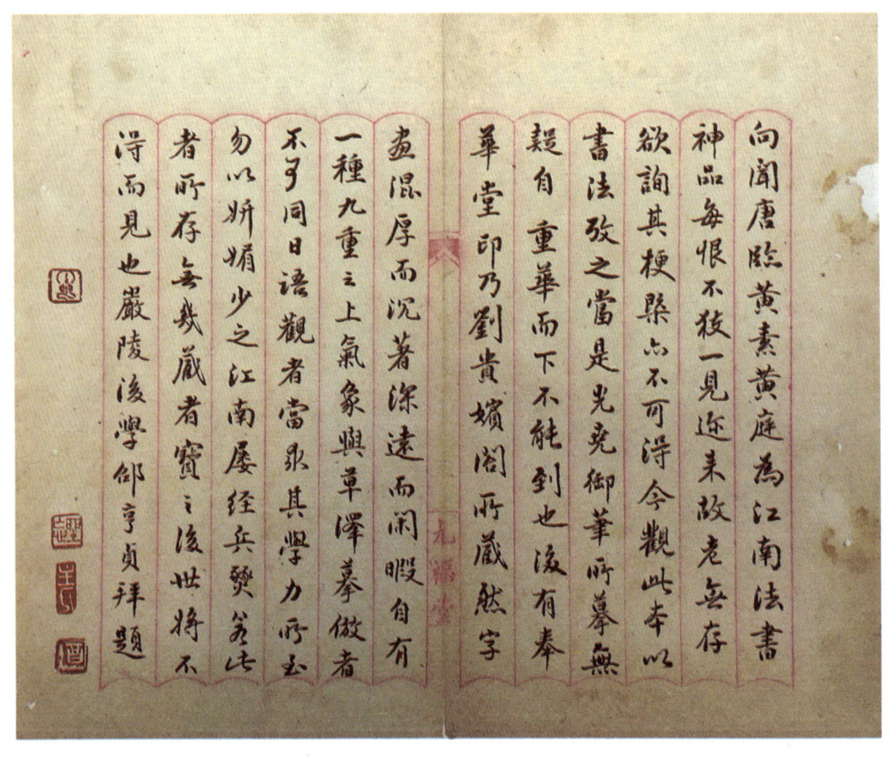
向聞唐臨黃素黃庭為江南法書
神品每恨不獲一見近來故老無存
欲詢其梗槩亦不可得今觀此本以
書法攷之當是光堯御筆所摹無
疑自重華而下不能到也後有奉
華堂印乃劉貴嬪閣所藏然字
畫渾厚而沉著深遠而閑暇自有
一種九重之上氣象與草澤摹倣者
不可同日語觀者當求其學力所至
勿以妍媚少之江南屢經兵燹茲帖
者所存無幾藏者寶之後世將不
得而見也嚴陵後學邵亨貞拜題

邵亨贞手迹

明代的词更是衰落了，其原因也很多，只可说“南词”（即南曲）是明的产物，词不过附庸而已。词之所以衰，一、以词当作酬应，了无生气。二、托体香奁，没有真实的情绪。三、好施小慧，流于纤巧。这都是昭著的流弊。在明初时，刘基、高启齐名。刘字伯温，青田人。小词颇可诵，如〔转应曲〕：“秋雨秋雨，窗外白杨自语。”〔踏莎行〕：“愁如溪水暂时平，雨声一夜依然满。”都是隽句。高字季迪，长洲人。隐于青

[1] 此处“摸”应为“模”。——编者注

丘，自号青丘子。词以疏旷见长，不与伯温相似。杨基字孟载，也有擅长小令的，如〔清平乐〕〔浣溪纱〕，这些调子，尤能出色。其他王九思、杨慎、王世贞，曲中的地位高于词中多多，这儿不详叙了。张𫄧字世文，马洪字浩澜，他两人在当时有词人之称，但时有秽语，并没有十分佳作。只有明季的陈子龙是唯一的词家了。子龙字卧子，青浦人。陈亦峰《白雨斋词话》说："明末陈人中（就是卧子）能以浓艳之笔，传凄惋之神，在明代便算高手。"实在明人受"八股文"的范围，理学炽而词意熄，像卧子这样沉着，无怪不为别的人所能追及的了。他也是风流婉丽，偏于小令。柴虎臣谓："华亭肠断，宋玉魂消，惟卧子有之。所微短者，长篇不足耳。"录他的〔蝶恋花〕：

陈子龙

雨外黄昏花外晓，催得流年，有恨何时了？燕子乍来春又老，乱红相对愁眉扫。　　午梦阑珊归梦杳，醒后思量，踏遍闲庭草。几度东风人意恼，深深院落芳心小。

他如〔山花子〕“杨柳凄迷晓雾中，杏花零落五更钟。寂寂景阳宫外月，照残红”，凄丽如后主。〔江城子〕“楚宫吴苑草茸茸，恋芳丛，绕游蜂。料得来年相见画屏中。人自伤心花自笑，凭燕子，骂东风”。绵邈凄恻，不落凡响。明亡了，他殉了难，明词也只有这一点可提及了。

到了清代，我们可以说是词的回光返照期。一时词人之盛，门户派别之多，在这二百八十年中很留下不少的光荣。浙派、常州派和最近广西的词风，皆有叙述的必要。先从清初曹洁躬论起。洁躬名溶，嘉兴人，为浙派的先导。朱彝尊最心折，尝说：“往者明三百祺，词学失传，先生搜辑遗集，余曾表而出之。数十年来浙西填词者，家白石而户玉田，舂容大雅，风气之变，实由于此。”可知他与浙派的关系了。王士祯、曹贞吉、吴绮，虽也算得作手，但王的精力大部分在诗，曹的词所取途径甚正，才力却差，吴在清初词人中也是兼为清丽和雄壮两方面的词，却未能自树一帜。彭孙遹字羡门，他的词较为深厚，严绳荪说：“羡门惊才绝艳，长调数十阕，固堪独步江左；至其小词，啼香怨粉，怯月凄花，不减南唐风格。”这种朋友标榜的话，当然不能当作定论，但他的词确有可观，可惜未能沉着，专以聪明见长罢了。就中有满洲正白旗人纳兰成德字容若。有人说他是李后主转生，为“小令之王”。每一阕必尽凄惋之致。现举〔临江仙〕如下：

长记纱窗窗外语，秋风吹送归鸦。片帆从此寄天涯。一灯新睡觉，思梦月初斜。　　便是欲归归未得，不如燕子还家。春云春水带轻霞，画船人似月，细雨落杨花。

谭复堂说：“第其品格，殆叔原、方回之亚乎？”他的《饮水词》（坊间刊本甚多，吾友唐圭璋校本最佳）为治词者所爱好。还有一个顾贞观，字华峰，号梁汾，有两阕〔金缕曲·寄汉槎〕，可谓至性流露，字字从肺腑吐出，所以传诵于世。

季子平安否？便归来，生平万事，那堪回首！行路悠悠谁慰藉？母老家贫子幼，记不起从前杯酒，魑魅搏人应见惯；料输他覆雨翻云手。冰与雪，周旋久。　　泪痕莫滴牛衣透，数天涯依然骨肉，几家能够？比似红颜多薄命，更不如今还有。只绝塞苦寒难受，廿载包胥承一诺，盼乌头马角终相救。置此札，君怀袖。

我亦飘零久，十年来深恩负尽，死生师友。宿昔齐名非忝窃：试看杜陵消瘦，曾不减夜郎僝僽。薄命长辞知己别，问人生到此凄凉否？千万恨，为君剖。　　兄生辛未吾丁丑，共些时冰霜摧折，早衰蒲柳。词赋从今须少作，留取心魂相守。但愿得河清人寿，归日急翻行戍稿，把空名料理传身后。言不尽，观顿首。

陈维崧

读之，可使人增友朋之情。陈维崧字其年，宜兴人，是比较重要一些的词家。他的气魄之壮，古今称最，不独长调如苏、辛那样壮阔，就是小令，也豪极了。如〔点绛唇〕：“悲风吼，临洺驿口，黄叶中原定。”〔好事近〕：“别来世事一番新，只吾徒犹昨。话到英雄失路，忽凉风索索。”有时也婉丽闲雅，与朱彝尊齐名。曹秋岳说：“其年与锡鬯并负轶世才，同举鸿博，交又最深，其为词工力悉敌。”锡鬯是彝尊的字，又号竹垞，秀水人，浙派的开山，《静志居琴趣》（总名《曝书亭词》，扫叶山房有石印本）是他词集中最了不得的作品。试看他自己题词集的〔解珮令〕：

十年磨剑，五陵结客，把平生涕泪飘零都尽。老去填词，一半是空中传恨，几曾围燕钗蝉鬓。　　不师秦七，不师黄九，倚新声玉田差近。落托江湖，且分付歌筵红粉，料封侯白头无分。

可见浙派所师是《双白词》。彝尊外还有同邑李良年字符曾的，嘉兴李符字分虎为他的辅翼，浙江词学之盛可知了。作手中尤推厉鹗，鹗字太鸿，钱塘人。以他的才力很想于宋词之外别成面目，可惜这是办不到的事。但他词中佳处颇多可取。《樊榭山房词》（在全集中，全集坊本颇多）不难购得，我们可取来欣赏。项鸿祚，号莲生，也是浙中名词家，词少薄弱一些。至于常州派，自张惠言和他的兄弟张琦而后张目。惠言字皋文，琦字翰风，抬出温、韦来高标比、兴、风、骚，以深美闳约为准，不像浙江之守南宋。但论调太高，毕竟手不应口。惠言的《茗柯词》（附《词选》后）在清词中固有地位，以较北宋诸集，当然有愧色了。论词家有了一个周济，作手中有了周之琦、蒋春霖，差不多垄断了嘉庆以来的词坛。济字介存，《论词杂著》是词论中佳作。吾友任二北说：“世人但知惠言为常州派，而不知介存为‘变常州派’，颇有要义。之琦字稚圭，他的《金梁梦月词》颇有浑融深厚之致。春霖字鹿潭，有《水云楼词》。他身经洪、杨之乱，很能当作‘词史’读。”我以为近几十年在中国文学里，词中的鹿潭远胜于诗中的金和呢。到道、咸时，庄、谭两人齐名。庄棫字中白，丹徒人。他的《蒿庵词》是自皋文、介存那般人光大而出之的。谭献字仲修，仁和人。所录《箧中词》，搜罗富有，议论也多有独到处。

论浙江的弊病，无不中肯。所以吴瞿安先生说他是“变浙江词”。谈到我们这近三十年的词，源出广西。王鹏运字幼霞，临桂人。他除校刻《花间》以来的词集，自己有《半塘词》，体制都备。吾乡端木埰、吴县许玉瑑，和他同邑人况周颐，皆其词友，各有造作。归安朱孝臧字古微也与之游。朱的《彊村语业》、况的《蕙风词》，可算清末词集中的杰制。与王同时的郑文焯字叔问，有《樵风乐府》。当时南北相持，称两大家。名宦中金坛冯煦也有《蒿庵词》，与况、朱学南宋的作风大不相同。总之，词到这时候，作者虽然风景云往，词的精神已渐消失。清代词人，词集最多，在我所说，不过万一，只要从此研求，自得一个系统（自惠言以下，词集便于购求，在此处就不详注了）。

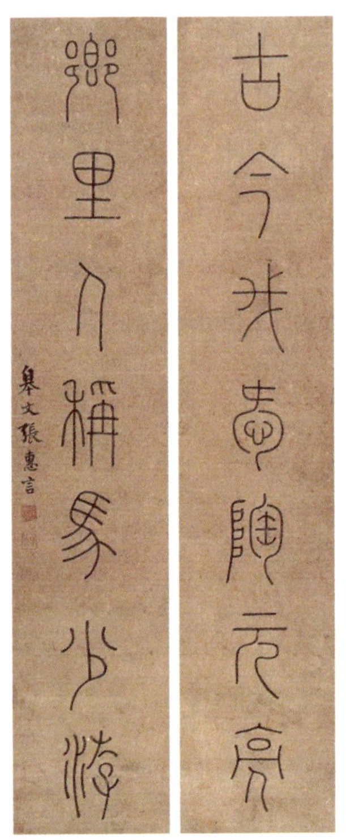

张惠言手迹

问题：

一、南宋与北宋词的作风的比较。

二、从历代的背景辨别苏、辛异同。

三、姜白石的受周美成的影响如何？

四、试寻金的元好问与元的张翥两家词的出处。

五、何以明人不以长调见长？

六、清词虽盛，为何不能比于两宋？

七、浙派与常州派其主旨差异何在？

参考书：

这两章可参考的书很多，有下面这几部已足够初步的研究。

刘毓盘《词史》，北京大学讲义。

吴梅《词学通论》，东南大学讲义，不久可在商务出版。

郑振铎《中国文学史》第四、五章，商务。

徐珂《清代词学概论》，大东。

钱基博《现代中国文学长编稿本》上编第四章。

（最后这两书，研究清词不可不参阅）

第五章

从词到曲底转变

刘熙载《艺概》说：“曲之名古矣，近世所谓曲者，乃金、元之北曲，及后复溢为南曲者也。未有曲时，词即是曲；既有曲时，曲可悟词。苟曲理未明，词亦恐难独善矣。”这一段话，于曲有相当的认识，但还有些不彻底。我在论词时，已约略说过，这种“音乐文学”，讲文学叫做词，指声音（乐谱）便是曲，所以词的谱还是曲，而且曲的文字仍然称词。于此可知词曲是对称的名词，而“词”与“曲”又同时是两种体裁，这儿说的“曲”，是指曲体而言。“曲”从何而来的呢？王世贞说得好：“曲者，词之变。自金元入中国所用胡乐嘈杂凄紧，缓急之间，词不能按，乃更为新声以媚之。”可见也是为着音乐的关系了。

不过我在此处要先给大家一个清晰的分界，然后才好谈曲的起源。大概平常见了“曲”这一个字，都要联想到“戏剧”上去。其实，戏剧的曲是“剧曲”，而诗歌的曲就是所谓“散曲”。“散曲”和诗词同一抒情的诗体，为韵文正统。有了情节、动作、白文，然后演成“戏剧”。我们所应研究者是“散曲”，而非“剧曲”。谈“剧曲”的源流可以上溯巫尸，到宋杂剧、金院本。讲到“散曲”，干脆说就是从“词”变出来的。何以见得曲是从词变的呢？我们观察曲所沿袭于词的可知：

一、曲的宫调牌名多根据词的。南宋时候所存七宫十二调（见前），考核《中原音韵》只存六宫十一调，故有十七宫调之名。到了元又亡了

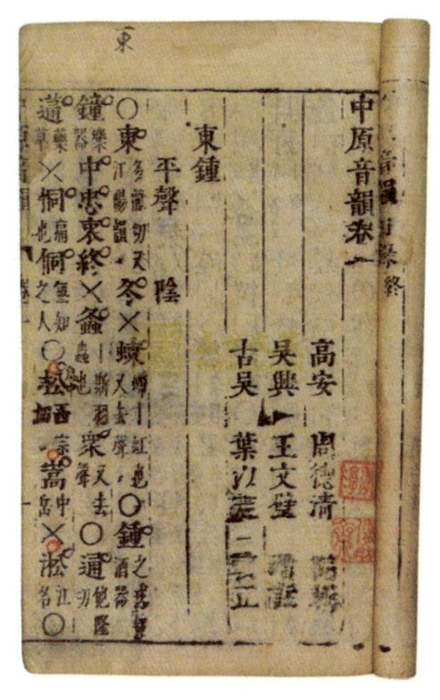
中原音韻卷一

高安 周德清

吳興 王文璧

古吳 葉以

東鍾

平聲 陰

《中原音韵》 元 周德清

歇指调、角调、宫调，于是变成十四宫调，后来南曲又失商角调，仅存十三了，因为六宫也改称调，所以明蒋惟忠有《十三调谱》之作。这北十四、南十三，皆由十七宫调而来，那么南北曲宫调出于词的宫调，可无疑义。至曲的调名（俗所谓曲牌）与词相同的颇多。《中原音韵》所纪三百三十五章，细细分析，出于古曲的一百十章，占全数三分之一。不过在北曲中牌名虽同，句法并不一样。到南曲里像〔虞美人〕〔谒金门〕〔一剪梅〕，完全无差池。这或者因为北人音乐与中原差异太大，而南曲正是折衷词与北曲的缘故。

二、曲的体裁也多根据词的。可分三种：确是一体而曲自词变化出来的，如寻常散词变成曲的小令；词中成套的，变成曲中套数（不过在词甚少见），词的犯调成为北曲的过带曲、南曲的集曲；词的联章变为曲的重头。还有虽不是一体而极相当的，如词的“大遍”与曲的“套数”、词的“摘遍”与曲的“摘调”。至于自词变出而未成曲形的，如“诸宫调”“赚词”，这又属于词曲难分的一种。

从以上论述可知曲之渊源所自。但这演变之理，我们也可以看得出：

一、由词发达而为曲，如词的成套变成曲的成套。词中大遍，无论法曲、大曲，皆有散序、歌头，这不是套曲里的散板引子么？大曲的杀衮，这不是套曲的尾声么？所以法曲，大曲，虽仍认他是一词多遍相联，其实已有几套的形式。换一句话说，便是套词的一种。套在词，起初是一词多遍，后来是一宫多调。将变为曲的时候，诸宫调可以联套；已变为曲了，一套里还可借宫，再进一步可以联合南北曲成套。

二、由词退化为曲，如词的散词，变为曲的小令。在词中双叠、三叠、四叠的调子，必不容割去下叠，或下数叠不填，但曲的原调虽有么篇，或者么篇换头的，除了〔黑漆弩〕〔昼夜乐〕几个曲调一填两叠外，例多略而不填。所以词调有二百多字极长的，而曲除增句格、带过曲，或集曲外，大都不满一百字的。于此可见词的进化、退化便渐渐形成曲了，而在宋元之间，词曲本不分的。从这历史上与组织上两种关系，可知词曲同是合乐文学，又有相互的因果，所以词曲合并的研究非常需要。吾友任二北先生就有此提议，主张成《词曲备体》和《词曲通谱》二书。假使此种工作有人完成，词与曲的分合状态，便十分的显著了。他的话很可供研究词曲者参考，并且有很好的方法，容我摘述其要。

第一步，所谓“列体”。就是把词曲中自简到繁的一切体裁，罗列出来。每体标一名，再说明他的形式、精神、来源、变迁、创始者、盛行的时期，更举一例。集合各体，说明完备，这《词曲备体》一书就可成稿，但非一时所能作好的。词曲各体，并列一表：

- 词
  - 寻常散词
    - 令……引……近……慢……犯调……摘遍……序子
    - 单调……双调……三叠……四叠……叠韵
    - 不换头……换头……双拽头
  - 联章
    - 一题联章……分题联章
    - 演故事者——每词演一事……多词演一事
  - 大遍——法曲……大曲……曲破
  - 成套者——鼓吹……诸宫调……赚词
  - 杂剧词——用寻常词调者……用法曲者……用大曲者……用诸宫调者

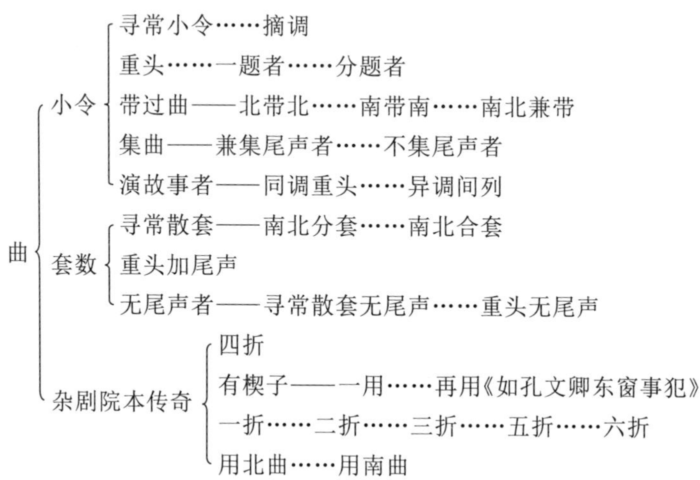

（以上表中所列各体，有些需要解释，可参阅任著《词曲通谊》[1]，商务发行。）

第二步，所谓“辨体”。就是因词曲间彼此比较，而观历史和形式两方面相互关系。如原是一体，或并非一体；进化的或退化的（说见前），可以晓得消长之源。

第三步，所谓“计调”。调本是词曲所完全寄托的，词曲皆合乐的，这调的发生和变迁，正是乐的发生和变迁。词乐既变成曲乐，词乐即亡；词乐虽亡，还有词调。现在寻曲乐与词乐的变迁之迹，就不能不详究词调与曲调。

词调在第二章曾经说过。杜文澜刻《词律》附《拾遗》共八百七十余调、一千六百七十余体，可算较完备的数目。譬如《钦定词谱》《历代诗余》，调数虽多，不大可靠。至于调名，比体调还要复杂，可以分别统计：甲、补列宋元词调。万树与徐本立所编《词律》，摈除明清人的创调，而容纳元人的。不过元人创的调，颇多是曲。应当词归词，曲另归曲。杜、万、徐几家当时见到宋元人词集很少，自来笔记词话中谈词调的也不少，几家已引未引，我们都要留意，如果有遗调，便当补列。乙、搜汇明清词调。

[1] 此处“谊”应为“义”——编者注

明清人所创调，虽不能与宋元有同等价值，但亦不应当抛弃了他。这种材料散见明清人集中。如近人《怀豳杂俎》里的《新声谱》就是这种工作，我们应广而正之。丙、统计词调别名。补列宋元人调时，往往遇着新异的调名而实际已见词谱中的，最容易被蒙混过去，应细加考订。何为正名？何为别名？这于整要词调上很有贡献的。

至于曲调的统计，也可分三点：甲、罗列曲调数目。大概谱书愈古调愈简，后出的愈繁。有时却于应用的曲谱，僻调删除，较旧出为省。我们可就普通的谱书，分南北两项。按宫排比，填入调数，所有消长可考见出来的。乙、搜罗曲的遗调。《九宫大成谱》是比较收曲调最完备的。但未收的也很多，如永乐时诸佛名歌里北南曲都有，而未采入。其他，元明曲本中也会有的。至于犯调、集曲，可仿搜明清人所创词调一例搜集。丙、统计曲调别名。曲调的别名比较少得多，然而间或也有，如〔折桂令〕又作〔折桂回〕，〔碧梧秋〕即〔梧叶儿〕，〔梅边〕就是〔阅金经〕之类，仿词调别名例，免得搜遗调者多一重障碍。

为做这样工作便利计，可编一辞典式的小册。遇到发现一个新异的调名，我们可据以知前人谱书收过没有？是词，还是曲？是词，有几字？是曲，在南北和宫调何属？别名是什么？一名数调的，也知某体如何，某体如何。这种小册的排列，可以第一字笔画为准。如〔天香〕〔天仙子〕〔天净沙〕，凡“天”字是调名第一字，概归“天”字下。“天”下又以调名字数排次，〔天香〕两字在前，〔天仙子〕三字在后。同为两字或三字，即以第二字的笔画顺序。如此在新材料入手时，很顺利的检查着。积久下来，重加编排，岂不成了研究之助。举例如下：

〔一画〕一

〔一煞〕（曲）（一）北中吕、（二）北高宫、（三）北黄钟。

〔一七令〕（词）四十五字。

〔一寸金〕（词）一百八字。

〔一片子〕（词）二十字。

〔一片锦〕（曲）即〔十样锦〕。

〔一匹布〕（曲）南越调。

〔一半儿〕（曲）北仙吕。

〔一年春〕（词）即〔青玉案〕。

〔一江风〕（曲）南南吕。

〔一枝春〕（词）九十四字。

〔一枝花〕（曲）（一）北南吕、（二）南南吕引子。

〔一盆花〕（曲）南仙吕。

〔一封书〕（曲）南仙吕。一名〔秋江送别〕。

〔一封歌〕（曲）南仙吕集曲。

〔一封莺〕（曲）南仙吕集曲。

〔一秤金〕（曲）南仙吕集曲。

〔一封罗〕（曲）南仙吕集曲。

〔一捻红〕（词）（一）即〔一萼红〕、（二）即〔瑞鹤仙〕。

〔一痕沙〕（词）（一）即〔昭君怨〕、（二）即〔点绛唇〕。

〔一斛叉〕（曲）北仙吕。

〔一斛珠〕（词）五十七字。一名〔醉落魄〕〔怨春风〕。

〔一丝风〕（词）即〔诉衷情〕。

〔一丝儿〕（词）即〔诉衷情〕之双叠体。

〔一萼红〕（词）一百八字。一名〔一捻红〕。

〔一络索〕（词）四十五字。一名〔玉连环〕〔洛阳春〕〔上林春〕。

〔一剪梅〕（词）五十九字。一名〔腊梅香〕。

〔一叶落〕（词）三十一字。

〔一锭银〕（曲）北双角。

〔一撮棹〕（曲）南正宫。

〔一点春〕（词）二十六字。

〔一机锦〕（曲）（一）北双角、（二）北大角石、（三）南仙吕。

〔一丛花〕（词）七十字。

〔一萝金〕（词）即〔蝶恋花〕。

〔一封河蟹〕（曲）南仙吕集曲。

〔一緺儿麻〕（曲）北双角。

至于内容条例，也可以大略如下式：

词

一、调名

二、宫调　宋以前如何，宋如何，宋以后如何，明清曲谱中如何，能详则详。

三、源流　或源自唐教坊曲，或源自法曲、大曲；令、近、引、慢之繁衍如何，南北曲之转变如何？

四、名解　毋穿凿，毋附会，毋蹈虚。毛先舒《填词名解》、汪汲《词名集解》与明清各家词话之所载，皆宜慎审采录。

五、创始者　依成说为易，自行考订为繁，二者宜参酌行之。

六、别名　列其名，并明其始自何人，务详备无遗。

七、片数

八、字数

九、句数　分片说明。

十、韵数　平仄分别说明。

十一、别体　扼要数语不能繁。

十二、律要　四声不能够易之字法，骈散不能随便之句法，择要述之。

曲

一、调名

二、宫调　用元明谱书所通属者，《大成谱》所属若与之异亦及之。

三、源流　与词之关系，南与北之关系。

四、名解　有解之必要，或确有的解者，及之。

五、创始者　集曲始见于何种传奇，尤宜注意。

六、别名

七、句法　因曲盛行衬字之故，辨调者必求正衬分明，故此处有逐句指明字数之必要。集曲犹需指明所集何调？某调用某某句。句数则亦附及焉。

八、韵数　同词。

九、板数　于南曲则注明，可就《南词定律》所载者录之，北曲毋庸。

十、曲性　南曲声音方面，分别粗、细、可粗可细三种，前后二种宜注明。配搭方面分联套、兼用、专用三种，亦宜注明。此项依《曲律易知》一书。

十一、别体　同词。《大成谱》所列，凡增字格概可免，盖所增多属衬字也；增句者或减句者，或字句迥异者，方可认为别体。

十二、律要　同词。于一定之格，尤需注明。

现在就词、南、北曲，各举一例以示范：

〔一斛珠〕

词，《宋史·乐志》有〔一斛夜明珠〕，属中吕；《尊前集》注商调；《董西厢》属仙吕，嗣后谱书多从之，故《大成谱》列北仙吕。本唐乐府明皇封珍珠一斛赐梅妃，妃谢以七言绝句，明皇命以新声度之，曰〔一斛珠〕，见《梅妃传》。词始于后主李煜。张先词名〔怨春风〕，晏幾道词名〔醉落魄〕，后多从之。双叠，五十七字，前后各五句，四仄韵。南宋人创别体：或将换头平仄仄平平仄仄，易为平平仄仄平平仄，而前后用去平仄作结；或将前后次句上四下三句法，易为上三下四；或改每句十韵。《董西厢》所用仍本体，惟间入平韵，参看〔醉落魄·缠冷〕条。

〔一半儿〕

曲，北仙吕宫。始自元人，就词调〔忆王孙〕改成。句法七七七三九，五句，五韵，四平一上。上韵在结句，且此句必作“一半儿□□一半儿□”是格。调亦以此得名。第三句宜作平仄仄平平仄平，旧谱多误。

〔一封歌〕

集曲，南仙吕。联套用。见《节孝记》者为〔一封书〕首八句，及〔排歌〕七句至末句。共十二句，九韵，六仄，三平。三十二板。见《十孝记》者，〔排歌〕用四句至末句，共十五句，十一韵，六仄，五平，三十八板。（按，不云“粗曲”抑可粗可细者，即明其为“细曲”也。

集曲无不是一板三眼，细唱者。）

照这样搜罗完备，统计精详，再行着手探寻词曲间的变迁，至少可看出九种关系来：

一、名同调同。曲借词用，丝毫没有变更的。沈雄《古今词话》说有六十调，或者还不止此。

二、名同调同，而词易为曲，颇有变动的。如〔醉花阴〕词中句法与曲便不相同。

三、名同调异，而曲中借名之由，一时无可寻迹的。如南曲〔醉落魄〕〔望远行〕、北曲〔感皇恩〕〔乌夜啼〕皆是。

四、名相同或相似尚可见，而调之同异已不可知。如词中大曲〔降黄龙〕前衮、中衮与曲之〔降黄龙衮〕是。

五、名异调同，曲借词用，仅换一名的。如北曲〔柳外楼〕就是词之〔忆王孙〕。

六、名异调同，而曲中略增格律的。如〔一半儿〕是。

七、名异调同，而曲中略减格律的。如北曲〔也不罗〕，即词中〔喜迁莺〕是。

八、名属相似，而调确有关的。如南曲〔捣白练〕和词中〔捣练子〕是。

九、名虽相似，而调并无关的。如北曲〔川拨棹〕与词中〔拨棹子〕是。

照这九种关系，分类搜集，并列一处，加上说明和推解，于是完成《词曲通谱》一书。有了《词曲备体》和《词曲通谱》，不独从词到曲的转变完全了解，而且词与曲的形式、内容、来源、体段，无不明白。根据此种合并研究法，还有三种长处：

一、词曲的异同显著了。譬如词曲同是长短句，何以词有其名，而曲没有呢？因为词继承诗，由整齐到长短，所以得名。而词本长短，曲承继他，自然不必标异。又如叶韵，平仄兼叶，词曲相同。入声分派三声又与平上去兼叶，词中便没有此例。再如词中禁“尖新”，而曲中便优容之。于是可知词尚新，而必清新；曲尚新，而不妨“尖新”。……诸如此类异同可见。

二、概念可以正确。平常专治词或曲的，其意见多偏。一经相提并论，自然可以贯悟。如贵词贱曲之习，如知重剧曲而漠视散曲之陋，都可校正。

三、讨论周密。因为比附对勘的关系，可以另得见解。譬如词没有衬字，但一调数体，字数就会有差异，与曲加衬字，有无因果呢？又如曲中大套，往往不得通首俱佳，我们偶采其中一二支，好像有割裂的毛病，迟疑起来，见词中摘遍，有先例在，可证明不是自我作古了。

上面所说皆空泛的理论，不过主张合并以及合并研究的方法。至词曲的比较，再附简明的表式。此聊供借镜而已，未必便是完美的比较表。

纲目 \ 项别		词	曲	备注
名称	见成因者	乐府、乐章、琴趣、鼓吹	乐府	乐章如柳永之《乐章集》，鼓吹如夏元鼎《蓬莱鼓吹》
	见渊源者	诗余	词余	晏幾道《词名乐府补亡》、黄载万《词名乐府广变风》可参证
	见形状者	长短句		
	见精神者	词（意内言外）	曲（音曲、意曲、词直[1]）	
	其他	歌曲、曲子、词曲	叶儿	词之所列三名，可证词曲自来合一
	………………	………………	………………	……………………
历史	创始	唐、宋	宋、元	词除序子外，各体皆始于唐
	最盛	两宋	元、明	
	衰微	元、明	近世	
	………………	………………	…………	……………………

[1] 此处“直”应为“曲”。——编者注

续 表

纲目 \ 项别		词	曲	备注
体裁	成套者	鼓吹、诸宫调、赚词	南北分套、南北合套	
	不成套者	令、引、近、慢、序子	小令、重头、带过曲、集曲	
	演故事者	杂剧	杂剧，传奇	
	……………………	……………………	……………………	……………………
	律	分阴阳平、上、去、入五声	北阴阳平、上、去四声，南四声各分阴阳	
	韵	分十九部（平上去十四入五）	分二十部（平上去十二入八）	
	……………………	……………………	……………………	……………………
	音调	七宫十二调	北六宫十一调，南十三调	
	牌调	约九百调	北约四百五十，南约千三百五十	
	……………………	……………………	……………………	……………………
	源于诗	得风雅比兴者多	得赋颂者多	
	进度	妥溜、清新、沉郁、浑脱	妥溜、尖新、豪辣、灏烂	
	其他	深、内旋	广、外旋	
	……………………	……………………	……………………	……………………

但是词与曲分合的大概，于此略可窥见了。

问题：

一、曲在诗的传统里应占什么样的地位？

二、何以知道曲是从词变化出来的？

三、如何可成《词曲备体》一书？

四、有了“词曲通谱”对于词曲研究有什么便利？

五、试在词曲比较表内寻绎词曲的不同处。

参考书：

吴梅《词余讲义》，北京大学讲义本。

任讷《词曲研究法》，广东大学讲义本。

第六章

曲各方面的观察

“曲”这个名称的意义，就是曲曲折折的情意，直直爽爽的说出来。因为这个缘故，什么在“诗”、在“词”所不能表现的，都可以从“曲”表现。又因为曲是词的继承者，所以同词名“诗余”一样的受了“词余”的命名。我们所以说“散曲”，是为着与戏剧对待而言。实际散曲是曲的“正体”，而剧曲是曲的“变体”，为使人清晰，故标明出来。

从前章曲的分类表看来，曲的包涵甚广，但取散曲说，只小令与套数两种。“小令”与词的“小令”不同，词小令以字数计，而曲小令是指一支而言，在元人叫做“叶儿”。除了只有一支外，有五类。无论一题或者多题，有好几支，曰“重头”。在南曲里有无尾的套数常同重头混淆，其实通体一韵便成套，重头前后异韵是无妨的。还有一种“摘调”，是从一套里摘一支出来的。所谓“带过曲”是二支或二支以上的曲子凑合成一支。“集曲”也是节取几支的词句，替他另创一个调名。又有“演故事的”，纪动的如《雍熙乐府》中《摘翠百咏》，即以〔小桃红〕一调重头；纪言的如《乐府群玉》中〔双渐小青问答〕，以〔天香引〕做问，〔凌波仙〕做答，二调相间的排列。这五类皆属于小令的变态。

套数呢，是宫调相同的曲子联贯而成的。王季烈的《螾庐曲谈》上说：“套数南北曲中皆有一定之体式，在北曲虽有长套、短套之别，而各宫调之套数，其首尾数曲，殆为一定，不过中间之曲，可以增删改易及前后倒置耳。在南曲则惟引子必用于出场时，尾声必用之于归结处，至中间各曲，孰前孰后，颇难一定。然非无定也，盖南曲有慢急之别，慢曲必在前，急曲必在后，欲联南曲成套数，先当辨别何者为慢曲，何者为急曲，何者为可慢可急之曲，而后体式可无误也。”北套数或南套数所谓通常套数。自沈和创合套，于是南北合成套数。在南曲中，又有以一调重头加尾声而成套，也有通常套数无尾声，或者重头无尾声的。

至于南曲与北曲的分别究竟何在？我想大家必定要怀疑的。这种分别大约很早。宋人胡翰说过：“晋之东，其辞变为南北，南音多艳曲，北俗杂胡戎。”吴莱也说：“晋宋六代以降，南朝之乐，多用吴音；北国之乐，仅袭夷虏。”这种话很空泛，不如明人说南北声律同异来得清楚一点。康海说：“南词主激越，其变也为流丽；北曲慷慨，其变也为朴实。惟朴实故声有矩度而难借，惟流丽故唱得宛转而易调。”王元美的《艺苑卮言》说：“北主劲切雄丽，南主清峭柔远，北字多而调促，促处见筋；南字少而调缓，缓处见眼。北辞情少而声情多，南声情少而辞情多。北力在弦，南力在板，北宜和歌，南宜独奏。北气易粗，南气易弱，此其大较。”但臧晋叔在《元曲选序》中就驳他这些话：“予尝见王元美之论曲曰：北曲字多而声调缓，其筋在弦；南曲字少而声调繁，其力在板。夫北之被索，犹南之合箫管，催藏掩抑，颇足动人，而音亦袅袅，与之俱流，反使歌者不能自主。是曲之别调，非其正也。若板以节曲，则南北皆有力焉。如谓北筋在弦，亦谓南力在管，可乎？惜哉元美之未知曲也。”这么一争论，分外乌烟瘴气使人莫明其妙了。于是遂有人说“是固非后人所能尽明”。其实，简单的一句话可以解释。近来常有人来问我，我便说：“你要知道南北曲的差异，正在北曲是北曲，南曲是南曲。”好像很滑稽似的，然而这句话知者可以晓得妙处。因为北曲与南曲完全两事，大家不可无此观念。假使以为曲有北曲，再变为南曲，便纠缠不清。这与词中小令到长调，丝毫不相似的。

其次谈曲的宫调。北曲常用的只黄钟、正宫、仙吕、南吕、中吕、大石、商调、越调、双调九种宫调。南曲有仙吕、正宫、中吕、南吕、黄钟、道宫、越调、商调、双调、仙吕入双调、羽调、大石、小石、般涉十四种。北曲套数就在这九宫调中有下列的限制：

仙吕宫

1. 〔点绛唇〕〔混江龙〕〔油葫芦〕〔天下乐〕〔哪吒令〕〔鹊踏枝〕〔寄生草〕〔煞尾〕。

2. 〔点绛唇〕〔混江龙〕〔油葫芦〕〔天下乐〕〔后庭花〕〔青歌儿〕〔赚煞〕。

3. 〔点绛唇〕〔混江龙〕〔村里迓鼓〕〔寄生草〕〔煞尾〕。

4. 〔村里迓鼓〕〔元和令〕〔上马娇〕〔胜葫芦〕〔煞尾〕。南吕宫

1. 〔一枝花〕〔梁州第七〕〔四块玉〕〔哭皇天〕〔乌夜啼〕〔尾声〕。

2. 〔一枝花〕〔梁州第七〕〔牧羊关〕〔四块玉〕〔骂玉郎〕〔元鹤鸣〕〔乌夜啼〕〔尾声〕。

3. 〔一枝花〕〔四块玉〕〔骂玉郎〕〔感皇恩〕〔采茶歌〕〔草池春〕。

4. 〔一枝花〕〔梁州第七〕〔九转货郎儿〕。

黄钟吕

1. 〔醉花阴〕〔喜迁莺〕〔出队子〕〔刮地风〕〔四门子〕〔水仙子〕〔煞尾〕。

2. 〔醉花阴〕〔出队子〕〔刮地风〕〔四门子〕〔水仙子〕〔尾声〕。

中吕宫

1. 〔粉蝶儿〕〔醉春风〕〔石榴花〕〔斗鹌鹑〕〔上小楼〕〔煞尾〕。

2. 〔粉蝶儿〕〔醉春风〕〔迎仙客〕〔石榴花〕〔上小楼〕〔幺篇〕〔小梁州〕〔幺篇〕〔朝天子〕〔煞尾〕。

3. 〔粉蝶儿〕〔醉春风〕〔迎仙客〕〔红绣鞋〕〔石榴花〕〔斗鹌鹑〕〔快活三〕〔十二月〕〔尧民歌〕〔上小楼〕〔幺篇〕〔煞尾〕。

4. 〔粉蝶儿〕〔醉春风〕〔十二月〕〔尧民歌〕〔石榴花〕〔斗鹌鹑〕〔上小楼〕〔幺篇〕〔煞尾〕。

5. 〔粉蝶儿〕〔上小楼〕〔幺篇〕〔满庭芳〕〔快活三〕〔朝天子〕

〔四边静〕〔耍孩儿〕〔三煞〕〔二煞〕〔一煞〕〔煞尾〕。

正宫

1. 〔端正好〕〔滚绣球〕〔叨叨令〕〔脱布衫〕〔小梁州〕〔幺篇〕〔快活三〕〔朝天子〕〔煞尾〕。

2. 〔端正好〕〔滚绣球〕〔叨叨令〕〔脱布衫〕〔小梁州〕〔幺篇〕〔上小楼〕〔幺篇〕〔满庭芳〕〔快活三〕〔朝天子〕〔四边静〕〔耍孩儿〕〔五煞〕〔四煞〕〔三煞〕〔二煞〕〔一煞〕〔煞尾〕。

3. 〔端正好〕〔蛮姑儿〕〔滚绣球〕〔叨叨令〕〔伴读书〕〔笑和尚〕〔俏秀才〕〔滚绣球〕〔煞尾〕。

4. 〔端正好〕〔滚绣球〕〔俏秀才〕〔滚绣球〕〔俏秀才〕〔滚绣球〕〔俏秀才〕〔滚绣球〕〔煞尾〕。

5. 〔端正好〕〔滚绣球〕〔叨叨令〕〔俏秀才〕〔滚绣球〕〔白鹤子〕〔耍孩儿〕〔三煞〕〔二煞〕〔一煞〕〔煞尾〕。

大石调

1. 〔六国朝〕〔喜秋风〕〔归塞北〕〔六国朝〕〔雁过南楼〕〔擂鼓体〕〔归塞北〕〔好观音〕〔好观音煞〕。

商调

1. 〔集贤宾〕〔逍遥乐〕〔上京马〕〔梧叶儿〕〔醋葫芦〕〔幺篇〕〔金菊香〕〔柳叶儿〕〔浪里来〕〔高过随调煞〕。

2. 〔集贤宾〕〔逍遥乐〕〔金菊香〕〔梧叶儿〕〔醋葫芦〕〔幺篇〕〔后庭花〕〔柳叶儿〕〔浪里来煞〕。

越调

1. 〔斗鹌鹑〕〔紫花儿序〕〔小桃红〕〔金蕉叶〕〔调笑令〕〔秃厮儿〕〔圣药王〕〔麻郎儿〕〔络丝娘〕〔尾声〕。

2. 〔斗鹌鹑〕〔紫花儿序〕〔金蕉叶〕〔小桃红〕〔天净沙〕〔幺篇〕〔秃厮儿〕〔圣药王〕〔尾声〕。

3. 〔看花回〕〔绵搭絮〕〔幺篇〕〔青山口〕〔圣药王〕〔庆元贞〕〔古竹马〕〔煞尾〕。

双调

1.〔新水令〕〔折桂令〕〔雁儿落〕〔得胜令〕〔沽美酒〕〔太平令〕〔鸳鸯煞〕。

2.〔新水令〕〔驻马听〕〔乔牌儿〕〔搅筝琶〕〔雁儿落〕〔得胜令〕〔沽美酒〕〔川拨棹〕〔大平令〕〔梅花酒〕〔收江南〕〔清江引〕。

3.〔新水令〕〔驻马听〕〔沉醉东风〕〔雁儿落〕〔得胜令〕〔挂玉钩〕〔川拨棹〕〔七弟兄〕〔梅花酒〕〔收江南〕〔煞尾〕。

4.〔新水令〕〔驻马听〕〔胡十八〕〔沽美酒〕〔太平令〕〔沉醉东风〕〔庆东原〕〔雁儿落〕〔得胜令〕〔搅筝琶〕〔煞尾〕。

5.〔新水令〕〔步步娇〕〔沉醉东风〕〔搅筝琶〕〔雁儿落〕〔得胜令〕〔挂玉钩〕〔殿前欢〕〔煞尾〕。

6.〔夜行船〕〔乔木查〕〔庆宣和〕〔落梅风〕〔风入松〕〔拔不断〕〔离亭宴〕〔带歇拍煞〕。

至于南北合套，也有定例，此处取最通常的示例如下：

仙吕宫

北〔点绛唇〕、南〔剑器令〕、北〔混江龙〕、南〔桂枝香〕、北〔油葫芦〕、南〔八声甘州〕、北〔天下乐〕、南〔解三酲〕、北〔哪吒令〕、南〔醉扶归〕、北〔寄生草〕、南〔皂罗袍〕〔尾声〕。

中吕宫

北〔粉蝶儿〕、南〔泣颜回〕、北〔石榴花〕、南〔泣颜回〕、北〔斗鹌鹑〕、南〔扑灯蛾〕、北〔上小楼〕、南〔扑灯蛾〕〔尾声〕。

黄钟宫

北〔醉花阴〕、南〔画眉序〕、北〔喜迁莺〕、南〔画眉序〕、北〔出队子〕、南〔摘溜子〕、北〔刮地风〕、南〔滴滴金〕、北〔四门子〕、南〔鲍老催〕、北〔水仙子〕、南〔双声子〕、北〔煞尾〕。

正宫

南〔普天乐〕、北〔朝天子〕、南〔普天乐〕、北〔朝天子〕、南〔普天乐〕、北〔朝天子〕、南〔普天乐〕。

仙吕入双调

北〔新水令〕、南〔步步娇〕、北〔折桂枝〕、南〔江儿水〕、北〔雁儿落〕带〔得胜令〕、南〔侥侥令〕、北〔收江南〕、南〔园林好〕、北〔沽美酒〕带〔太平令〕、南〔尾声〕。

南词的套数，例子更繁，因为无一定的格式。除以上所举合套，在散曲中用重头最多，这儿不必详叙。至于各宫调的声调，其特色是：

仙吕宫清新绵邈，南吕宫感叹伤悲，中吕宫高下闪赚，黄钟宫富贵缠绵，正宫惆怅雄壮，道宫飘逸清幽。（以上六宫）

大石调风流蕴藉，小石调旖旎妩媚，高平调条拗滉漾，般涉调拾掇抗堑，歇指调急并虚歇（已亡），商角调悲伤宛转（南亡北存）。双调健捷激袅，商调凄怆怨慕，角调呜咽悠扬（已亡），宫调典雅沉重（四十八调中无此，不详其理），越调陶写冷笑。（以上十一调）

谈到曲韵，必先清楚清浊阴阳。大概天下的字，不出宫、商、角、徵、羽五音，分属人口，就是喉、腭、舌、齿、唇五声。喉属宫，腭属商，舌属角，齿属徵，唇属羽。宫音最浊，羽音最清。北曲用韵是周德清的《中原音韵》，南曲便不同了，明人多本《洪武正韵》，后来范善臻的《中州音韵》出来，大家都用他，因为南北曲皆可用。讲韵的阴阳、平声、入声极容易辨别，上、去便比较难些。因为上声的阳近于去，去声的阴近于上。周氏《中原音韵》只有平声别阴阳，去、上皆不辨。而范氏于上去皆一一分别。凡曲中上去去上，最重在每句末处，曲之末句末字，能完全遵守上去方好，不得已时也只可多用去，勿多用上。而两去两上，也不宜叠用。入声字作平上去三声用，遇平上去三声用字欠妥，常以入声字代之。但韵脚以入声代平上去总是不妥当的。

以下论曲的字法。王骥德《曲律》说：“下字为句中之眼，古谓百炼成字，千炼成句”，要新又要熟，要奇又要稳，可分几层来解释：

一、用字。周德清《作词十法》说：“不可用生硬字，太文字，太俗字。”《曲律》里《曲禁》四十则说：“用字忌陈腐（不新采）、生造（不现成）、俚俗（不文雅）、寒涩（不顺溜）、粗鄙（不细腻）、错乱（无次序）、蹈袭（忌用旧曲语意，若成语不妨）、太文语（不当行）、太晦语（费解说）、经史语（如《西厢》靡不有初，鲜克有终之类）、学究语（头巾气）、书生语（时文气）。”

二、衬字。此是曲比词特异的地方。在北曲中除遵谱格，可加衬字。不论四声，虚实也能并用。南曲普通加三虚字。

三、务头。吾师吴先生说：“务头者，曲中平上去三音联串之处也。如七字句，则第三、第四、第五三字，不可用同音。大抵阳去与阴上相联，阴上与阳平相联，或阴去与阳上相联，阳上与阴平相联。每一曲中必须有三音或二音相联之一二语，此即务头也。”

四、重字。上下文有重字，要勘换去。除“独木桥体”用一韵到底，重韵也当避免。

五、闭口字。如侵、覃、盐、咸等部撮唇收鼻之音，都闭口读的字，在曲中只许单用。

六、叠字。曲中多新异的叠字，如扑腾腾、宽绰绰、笑呷呷、疏剌剌……大半是当时俗语。

七、字音。曲中字面，要先正其音读。譬如“倩”这个字，雇倩之“倩”作“清”字的去声读，巧笑倩兮的“倩”音“茜”。两种读法，不可不知。这七种皆曲中的字底规范。

曲的句法，《曲律》说得好：“句法宜婉曲不宜直致，宜藻艳不宜枯瘁，宜溜亮不宜艰涩，宜轻俊不宜重滞，宜新采不宜陈腐，宜摆脱不宜堆垛，宜温雅不宜激烈，宜细腻不宜粗率，宜芳润不宜噍杀。又总之：宜自然不宜生造。……”《作词十法》说：“可作：乐府语、经史语、天下通语。不可作：俗语、蛮语、谑语、市语、方语、书生语、讥诮语、全句语、构肆语、张打油语、双声叠韵语、六字三韵语、语病、语涩、语粗、语嫩。”黄周星《制曲枝语》道：“曲之体无他，不过八字尽之，曰少列圣籍，多发天然而已。”

造句普通有四法：

一、叠字句。如“一声梧叶一声秋，一点芭蕉一点愁”。

二、叠句。如“我銮舆，返咸阳；返咸阳，过宫墙；过宫墙，绕回廊……”。

三、排句。如“得一会家缥缈呵，忘了魂灵；一会家精细呵，使着躯壳；一会家混沌呵，不知天地”。

四、比较句。如“日长也愁更长，红稀也信更稀”。对偶也是曲的胜处。《曲律》说：“凡曲遇有对偶处，得对，方见整齐，方见富丽。”《作词十法》说：“逢双必对。”而对有“扇面对”“重叠对”“救尾对”“合璧对”“连璧对”“鼎足对”“联珠对”“隔句对”“鸾凤和鸣对”“燕逐飞花对”……好在我们要完全研究作法，可看任二北先生《作词十法疏证》（《散曲丛刊》中有，中华出版），此处不必详释。

至曲体，《太和正音谱》分为黄冠、承安、玉堂、草堂、楚江、香奁、骚人、俳优、丹丘、宗匠、盛元、江东、西江、东吴、淮南十五体，眉目不清；俳体如短柱、独木桥、叠韵、犯韵、顶真、叠字、嵌字、反覆、回文、重句、连环、足古、集古、集语、集剧名、集调名、集药名、概括、翻谱、讽刺、嘲笑、风流、淫虐、简梅、雪花二十五体，大部分都在纤巧上用工夫，失了曲的精神。姚华《曲海一勺》说：“一物之微，一事之细，尝为古文章家不能道，而曲独纤微毕露，譬温犀之照象，象禹鼎之在山。”曲是多么自然的文体，我们应当知道。

问题：

一、试论小令、套数的区别。

二、南北曲的分别，何以一般人说不清楚？

三、各宫调声调的特色，与曲人的情感有无关系？

四、曲中用字的标准何如？

五、试比较曲的句法与词的句法。

六、对偶于句法有什么影响。

七、制作北曲套数与南曲套数有何差异？

八、辨别上去的阴阳，始自何时？

参考书：

许之衡《曲律易知》，饮流斋刊本。

吴梅《词余讲义》，北京大学讲义本。

任讷《散曲概论》，中华。

卢冀野《最浅学曲法》，大东。

第七章

几个重要的曲家（上）

研究曲之难，何以较词为甚？一则因为许多年来，人人以为曲就是戏剧，而不知为词的承继者正有散曲在。二则曲集的佚亡，使治曲者无从下手，幸最近发现不少向来罕见的曲集，庶乎可供我们的赏鉴。现在以我所得，取元明以来的曲家和每人的作品，略为叙述，俾知曲海之中，也有杰出之士。

从来称元曲四大家关、马、郑、白，是指元剧而言。但四家中也有散曲（吾友任二北有四家曲辑本，中原书局出版）。

关汉卿，号已斋叟，大都人，金末为太医院尹，金亡便不做官了。好谈妖鬼，有《鬼董》一书，而于剧曲所作至多。杨维桢《元宫词》："开国遗音乐府传，白翎飞上十三弦。大金优谏关卿在，伊尹扶汤进剧编。"这儿所说的关卿就是他（《伊尹扶汤》是郑德辉作，杨先生弄错了）。

《正音谱》评他的词："如琼筵醉客。"我说他在谐谑之中，有人所不敢言的话，这正是当家的曲子。

马致远，字东篱，也是大都人。《正音谱》评他的词："如朝阳鸣凤。"又："其词典雅清丽，可与灵光、景福相颉颃，有振鬣长鸣，万马皆喑之意。又若神凤飞鸣于九霄，岂可与凡鸟共语哉！列群英之上。"他的〔秋思·夜行船〕一套，周德清评为元人之冠，《尧山堂外纪》称为元人第一，而为后来曲人所喜步武的。

还有一支〔越调·天净沙〕所谓直空今古的：

枯藤老树昏鸦，小桥流水人家，古道西风瘦马。夕阳西下，断肠人在天涯。

王静庵先生说元曲文章好处是自然而已，此曲正足为自然的代表。

郑光祖，字德辉，襄陵人。他的散曲仅有小令三首，套数三首，是比较不重要的。

白朴，字仁甫，号兰谷，澳州人[1]。著有《天籁集》，也刊在《九金人集》中。集中所未刊的〔阳春曲〕二支：

笑将红袖遮银烛，不放才郎夜看书，相偎相抱取欢娱，止不过造更举[2]，便及第待何如？

百忙里绞甚鞋儿样，寂寞罗帏冷串香，向前搂定可憎娘。止不过赶嫁妆，便误了又何妨？

可谓妙绝了。

和汉卿同时的有同乡人王鼎，字和卿，最喜谐谑。和卿死时，鼻垂双涕一尺多长，人皆叹骇，刚刚关来吊唁，问人，有人说："这是佛家的坐化。"问鼻下所悬物？说是"玉筋"。汉卿道："我道你不识，不是玉筋，是嗓。"（六畜劳伤，鼻中便流脓水，谓之嗓病）闻者大笑。于是或对汉卿说："你被和卿轻侮半世，死后才还得一筹。"可见和卿平日滑稽佻达的程度了。在中统，初燕市有一大蝴蝶，或以为仙蝶，请他作曲。遂拈〔醉中天〕一支：

---

[1] 此处"澳"应为"隩"。——编者注

[2] 此处"造更举"应为"迭应举"。——编者注

挣破庄周梦，两翅驾东风。三百处名园，一采一个空。难道风流种，谎杀寻芳蜜蜂。轻轻的飞动，卖花人搧过桥东。

还有些文士所不屑道的题目，而和卿为之词，如有妓于浴房中被打，对他诉苦，他便作〔拨不断〕道：“假胡伶，骋聪明，你本待洗腌臜，倒惹不得干净。精尻上匀排七道青，扇圈大膏药刚糊定，早难道假装无病。”这是多么诙谐的话。

说起张可久，他才是唯一的散曲家。可久字小山，有人说他名伯远，又有人说仲远是他的字。庆元人。他的曲集有《吴盐》《苏堤渔唱》《小山小令》《北曲联乐府》等一共八种刊本。以任氏新辑为最完善（此书在《散曲丛刊》中，中华出版），共四十二调，七百五十八首。《正音谱》评云：“如瑶天笙鹤。”又：“其词清而且丽，华而不艳，有不吃烟火气，真可谓不羁之材矣。若被太华仙风，拈蓬莱之海月，诚词林宗匠也，当以方九皋之眼相包。”李开先称他为词中仙才，王骥德说：“乔多凡语，似又不如小山更胜也。”徐阳初《三家村老委谈》：“北词马东篱、张小山自应冠首。”可见小山在曲中应占的地位了。无怪钱大昕《元史·艺文志》里说张小山等包罗天地。张宗棣也说：“孰谓张小山不如晏小山耶？”沈德符说：“惟马东篱‘百岁光阴’、张小山‘长天落彩霞’，为一时绝唱。”但李开先评“莺穿残杨柳枝”云：“小山此曲，古今绝唱。世独重马东篱〔夜行船〕，人生有幸不幸耳。”这套的确如李开先的话：“韵窄而字不重，句高而情更款，通首全对尤难。”现在引录如次：

〔南吕·一枝花〕莺穿残杨柳枝，虫蠹损蔷薇刺，蝶搧于芍药粉，蜂蹙断海棠枝。怕近花时，白日伤心事，清宵有梦思。间阻了洛浦神仙，没乱煞苏州刺史。

〔梁州第七〕俏情缘别来久矣。巧魂灵梦寝求之，一春多少探芳使。着情疼热，痛口嗟咨，往来迢递，终始参差。一简儿写就情词，三般儿寄与娇姿。麝脐薰五花瓣翠羽香钿，猫眼嵌双转轴乌金戒指，

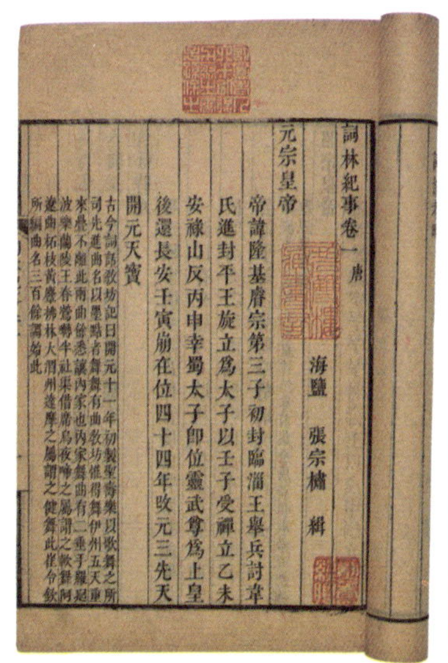

詞林紀事卷一　唐

海鹽　張宗橚　輯

元宗皇帝

帝諱隆基睿宗第三子初封臨淄王舉兵討韋氏進封平王旋立爲太子以壬子受禪立乙未安祿山反丙申幸蜀太子卽位靈武尊爲上皇後還長安壬寅崩在位四十四年改元三先天開元天寶

古今詞話教坊記曰開元十一年初製聖壽樂以歌舞之所司先進曲名以墨點者舞舞有曲教坊惟得舞伊州五天重來疊不離此兩曲餘悉讓內家也內家舞曲有二垂手羅回波樂蘭陵王春鶯囀半社渠借席烏夜啼之屬謂之軟舞阿遼曲柘枝黃麞拂林大渭州達摩之屬謂之健舞此崔令欽所編曲名三百餘調始此

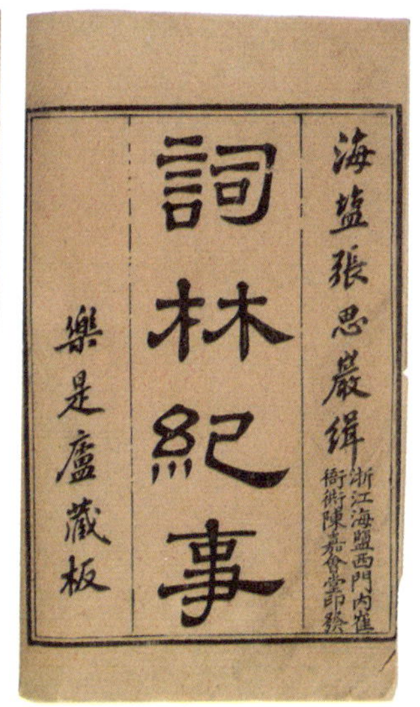

海鹽張思巖輯

詞林紀事

樂是廬藏板

浙江海鹽西門內崔衙衕陳嘉會堂鐫

《词林纪事》　清　张宗橚

獭髓调百合香紫腊胭脂。念兹，在兹。愁和泪须传示，更嘱付两三次，诉不尽心间无限思，倒羞了燕子莺儿。

〔尾声〕无心学写钟王字，遣兴闲观李杜诗，风月关情随人志。酒不到半卮，饭不到半匙，瘦损了青春少年子。

与马东篱比较起来，马词苍古，而张词清劲。小山的曲可以说已成形的曲体底正宗，完全是整齐的美。他的小令也是如此的。如〔醉太平·感怀〕：

人皆嫌命窘，谁不见钱亲。水晶丸入面糊盆，才沾粘便滚。文章糊了盛钱囤，门庭改作迷魂阵，清廉贬入睡馄饨。葫芦提倒稳。

与张并称的是乔吉，字梦符，或作吉甫，太原人。号笙鹤翁，又号惺惺道人。美容仪，能词章，以威严自饬，人多敬畏他。居在杭州太乙宫前，有题西湖〔梧叶儿〕百篇，流落四十年江湖，想把他刊印出来，始终没有成功。我常说："元曲的中心是杭州，明曲的中心是南京。"这时候的西湖常被曲人的赞颂。张小山的《苏堤渔唱》、乔梦符的题西湖《梧叶儿》，是同时最著的。《正音谱》评乔词："如神鳌鼓浪，若天吴跨神鳌，叹沫于大洋，波涛汹涌，截断中流之势。"梦符又论作曲之法："曰凤头、猪肚、豹尾六字。大概起要美丽，中要浩荡，结要响亮。尤贵在首尾贯穿，意思清新。"李开先以张、乔比如唐诗中的李、杜，而王骥德说："乔、张盖长吉、义山之流。"我以为拿词来比喻：小山是温飞卿，而梦符是韦端已。小山词的色彩浓，梦符较淡；梦符风趣活跃，小山较严（可参看拙著《乔张研究》）。姑举几首小令，以见他的作风。

并刀翦龙须为本，玉丝穿龟背成文，襟袖清凉不染尘。汗香晴带雨，肩瘦冷搜云，是玲珑剔透人。（〔卖花声·咏竹枕〕）

细研片脑梅花粉，新剥珍珠豆蔻仁，依方修合凤团春。醉魂清爽，舌尖香嫩，这孩儿那些风韵。（〔卖花声·咏香茶〕）

莺莺燕燕春春，花花柳柳真真，事事风风韵韵。娇娇嫩嫩，停停当当人人。（〔天净沙·叠字体〕）

清俊秀丽，读起来满口生香，不能自已呢。到明朝像梁伯龙那般人以词法入曲，其实不过乔、张的余绪而已。吾友任二北盛称乔、张而不满意伯龙，我便做了一首小诗："二北词人如是说，乔张小令夺天工。卢生一事痴于汝，我爱江东梁伯龙。"此话下章再说。

此处还有《酸甜乐府》的作者必须论及。酸斋，畏吾人，是阿里海涯之孙，父名贯只哥，所以他就姓了贯，自名小云石海涯。甜斋姓徐名饴，又一说名再思，字德可，嘉兴人，又有人说是扬州人。在当时以什么斋做别号的，非常之多，而酸、甜齐名。《正音谱》评酸斋"如天马脱羁"，甜斋"如桂林秋月"。两人的作风相异处，约略可知了。这时候阿里西瑛，也是一个曲人。自己新筑别业，名"懒云窝"，作〔殿前欢〕：

懒云窝，醒时诗酒醉时歌。瑶琴不理抛书卧，无梦南柯。得清闲尽快活，日月似撺梭过，富贵比花开落。青春去也，不乐如何。

酸斋和道：

懒云窝，阳台谁送与姮娥？蟾光一任来穿破，遁迹由他。蔽一天星斗多，分半榻蒲团坐，尽万里鹏程挫。向烟霞笑傲，任世事蹉跎。

又：

懒云窝，云窝客至欲如何？懒云窝里和云卧，打会磨陀。想人生待怎么，贵比我争些大，富比我争些个。呵呵笑我，我笑呵呵。

又：

懒云窝，懒云窝里客来多。客来时伴我闲些个，酒灶茶锅。且停杯听我歌，醒时节披衣坐，醉后也和衣卧。兴来时玉箫绿绮，问甚么天籁云和。

他的曲境是这样的超卓。并且他很善于武事，在十二三岁时，叫健儿驱三恶马疾驰。他持槊等着，马到便腾身上去，越一跨三，连槊生风，见者惊服。后来在仁宗朝，拜翰林学士。忽然厌倦起来，叹道："辞尊居卑，昔贤所尚。"于是换了冠服，变易姓名到杭州去卖药。有一次过梁山泺，看见有个渔父，织芦花为被。酸斋爱其清，想以绸和他交换，渔父说：你要被，当作一诗。他赋诗即成，取被径去，后来便自号芦花道人。西湖也是他每日流连的地方，那一套中吕〔粉蝶儿·描不上小扇轻罗〕就是当时得意之作（这套在曲选中常见，《北宫词纪》里就有）。又在立春的一天，大家宴会，座上客请作〔清江引〕一支，并限每句第一字用金木水火土，而且各用春字，酸斋于是如制的题道：

金钗影摇春燕斜，木杪生春叶。水塘春始波，火候春初熟，土牛儿载将春去也。

大家都笑了起来。他有二妾，一名洞花，一名幽草。临终作辞世诗："洞花幽草结良缘，被我瞒他四十年。今日不留生死相，海天秋月一般圆。"张小山把他改成曲子道："君王曾赐琼林宴，三斗始朝天，文章懒人编修院。红锦笺，白纻篇，黄柑传。学会神仙，参透诗禅。厌尘嚣，绝名利，逸林泉。天台洞口，地肺山前。学炼丹，同货墨，共谈玄。兴飘然，酒家眠。洞花幽草结良缘，被我瞒他四十年，海天秋月一般圆。"此曲可作贯酸斋一生的小传了。甜斋的曲如〔折桂令〕二支，可称绝唱：

荆山一片玲珑，分付冯夷，捧出波中。白羽香寒，琼衣露重，粉面冰融。知造化私加密宠，为风流洗尽娇红。月对芙蓉，人在帘栊，太华朝云，太液秋风。（〔赠伎玉莲〕）

平生不会相思，才会相思，便害相思。身似浮云，心如飞絮，气若游丝。空一缕余香在此，盼千金游子何之。证候来时，正是何时？灯半昏时，月半明时。（〔春情〕）

刻骨镂心，直开剧曲中汤玉茗一派。又〔水仙子·咏夜雨〕：

一声梧叶一声秋，一点芭蕉一点愁，三更归梦三更后。落灯花棋未收，叹新丰孤馆人留。枕上十年事，江南二老忧，都在心头。

这是多么俊逸的文章。他的儿子善长，也能继家声，不过不如甜斋如此情致。

同时以斋名自号如杨朝英，也是名家。他所选的《阳春白雪》《太平乐府》是散曲的宝筏。曾请酸斋作序，贯道：“我酸则子当澹矣。”于是他便号澹斋。《正音谱》评杨词：“如碧海珊瑚。”还有杨立斋，他的名里不可考了。

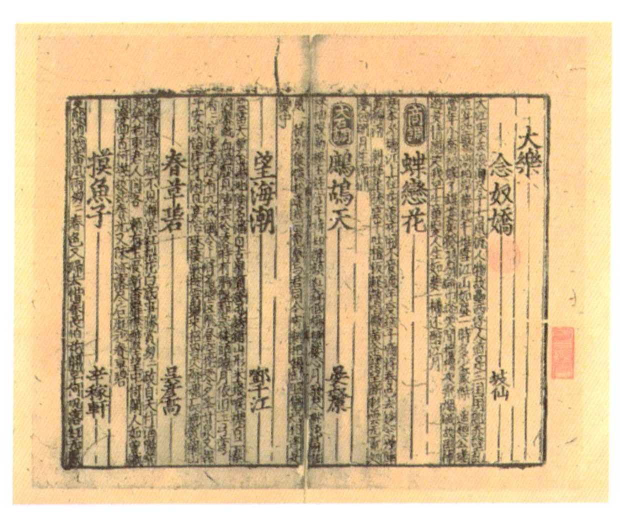

《乐府新编阳春白雪》 元 杨朝英

周德清，字挺斋，高安人。所著《中原音韵》，是曲韵中的开山，自他才把平韵分作阴阳。后来明代范善臻《中州全韵》分去声，王鵕《音韵辑要》、周少霞《中州全韵》分上声，都是从他发轫的。他的词所谓“玉笛横秋”，如我下面所引的〔朝天子·庐山〕便是佳作。

早霞，晚霞，妆点庐山画。仙翁何处炼丹砂？一缕白云下。客去斋余，人来茶罢。叹浮生指落花，楚家，汉家，做了渔樵话。

钟嗣成，字维先，号丑斋，汴人。他的《录鬼簿》是曲人的传纪，分上下二卷。上卷记前辈，所谓已死之鬼。下卷记并世的人，所谓未死之鬼。每人并以〔凌波曲〕一支吊之。《正音谱》评钟词“如腾空宝气”，实则他的词颇多惆怅低徊之情。所作《自序丑斋》一套，非常诙谐（近有任二北辑本，商务古活字本）。兹择〔梁州〕一支为证：

只为外貌儿不中抬举，因此内才儿不得便宜。半生未得文章力，空自胸藏锦绣，口吐珠玑。争奈灰容土貌，缺齿重颏，更兼着细眼单眉，人中短髭鬓稀稀。那里取陈平般冠玉精神，何晏般风流面皮，潘安般俊俏容仪。自知，就里，清晨倦把青鸾对，恨杀爷娘不争气。有一日黄榜招收丑陋的，准夺高魁。

可谓滑稽之至了。

疏斋，姓卢名挚，字处道，涿郡人。在元初能文章者曰姚、卢，姚燧字牧庵，卢就是指疏斋，论曲尤以他为首。当时有官伎珠帘秀，疏斋送别辞：

才欢悦，早间别，痛杀俺好难割舍。画船儿载将春去也，空留下半江明月。

这是一支〔落梅风〕，婉约可诵。珠帘秀也作一支相答：“山无数，烟万缕，憔悴杀玉堂人物。倚蓬窗一身儿活受苦，恨不得随大江东去。”疏斋所作，大都小令（有我的辑本）。

姚牧庵〔凭栏人·寄征衣〕一支，极脍炙人口：“欲寄君衣君不还，不寄君衣君又寒，寄与不寄间，妾身千万难。”

刘逋斋，名致，字时中，宁乡人。所作〔水仙子·西湖四时渔歌〕每首以西施二字为绝句，颇著盛名。

徐容斋，名琬，字子方，东平人。

萧复斋，名德润，杭州人。

曹以斋，名鉴，字克明，宛平人。

马谦斋，名九皋，畏吾人。

吴克斋，名仁卿，字弘道，蒲阴人（有《金缕新声》，已失传）。

郝新斋，名天挺，字维先，陵川人。这就是我所谓“元十四斋”（甜、酸、丑、疏、澹、挺、复、克、逋、谦、容、以、新、立）。

滕斌，字玉霄，睢阳人，也是专作散曲，不为戏剧的。《正音谱》评“如碧汉闲云”。

邓玉宾，《正音谱》评“如幽谷芳兰”。

刘庭信，俗呼为黑刘五，《正音谱》评“如摩云老鹘”。

周文质，字仲彬，建德人。《正音谱》评“如平原孤隼”。

朱庭玉，《正音谱》评“如百卉争放”。

还有孟西村，名志，盱眙人。也以散曲著，颇近小山。

汪元亨，字云林，所著《小隐余音》。

张苍浩[1]，字希孟，所著《云庄休居自适小乐府》，皆有足取（两书有新辑本，见《散曲集丛》）。

顾均泽，名德润，松江人，有《九山乐府》。

曾瑞，字褐夫，大兴人，有《诗酒余音》。在元曲中也都算得第二流的作者。褐夫〔春思〕一套颇佳，现在录在此处：

〔南吕·一枝花〕春风眼底思，夜月心间事。玉箫鸾凤曲，金缕鹧鸪词。燕子莺儿，殢杀寻芳使。合欢连理枝，我为你盼望着楚雨湘云，担阁了朝经暮史。

〔梁州第七〕你为我堆宝髻羞盘凤翅，淡朱唇懒注胭脂。东君有意偷窥视，翠鸾寻梦，彩扇题诗，花笺写怨，锦字传词。包藏着无限相思，思量杀可意人儿，几时得靠纱窗偷转秋波，几时得整云

[1] 此处“苍”应为“养”。——编者注

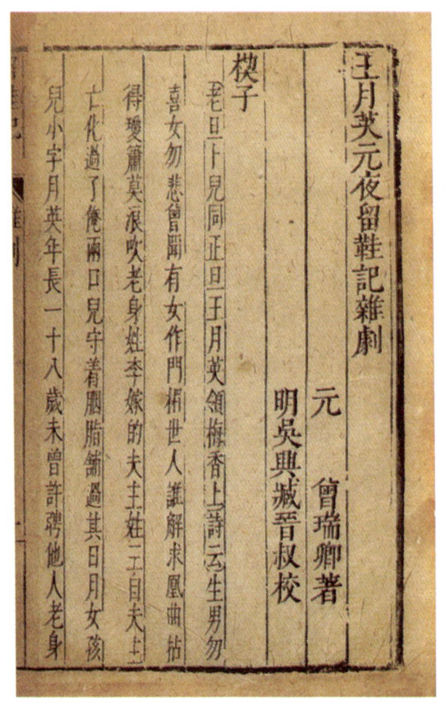
王月英元夜留鞋記雜劇

元　曾瑞卿著

明吳興臧晉叔校

楔子

（老旦卜兒同正旦王月英領梅香上詩云）生男勿喜女勿悲曾聞有女作門楣世人誰解求凰曲沽得獎簫莫浪吹老身姓李嫁的夫主姓王自夫主亡化過了俺兩口兒守着胭脂鋪過其日月女孩兒小字月英年長一十八歲未曾許聘他人老身

《王月英元夜留鞋记》　元　曾瑞

鬟轻舒玉指，几时得倚东风笑捻花枝。新婚，燕尔，到如今，抛闪人的独自。你那点志诚心有谁似，休把那海誓山盟作戏词，相会何时。

〔尾声〕断肠词写就龙蛇字，叠做个同心方胜儿。百拜娇姿谨传示，间别了许时。这关心话儿，尽在这㛃丽尤云半张纸。

又王元鼎曲名很大的，这时有歌儿郭氏顺时秀者，是刘时中所赏识的，与元鼎交谊甚密。偶有病，想吃马版肠。元鼎于是杀他所骑的五花马，剖腹取肠，一时都下传做佳话。阿鲁温正官中书参政，也颇属意于郭，有次问她："我与王元鼎何如？"对道："参政，宰相也。元鼎，才人也。燮理阴阳，致君泽民，则学士（即元鼎）不及参政。嘲风弄月，惜玉怜香，则参政不如学士。"可见她心中于他是如何的恋着了。尝有〔折桂令·咏桃花马〕云：

郭顺时

问刘郎骥控亭槐，觉红雨萧萧，乱落苍苔。溪上笼归，桥边洗罢，洞口牵来，摇玉辔春风满街，摘金鞍流水天台，锦绣毛胎，嘶过玄都，千树齐开。

更有一件很足为怪的事，其人即号怪怪道人，姓冯名子振，字海粟。当时有白无咎作〔鹦鹉曲〕一支："侬家鹦鹉洲边住，是个不识字渔父。浪花中一叶扁舟，睡煞江南烟雨。〔幺篇〕觉来时满眼青山，抖擞绿蓑归去。算从前错怨天公，甚也有安排我处。"传遍旗亭。海粟为之续了百余首，完全步韵，是曲中联篇之最富者（全词在《太平乐府》中可见）。虽有警语，但不免有些拼凑。费无限力气，替他人作续貂的狗尾，又何苦呢。在无大名的曲人，有时倒还有绝妙的曲作，如临川陈克明〔美人八咏〕，无怪周挺斋为他击节叹赏。调是〔一半儿〕：

梨花云绕锦香亭，蝴蝶春融软玉屏，花外鸟啼三两声。梦初惊，一半儿昏迷一半儿醒。（〔春梦〕）

琐窗人静日初曛，宝鼎香销火尚温，斜倚绣床深闭门。眼昏昏，一半儿微开一半儿盹。（〔春困〕）

自将杨柳品题人，笑捻花枝比较春，输与海棠三四分。再偷匀，一半儿胭脂一半儿粉。（〔春妆〕）

厌听野鹊语雕檐，怕见杨花扑绣帘，拈起绣针还倒拈。两眉尖，一半儿微舒一半儿敛。（〔春愁〕）

海棠红晕润初妍，杨柳纤腰舞自偏，笑倚玉奴娇欲眠。粉郎前，一半儿支吾一半儿软。（〔春醉〕）

绿窗时有唾茸黏，银甲频将彩线挦，绣到凤凰心自嫌。按春纤，一半儿端详一半儿掩。（（春绣〕）

柳绵扑槛晚风轻，花影横窗淡月明，翠被麝兰熏梦醒。最关情，一半儿温馨一半儿冷。（〔春夜〕）

自调花露染霜毫，一种春心无处描，欲写素心三四遭。絮叨叨，一半儿连真一半儿草。（〔春情〕）

写女子心理，可算得细腻之至了。

任昱，字则明，四明人。所作曲也不少，颇有可诵之句。《乐府群玉》中选录甚多，如〔寨儿令〕〔折桂令〕：

锦制屏，镜涵冰，浓脂淡粉如故情。酒量长鲸，歌韵雏莺，醉眼看丹青，养花天云淡风轻，胜桃源水秀山明，赋诗题下竺，携友

过西冷，撑船向柳边行。（〔寨儿令〕）

盼春来又见春归，弹指光阴，回首芳菲。杨柳阴浓，章台路远，汉水烟迷，彩笔谁行画眉？锦书不寄乌衣，寂寞罗帏，愁上心头，人在天涯。（〔折桂令〕）

吴本世，字中立，杭州人，有《本道斋乐府小稿》。

钱霖，字子云，松江人，有《醉边余兴》：

梦回昼长帘半卷，门掩酴醿院。蛛丝挂柳绵，燕嘴粘花片，啼莺一声春去远。

高歌一壶新酿酒，睡足蜂衙后。云深鹤梦寒，石老松花瘦，不如五株门外柳。

春归牡丹花下土，唱彻莺啼序。戴胜雨余桑，谢豹烟中树，人困昼长深院宇。

恩深已随纨扇歇，攒到愁时节。梧桐一叶秋，砧杵千家月，多的是几声儿檐外铁。

这四支〔清江引〕就是《醉边余兴》中的好曲子。

高克礼、曹明善，间有佳作。

至于“南北合套”，始自沈和，后来曲中合套是寻常的办法，然而追溯其源不能不说他的。

总共元代的曲人，据《正音谱》所载，有一百八十七家（原书八十二家有评，一百五家无评）。其中大半是努力戏剧的，在散曲上稍有述造者，本章都约略说过了。

问题：

一、张小山何以称为元代唯一的散曲家？

二、四大家在散曲上的贡献何如？

三、试述乔梦符与张小山的作风不同处。

四、“十四斋”以哪一家为最重要？试论断之。

五、如以西湖为中心，曲人之流连与曲品之题制，其影响于元代文学者奚似？

六、“曲韵”之创作，与“曲人传记”之刊布，其价值若何？

参考书：

吴梅《顾曲麈谈》，商务印书馆。

卢前《散曲史》，稿本。

任讷、卢前《散曲集丛》，商务印书馆。

第八章

几个重要的曲家（下）

元代曲家那么多，使我们不得很有系统的叙述出来，但自明以来，曲家人数固然不如元之多，而散处四方，接踵而起，也很难理出头绪。大概可以昆曲之创制为一沟界，在昆曲前，北词风气之盛，以视元代有过无不及。曲的体制，没有改变，不像昆曲以后的作者，行文既求整齐，又为附合音律的关系，失了自然的趣味。

现在还是从明初讲起。明初有所谓十六家，如王子一、刘东生、谷子敬、汤式、杨景言、贾仲名、杨文奎、杨彦华、蓝楚芳、穆仲义、李唐宾、苏复之、王文昌、陈克明、夏均政、唐以初。大部分还是就剧曲而言，如陈克明在前章谈元末的曲子时已说过，而这儿所须特别论列的，就是汤式。

式字舜民，号菊庄，四明人。《正音谱》评谓“如锦屏春风”，著有《菊庄乐府》（有新辑本，见《散曲集丛》）。试举〔送王姬往钱塘〕一套：

〔双调·新水令〕十年无梦到京师，卧书窗坦然如是。儿偿沽酒债，不惜买花资。今日个折柳题诗，又感起少年事。

〔驻马听〕槁木容姿，对花月羞斟鹦鹉卮，扭宫商强作鹧鸪词，我道是碧梧栖老凤凰枝，他道是雕龙锁定鸳鸯翅。急煎煎捻断吟髭，只被你紫云娘奚落杀白衣士。

〔沉醉东风〕讲礼教虚心儿拜辞，说艰难满口儿嗟咨。蛾眉浅淡颦，花靥啼红渍，向尊前留下个相思。我本是当年杜牧之，休猜做苏州刺史。

〔庆东原〕雨歇阳关至，草生南浦时。好山一路供吟视，沉点点莺花担儿，稳拍拍鸠藤桥儿，矻剌剌鹿顶车儿。蹔过若耶溪，赶上钱塘市。

〔离亭宴带歇指煞〕我不向风流选内求咨示，谁承望别离卷上题名字。关心为此，闲了问花媒，荒了寻芳友，罢了追芳使。春残小洞天，门掩闲构肆。不是我愁红怨紫，一纸姓名留，五字箫声去，两地音书至。明牵双渐情，暗隐江淹志。你从头鉴兹，搜锦绣九回肠，扫云烟半张纸。

这样的规模，可以说未改元人的法度。在明初没有行科举以前，完全承继元风；科举既兴以后，八股文、传奇都盛，而散曲亦渐渐变了原来面目。

汤式外还有生于元而名于明的，如高栻，字则成（与《琵琶记》作者高则诚是两人），所作北词小令很多。曾有〔殿前欢·题小山《苏堤渔唱》〕：

小奚奴，锦囊无日不西湖。才华压尽香奁句，字字清殊。光生照殿珠，价等连城玉，名重长门赋。好将如意，击碎珊瑚。

又徐畛，字仲由，淳安人。自己尝说道：“吾诗文未足品藻，惟传奇词曲不多让古人。”他虽这样自负，所作《杀狗记》却鄙陋极了。但小令有时颇好，如〔满庭芳〕：

乌纱裹头，清霜林落，黄叶山邱。渊明彭泽辞官后，不事王侯。爱的是青山旧友，喜的是绿酒新刍。相拖逗，金尊在手，烂醉菊花秋。

王九思是比较重要的曲人。字敬夫，号渼陂，鄠县人。他因为刘瑾乱政时，得升吏部，后来瑾败，降官而去，于是以剧曲泄其愤恨，但散曲集《碧山乐府》雄放奔肆，颇有好评。如〔新水令〕："忆秋风迁客来天涯，喜归来碧山亭下。水田十数亩，茅屋两三家。暮雨朝霞，妆点出辋川画。"又有些像学马东篱的。

水阁读书图　明　陈铎

与王齐名是康海，字德涵，号对山，武功人。他为着向刘瑾救了李献吉，后来瑾败，落职为民。著《东郭先生误救中山狼》杂剧，有人说便是为献吉而作。所为散曲，小令、套数都不少，集名《沜东乐府》，如〔春游南山〕〔苦雨〕诸套（见《南北宫词纪》），颇负名望，且看〔春游南山〕中〔调笑令〕一支："说甚么翠肩映金杯，争似这握手临歧我共伊。便有莺莺燕燕尊前立，怎如咱语话襟期。一任他笑杀山翁醉似泥，此境谁知。"情趣充溢。

陈铎，字大声，金陵人。官至指挥使。有一次进谒显贵，问道："你就是通音律的陈铎么？"对曰："然。"随即从身边取出一笛，奏演一曲，当时传为"短笛随身的指挥"（事见周珲《金陵遗事》)[1]。《艺苑卮言》说他浅于才情，真是不确。他的《梨云寄傲》《秋碧乐府》（有我的新刊本，与二北所辑《秋碧轩乐府》全本），宫商稳协，允推明曲一大家，试看下列〔双调·胡十八〕四支：

美名儿常在心，那一日恰相见。灯影下，酒筵前，脸儿微笑眼儿涎。走在我耳边，说三言两言。也不索央外人，各自要取方便。

天生的美脸儿，所事儿又相称。道倾国，是倾城，腰肢袅娜步轻盈。半晌价定睛，越教人动情。模样儿都记的，则忘了问名姓。

才说些好话儿，烘的早脸儿变。道不本分，使闲钱，服低坐小索从权。跪在他面前，曲膝似软绵。所事不敢说，一千声可怜见。

眼皮儿怕待合，好梦儿怎能够。听更鼓，数更筹，青鸾无信入红楼。新月儿半钩，印纱窗上头。沉沉梅影儿，仿佛似玉人瘦。

视元人无愧色。

又金銮，字在衡，号白屿，金陵人。何元朗说："南都自徐髯仙后，惟金在衡最为知音。"的确，他写风情固不亚大声，所以王元美批评他："白屿诸作颇是当家，为北里所赏。"他的《萧爽斋乐府》（汪廷讷四词宗合刊之一，近有武进董氏翻刻本）也是曲中的宝物。北词如〔水仙子·广陵夜泊〕，浑厚朴质之至。

城边灯火几家楼，江上风波一叶舟，月中箫鼓三更后。听谁家犹唤酒。正烟花二月扬州，人已去，锦窗鸳甃。物犹存，青蒲细柳。怨难平，舞态歌喉。

[1] 此处"珲"应为"晖"。——编者注

海棠阴轻闪过凤头钗，没人处款款行来。好风儿不住的吹罗带。猜也么猜，待说口难开，待动手难抬。泪点儿和衣暗暗的揩。

这是〔河西六娘子·闺情〕中之一，可谓写情能品。南词亦不恶，如〔一封书·闲适〕：

青溪畔小堂，四壁虽空书满床。碧岩下小窗，半世虽贫酒满缸。好山有意常当户，明月多情远过墙。伴诗狂，与酒狂，睡向西风枕簟香。

青溪畔小园，任荒芜种几年。黄庭畔小牋，任生疏写半篇。分来红药春前好，摘去青葵雨后鲜。又不癫，又不仙，拾得榆钱当酒钱。

这种悠淡处，又是他特殊的作风。

当时南京是曲的渊薮，一般曲人流连竟日，陈、金固是两大先导，继起者如陈所闻、史廷直、陈全……可算得云起霞蔚了。就中尤以所闻为最。

陈所闻

所闻字荩卿，他的《濠上斋乐府》（我的辑本见《散曲集丛》）虽不是重要的创作，但所辑《南北宫词纪》，元明曲品被他保存了不少。

章丘李开先，字伯华，号中麓，也是嗜曲者，所藏至富，自称“词山曲海”。王元美《曲藻》说：“北人自康、王后，推山东李伯华。伯华以百阕〔傍妆台〕为对山所赏。今其词尚存，不足道也。”不过他又自许马东篱、张小山无以过呢。

论这当儿曲家，杨慎夫妇是非常伟大的。慎号用修，字升庵，新都人。所著《陶情乐府正续》（任二北校刊，见《散曲集丛》）脍炙人口。其中佳句，如“费长房缩不尽相思地，女娲氏补不完离恨天”，“别泪铜壶共滴，愁肠兰焰同煎”，“和愁和恨，经岁经年”，“傲霜雪镜中紫髯，任光阴眼前赤电，仗平安头上青天”，读之可味。他的夫人黄氏在曲中的地位，如词中之李清照，为曲史中放一异彩。升庵曾为议礼事，谪戍云南。她寄〔罗江怨〕四支，令人读了酸鼻。

空亭月影斜，东方既白，金鸡惊散枕边蝶。长亭十里，唱阳关也。相思相见，相见何年月？泪流襟上血，愁穿心上结，鸳鸯被冷雕鞍热。

黄昏画角歇，南楼雁疾，迟迟更漏初长夜。愁听积雪，溜松稠也。纸窗不定，不定如风射。墙头月又斜，床头灯又灭，红炉火冷心头热。

关山望转赊，征途倦历，愁人莫与愁人说。遥瞻天关，望双环也。丹青难把，难把衷肠写。炎方风景别，京华音信绝，世情休问凉和热。

青山隐隐遮，行人去急，羊肠鸟道马蹄怯。鳞鸿不至，空相忆也，恼人正是，正是寒冬节。长空孤鸟灭，平芜远树接，倚楼人冷阑干热。

此外如高邮王磐的《西楼乐府》、常伦的《莺情集》、王骥德的《方诸馆乐府》，亦间有佳作。

在吴中工南词的，祝枝山，字希哲；唐寅，字子畏，号伯虎；郑若庸，字中伯，号虚舟，《南宫词纪》内选录不少（唐子畏的《六如居士曲》在《散曲集丛》中有）。

祝允明

昆山梁辰鱼，字伯龙，是这时名望最大的。与太仓魏良辅商订曲律，词成即制谱。吴梅村诗所说：“里人度曲魏良辅，高士填词梁伯龙。”伯龙的散曲集名《江东白苎》（近有《曲苑》石印本），颇多情语，因此倾倒他的人很多。王元美有诗道：“吴阊白面冶游儿，争唱梁郎绝妙词。”不过他为北词有时很可笑的，有一次在一位盐尹宴席上，观演他自己所作的戏剧《浣纱记》。遇一佳句，盐尹敬酒一杯，喝了不少的酒，歌到〔打围〕，那一支〔北朝天子〕中忽有“摆开摆开摆摆开”的句子。盐尹道：“此恶语也。”于是用污水一杯，强灌伯龙口中去。他又好改古人作，颇有人讥评他。不过清词艳曲，整美的文章却是他的特色（我说梁受小山影响见前）。如沈仕的《唾窗绒》（有任氏辑本）、施绍莘的《花影集》，都与此成一派别。《唾窗绒》是“青门体”的创始，《花影集》也除了言情无好曲子，这可说是曲中写情的一路。

冯惟敏的《海浮山堂词稿》便不相同了，惟敏字汝行，临朐人。他于南词流行的时候，独工北词。王元美说他“板眼务头，撺抢紧缓，无不曲尽，而才气亦足以发之。只恨用本色太多，北音太繁，为白璧微颣耳。然其妙处固不可及也”。其实，他的南词也很好：

红粉多薄命，青春半残景。人去瑶亭怨，花落胭脂冷。袅娜腰围，强把绣裙整。弓鞋浅印，浅印残红径。三月韶光，背阑于无限情。情，离别几曾经？再相逢扯住衣衫，影儿般不离形。

又：

玉宇明河浸，琼窗朔风凛。展转蝴蝶梦，寂寞鸳鸯锦。阁泪汪汪，长夜挨孤枕。从来不似，不似今番甚。一片困愁，生砣查恼碎心。心，害得死临侵。欲待要再不思量，急煎煎怎样禁？

这两支〔月儿高犯〕远出李中麓〔傍妆台〕之上了。

著《南曲谱》的吴江沈璟是万历间曲的领导。璟字伯英，号宁庵，世称词隐先生。他主张宁协律而词不工，读之不成句，而讴之始协者。可见他最持曲律的，有〔题情〕一套，是《宁庵乐府》压卷之作。

〔四季花〕秋雨过空墀，正人初静更初转，渐觉凄其。人儿多应傍着珊枕底，刚刚等咱才睡时，觉相将投梦思。若伊无意，谁教梦迷。多情又恐相见稀，抵死恨着伊，恰又添萦系。更怜你笑你，愁你想你冤你。

〔猫儿坠〕浮萍心性，只得强禁持。任你风波千丈起，到头心性没挪移。猜疑，又怕泼水难收，弦断难医。

〔尾〕过犯多，权休罪。且幸得回嗔作喜，把今夜盟香要烧到底。（据文梓堂原刊，此套如是）

他的侄子自晋有《鞠通乐府》（最近有家刊本）。沈氏一门之盛，我们翻出南词任何谱来，都可以看得出。

崇祯时，吴县人冯梦龙，字子犹（一作犹龙），也有不少曲子，近来大家爱读的小曲〔树枝儿〕[1]，就是出他的手。

刘效祖的《词脔》（有石印本）也有一些小曲，但他的曲子模写社会各种状况，颇有可采。

还有张瘦郎的《步雪初声》（此集间有钞本，我最近将刊布），虽小小的册子，在明曲中并非下品。

以下将谈清曲。清曲是从来没有人论过，今日说到清人散曲集的收藏，一般朋友都不大注意，就我所知，在此处只好略一叙述。

吴江毛莹，字湛光，晚号大休老人，是明朝的遗民。他的《晚宜楼集》词曲两卷，跋中自称好而不精，可谓有自知之明，的确绳之以律，不能无出入的。

仁和沈谦，字去矜，《东江别集》散曲极富，分北曲小令、套数、南曲小令、套数四卷。姑举南、北小令各一于下：

〔北醉高歌〕到跟前数黑论黄，背地里眠思梦想。俺病得来全不成模样，不信呵，多情再访。（〔私寄〕）

〔南黄莺儿〕临镜强寒温，怪鹦哥鬼混人，晚妆帘底东风紧。一回待嗔，一回又颦，画栏斜靠头儿晕，岂伤春？宽衣缓带，不称小腰身。（〔春恨〕）

虽不能迈乎前人，尚清婉可诵。

朱彝尊的《叶儿乐府》、厉鹗的《樊榭山房集南北曲》颇多佳构（这两种在清曲中最易得的，《散曲丛刊》中有）。吴锡麒《有正味斋集》南北曲长套冗繁，如〔喜洪北江归〕等篇终嫌夹杂。

---

[1] 此处“树”应看作“挂”。——编者注

尤侗的《百末词余》滑稽之作不少，但全集平淡之中，饶有情致。如《驻云飞·十空曲》本“黄冠体”，然其中亦有可诵的。

> 竖子英雄，触斗蛮争蜗角中，一饭丘山重，睚眦刀兵痛。嗏，世路石尤风，移山何用。瓦虚舟，不碍松风梦，君看尔我恩雠总是空。

至于什么〔美人乳〕〔满妆美人〕，不免有伤大雅。〔戏惧内者〕虽形刻薄，却是元曲嘲谑之遗。全集附汤传楹〔秋夜·懒画眉〕一套，虽只此一套，如〔江儿水〕倒是新颖可喜的曲子：“热揾珍珠性，低呼小玉名，香魂一缕香初定，花身一捻花还隐，莺喉一转莺难佞。月下端详小咏，涩涩闲行，手勒芭蕉持赠。”

蒋士铨的《忠雅堂集》南北曲仅寥寥十二题，远不如他在戏剧上的成就，并且词文直率，没有生气。大概这些人在刻集时，补此一体，而平时又往往以此赠别题图，于是曲的精神几乎散失了。

沈清瑞的《樱桃花下银箫谱》（见《沈氏群峰集》、石韫玉的《花韵庵南北曲》稍好一些。不过《银箫谱》完全套数，《花韵庵》尚有几支小令，如〔金络索·访杜子美草堂旧迹〕：

> 林花着雨浓，茅屋临溪竦。乱石成蹊，迸裂苍苔缝。初疑是梵宫，访幽踪，原来杜老当年住此中。想当日门前小队来严武，座上圆蒲款巴公。真尊重，高天厚地一诗翁，竹影遥峰，花飐微风，都触我寻诗梦。

在这两位苏州人外，又有一位秦云的《花间剩谱》。云字肤雨，又号西脊山人。也尽是大套，如〔梧桐树〕〔翁仲叹〕也还可看。我在《剩谱》外，曾发见他〔懒画眉·题愿为明镜圆〕一套，我最爱他〔江儿水〕一支：

愿化青鸾镜，妆台暮复朝。把翠眉儿照见春山埽，绛唇儿照见樱桃小，绿鬓儿照见花枝袅，照见低颦浅笑。杏脸桃腮，贪把倾城看饱。

至于范湖草堂完全以曲题画，那是无聊之至的，这一类不必叙及。谢元淮的《养默山房散套》全用旧谱，而曲中颇括时事，如〔一枝花·感怀〕套中〔货郎儿九转〕：

悔平生都只为多言遭忌，出戎幕仍居旧职。当日个忧天尽笑杞人痴，到后来补天还亏了娲皇力。割珠崖定策原非，阻内附维州还弃，赔香港援的是澳门旧例。听风传粤东民勇众志高，他呵结义社专制英夷。过年春月是进城期，恐难免争端又起。怕只怕相逢狭路难回避，因此上绸缪阴雨这鳃鳃计，俺已是眼睁睁见过一遭儿，试听那号哭呻吟声未已。

这近于以曲为史了，和词中蒋春霖相仿佛的。

魏熙元的《玉玲珑曲存》却大都儿女之词，或者来几句什么“戏场中人暮朝，梦场中潮长消，莽乾坤一个糊涂套”的达语。许宝善的《自怡轩乐府》整饬有余，但毫无活跃之趣，这终非当家之曲。幸而清人有了许光治和赵庆熹，清曲庶免记载的寂寞了。这是清曲的两大家，所以我很谨慎的在诸家之后把他宣扬出来。光治集名《江山风月谱》，他序的好：

汉魏乐府降而六朝歌词，情也。再降而三唐之诗、两宋之词，律也。至元曲，几谓俚音诽语矣。然张小山、乔梦符散曲，犹有前人规矩在，俪辞进乐府之工，散句撷宋唐之秀。惟套曲则似倍翁徘词，不足鼓吹风雅也。

所以他曲中时有学小山之作，如〔水仙子·海棠〕：

红绵绣凤扑华铅，红锦回鸾散舞钱，红丝颤雀翘妆钿。过清明百六天，画墙低何处秋千？宿粉晕流霞炫，明妆洗垂露鲜，是花中第一神仙。

楸头船，划开双桨镜中烟，船唇弄水琼珠溅。棹转涡旋，望天光四岸悬，看地势孤城转，指人影中流见。湖山图画，云水因缘。（双调〔殿前欢·湖上〕）

有时写农家时序，非常自然。如中吕〔满庭芳〕里有一支就是。

绿阴野港，黄云陇亩，红雨村庄。东风归去春无恙，未了蚕忙。连日提笼采桑，儿时荷锸栽秧？连枷响，田塍夕阳，打豆好时光。

有时较明人转胜了。

赵庆熹，字秋龄，仁和人。集名《香消酒醒曲》。小令、套数，并皆超绝。如〔驻云飞·沉醉〕一支，无一虚语，的是名隽的曲子，读后令人有很深的印象。

等得还家，澹月刚刚上碧纱。亲手递杯茶，软语呼名骂。他，只自眼昏花，脚踪儿乱蹁。问著些儿，半晌无回话，偏生要靠住侬身似柳斜。

活活一个醉人在我们眼中也。

杨恩寿在《词余丛话》中说在吴幼樵《尘梦醒谈》见〔咏月〕〔葬花〕〔写恨〕，无一套不佳。仅采数语，犹有断凫截鸭之叹。我率性引录于此：

〔忒忒令〕热红尘无人解愁，冷黄昏有侬生受。团空月亮，照心儿剔透。把一个闷葫芦恨连环，呆思想问谁知道否？

〔沉醉东风〕闷嫦娥青天上头，憾书生下方搔首。云影净，露华流，中庭似昼，闹虫声新凉时候。星河一团，光阴不留。银桥碧汉，又人间尽秋。

〔园林好〕想谁家珠帘玉钩，问何人香衾锦裯，任年少虚空孤负？无赖月，是扬州；无赖客，是杭州。

〔嘉庆子〕九回肠生小多软就，把万种酸情彻底兜，空向西风谈旧。搴杜若，采扶留，悲薄命，怨灵修。

〔尹令〕廿年前胡床抓手，十年前书斋回首，五年前华堂笑口。一样银河，今日无情做泪流。

〔品令〕浮生自思，多恨事难酬。花天酒地，还说甚风流。参辰卯酉，做了天星宿。江湖席帽，三载阻风中酒。只落得下九初三，月子弯弯照女牛。

〔豆叶黄〕清高玉宇，冷淡琼楼。再休提雾鬓云鬟，那里是乌纱红袖。生涯疏放，天涯漫游。博得个花朝月夕，博得个花朝月夕，消受了梦魔情魔，酒囚诗囚。

〔月上海棠〕归去休，一齐放下谁能够。算山河现影，石火波沤。哭青天泪眼三秋，忏青春心魂一缕。蒲团叩，广寒宫何处回头？

〔玉交枝〕痴顽生就，闯名场名勾利勾。瑶台一阵罡风陡，吹落下魂灵滴溜。寒簧仍在月宫留，吴刚不合凡尘走。一年年新秋暮秋，一年年新愁旧愁。

〔玉胞肚〕飞萤似豆，扑西风罗衫乱兜。看玉阶景物凄凉，话碧霄儿女绸缪。我吹笙恰倚红楼，只怕仙山不是缑。

〔三月海棠〕银匣初开，真难得团圆又。问何年怎样，宝镜飞丢。他愁，兔儿捣碎此生白，蟾儿跳出清虚走。红桥侣，鹤驭俦，有个人无赖把紫云偷。

〔江儿水〕自古欢须尽，从来满必收。我初三瞧你眉儿斗，十三窥你妆儿就，廿三觑你庞儿瘦，都在今宵前后。何况人生，怎不西风败柳。

〔川拨棹〕年华寿，但相逢杯在手。要今朝檀板金瓯，要明朝檀板金瓯，莽思量情魂怎收，怅良宵漏几筹，剔银缸梦里求。

〔尾声〕梦中万一钧天奏，舞霓裳仙风双袖，我便跨上青鸾笑不休。（〔咏月〕）

〔梧桐树〕堆成粉黛茔，掘破胭脂井。检块青山，放下桃花榇。名香爇至诚，薄酒先端整。兜起罗衫，一角泥干净，这收场也算是群芳幸。

〔东瓯令〕更红儿诔，碧玉铭，巧制泥金直缀旌。美人题着名和姓，描一幅离魂影。再旁边筑一个小愁城，设座落花灵。

〔大圣乐〕我短锄儿学荷刘伶，是清狂是薄幸。今生不合做司香令，黄土畔，叫卿卿。单只为心肠不许随侬硬，因此上风雨无端替你疼。一场梦醒，向众香国里槃涅斯称。

〔解三酲〕收拾起风流行径，收拾起慧眼聪明。收拾起水边照你娉娉影，收拾起镜里空形。收拾起通身旖旎千般性，收拾起瀲胆温和一片情。荒坟冷，只怕你枝头子满，谁奠清明？

〔前腔〕撇下了燕莺孤另，撇下了蝴蝶伶仃。撇下了青衫红泪人儿病，撇下了酒帐灯屏，撇下了蹄香马踏黄金镫，撇下了指冷鸾吹白玉笙。难呼应，就是那杜鹃哭煞，你也无灵。

〔尾声〕向荒阡，浇杯茗，替你打圆场证果成，叮嘱你地下轮回，莫依然薄命。（〔葬花〕）

〔懒画眉〕生来从不会魂消，怎被莽情丝缚牢，天公待我忒蹊跷。做就愁圈套，把瘦骨棱棱活打熬。

〔步步娇〕合是聪明该烦恼，恨海凭空造，把风流一担挑。八字儿安排，合为情颠倒。我何处问根苗，只的是命宫磨蝎无人晓。

〔山坡羊〕冷冰冰性将人拗，好端端自将愁讨。一年年越样痴魔，一天天写个疯颠照。神暗销，相思禁几遭，我当初早是早是魂灵掉，不肯勾消一场恼懊。无聊，湿衙香何处烧？空劳，醉笙簧何处调？

〔江儿水〕白昼帘双押，黄昏烛一条。把纸牌儿打个鸳鸯筥，笔尖儿写幅鸳鸯稿，梦魂儿打个鸳鸯鸟，不许蜂哆蝶唣。怎底宵来，遍是南柯潦草？

〔玉交枝〕没头没脑，这章书模糊乱嚣。愁城筑得似天高，打不进轰天情炮。心酸好似醋梅浇，眼辛却被韲姜捣。要丢开心儿越撩，不丢开心儿越焦。

〔园林好〕恨知音他偏寂寥，恨闲人他偏絮叨，只算些儿胡闹。波底月，镜中潮。潮莫信，月难捞。

〔侥侥令〕成团飞絮搅，作阵落花飘。我宛转车轮肠寸绞，好比九曲三湾仄路抄。

〔尾声〕闲愁怎样难离掉，除非做一个连环结子绦，向那没情河丢下了。（〔写恨〕）

此等曲品，置诸元明人集内也可算得佳作了。

此外像凌霄的《振檀集》、陈栋的《北泾草堂北乐府》、吴绮的《林蕙堂集填词》、孔广森的《温经堂戏墨》，都是很少的篇章，也不是自己经意之作。杨恩寿的《词余丛话》总算一部还好的曲话，而所作《坦园词余》，并不当行。

晚清以来的曲集有顾氏《勴堂乐府》、陈氏等《三家曲》，更非当家。要以吾师吴瞿安先生的《霜厓曲录》（我所编的，现在商务印行）为曲坛生色的集子。我自己有《晓风残月曲》《灯窗夜语》，友人郑振铎先生说：“你的曲大约已是曲的尾声了。”我就用他的话作本书的尾声罢。

郑振铎

问题：

一、明初曲家当以谁人为代表？

二、陈大声与金在衡在明曲中地位何如？

三、如以南京为中心，曲人之流连与曲品之题制，其影响于明代文学者奚似？

四、曲中女作家有何人可与词中李易安相拟？

五、香艳曲词的制作是受谁的影响？

六、清代曲之所以衰微有什么原因？

七、清代曲家有没有能与元明作者相抗衡的？

参考书：

吴梅《顾曲麈谈》，商务。

卢前《散曲史》，成都大学讲义本。

任讷《散曲概论》，中华。

任讷、卢前《散曲集丛》，商务。

卢前《清人散曲十七家》，会文堂。